원점회귀

책과삶

지은이 레이먼드 챈들러

레이먼드 챈들러는 1888년 태어나 1933년 펄프 매거진 〈블랙 마스크〉를 통해 단편들을 기고하기 시작한다. 대표적인 주인공 사립탐정 필립 말로가 등장하기 시작하는 첫 소설 『빅슬립』(1939)을 발간할 무렵 챈들러는 이미 한 장르의 달인이 됐을 뿐 아니라 다른 이들은 단순히 동경할 수밖에 없는 하나의 표준을 만들었다는 것이 분명해진다. 챈들러는 20세기 최고의 문학작품으로 꼽히는 일련의 작품들을 창조한 뒤 1959년 세상을 떠났다.

옮긴이 윤세미

건국대학교 영문과와 이화여자대학교 통.번역대학원을 졸업했다.
현재 외신 기자로 근무하면서 번역 작업을 병행하고 있다.

원점회귀

초판인쇄 : 2014년 10월 1일
초판발행 : 2014년 10월 11일

지 은 이 : 레이먼드 첸들러
옮 긴 이 : 윤세미
펴 낸 이 : 정기근
펴 낸 곳 : 책과삶

출판등록 : 206-28-88651
주　　소 : 서울 성동구 성수1가2동 13-443(133-822)
전　　화 : 070-4220-9467
팩　　스 : 02)461-9467
ISBN : 978-89-968888-3-3

원점회귀

1

수화기 건너편의 목소리는 날카롭고 위압적이었지만 뭐라고 하는지 알아들을 수는 없었다. 잠도 덜 깬 데다 수화기를 거꾸로 들고 있었기 때문이었다. 나는 투덜거리며 더듬더듬 수화기를 고쳐 잡았다.

"내 말 듣고 있소? 클라이드 움니 변호사라고 했소."

"클라이드 움니 변호사라. 그런 사람은 흔한 것 같습니다만."

"말로 씨 아니오?"

"네, 아마도요."

손목시계를 봤더니 오전 6시 30분을 가리키고 있었다. 컨디션이 좋을 만한 시간은 아니었다.

"버릇없이 굴지 마시오, 젊은이."

"죄송합니다만 옴니 씨, 전 나이도 많은데다 지금은 피곤하고 커피도 마시지 못한 상태라서요. 그나저나 무슨 일이십니까?"

"여덟 시에 수퍼치프(미국의 최고급 대륙횡단열차)가 도착할 거요. 승객 가운데 어떤 여자를 뒤쫓아 가서 어디에 투숙하는지 확인하고 나에게 알려주시오. 알아들었소?"

"아니요."

"지금 아니라고 했소?"

그가 쏘아붙였다.

"무슨 내용인지 알아야 사건을 맡을지 말지 결정하지 않겠습니까."

"내가 누군지 알......"

"그만두시죠."

나는 말을 잘랐다.

"그런 얘긴 질색입니다. 사건에 관한 기본적인 내용이나 말해주십시오. 다른 탐정을 찾아보는 게 더 나으실 수도 있고요. 전 FBI에서 일한 적도 없거든요."

"내 비서 버밀리아가 삼십 분 안에 당신 사무실로 찾아갈 거요. 필요한 모든 정보는 버밀리아에게 들으시오. 대단히 유능한 비서거든. 당신도 그렇길 바라겠소."

"전 아침을 먹으면 더 유능해질 것 같은데, 비서를 저희 집으로 보내시는 게 어떻습니까?"

"거기가 어디요?"

나는 유카 로에 있는 집 주소를 불러준 후 어떻게 찾아와야 하는지 알려주었다.

"알았소."

그가 떨떠름한 말투로 대답했다.

"그런데 한 가지만 분명히 해둡시다. 그 여자가 미행당하는 걸 눈치 채서는 안 되오. 꼭 명심하시오. 이건 워싱턴 변호사들이 세운 유력한 로펌의 의뢰를 받은 일이오. 버밀리아가 경비 일부를 선불로 주고 의뢰비로 이백오십 달러를 지불할 거요. 잘 처리해 줄 거라 믿겠소. 이제 전화로 시간 낭비는 그만합시다."

"나름대로 최선을 다해 보죠, 움니 씨."

그는 전화를 끊었다. 나는 간신히 침대에서 빠져나와 샤워와 면도를 했다. 세 잔째 커피를 마실 때 초인종이 울렸다.

"버밀리아라고 합니다. 움니 씨 비서요."

어딘가 경박하게 들리는 목소리였다.

"들어오십시오."

마치 인형이 걸어 들어오는 것 같았다. 비서는 벨트가 달린 흰 레인코트를 걸쳤고 모자를 쓰지 않은 백금발 머리는 곱게 손질되어 있었다. 목이 짧은 부츠는 레인코트와 잘 어울렸으며 손에는 접이식 비닐우산을 들고 있었다. 비서의 눈동자는 회색빛이 감도는 푸른색이었는데 날 보는 눈빛은 마치 내가 음담패설이라도 던졌다는 것 같았다. 어쨌건 난 그녀의 레인코트를 받아 주었다. 무척 좋은 향기가 났다. 그녀의 다리는 —지극히 주관적으로 말하자면— 보기 괴롭지 않은 편이었다. 살이 훤히 비치는 검은색 스타킹을 신고 있었다. 나는 그녀의 다리를 하염없이 바라보았다. 특히 다리를 꼬고 담배에 불을 붙이려 할 때엔 눈을 뗄 수 없었다.

"크리스찬 디올이에요."

비서는 내 속이 뻔히 보인다는 듯 말했다.

"전 이것만 신죠. 불 좀 주실래요?"

"오늘은 그것 말고도 많이 걸쳤군요."

난 불을 붙여 주었다.

"이른 아침부터 그런 수작이 통할 것 같아요?"

"그럼 언제가 좋겠소, 버밀리아 양?"

비서는 차갑게 피식 웃더니 가방을 뒤져 누런 종이봉투를 하나 꺼내 나에게 건네주었다.

"필요한 건 여기에 다 있을 거예요."

"흠, 전부는 아닐 텐데요."

"농담 그만하고 어서 열어보세요. 전 말로 씨에 대해 많은 얘길 들었어요. 움니 씨가 왜 당신을 골랐을 것 같아요? 움니 씨가 선택한 게 아녜요. 제가 했죠. 이제 그만 제 다리에서 눈 좀 떼시죠?"

나는 봉투를 열어보았다. 그 안엔 또 하나의 밀봉된 봉투와 내 앞으로 보내는 수표 두 장이 들어 있었다. 그 중 하나는 '전문 서비스 의뢰비'라고 적힌 250달러짜리였고, 나머지 하나는 '필립 말로 씨 경비 선금'이라고 적힌 200달러짜리였다.

"지출한 내용은 빠짐없이 제게 알려주세요. 개인 술값은 포함하지 마시고요."

버밀리아 양이 말했다.

나는 밀봉되어 있던 봉투는 열어 보지 않았다. 그때까진.

"옴니 씨는 왜 내가 전혀 알지도 못하는 이 사건을 맡을 거라 생각한 거요?"

"맡게 되실 거예요. 나쁜 짓을 하라는 것도 아니잖아요. 제 말만 믿으세요."

"말 말고 다른 건 없소?"

"아, 그 얘긴 비 오는 날 저녁에 술을 한 잔하며 할 수도 있겠군요. 제가 좀 한가해지면요."

"별 수 없군."

나는 봉투를 열었다. 어떤 여자의 사진이 들어 있었다. 자세를 보니 여자는 카메라 앞에서도 긴장하지 않는 성격이거나 촬영 경험이 많은 듯했다. 머리색은 붉은 계열인 듯한 짙은 색이었고 이마는 시원하고 깔끔했다. 진지한 눈빛에 광대가 도드라졌고 콧날은 섬세했으며 입매는 야무졌다. 전체적으로 아름답고 단정한 모습이었지만 결코 행복한 표정은 아니었다.

"뒤집어 보세요."

버밀리아 양이 말했다.

사진 뒷면에는 타이핑이 되어 있었다.

"이름 : 엘레노어 킹. 163cm. 29세. 붉은 기가 도는 짙은 갈색 머리에 숱이 많음. 자연스러운 웨이브. 자세가 반듯함. 또렷한 저음의 목소리. 옷을 잘 입지만 튀지는 않음. 화장은 보수적. 눈에 띄는 흉터 없음. 특이한 버릇 : 방에 들어설 때 고개는 움직이지 않고 곁눈질로 안을 살핌. 긴장하면 오른쪽 손바닥을 긁음. 왼손잡이지만 아닌 척하는 데 능숙함. 테니스와 수영을 잘하며 다이빙 자세가 훌륭함. 주량 센 편. 전과 기록은 없지만, 지문이 등록되어 있음."

"구류된 적이 있나 보군."

나는 버밀리아 양을 올려다보며 말했다.

"거기에 적힌 정보 외엔 저도 몰라요. 지시한 일이나 하시죠."

"이름도 모르는 버밀리아 양. 스물아홉에 이 정도로 매력적인 여자라면 당연히 결혼도 했을 거요. 하지만 결혼반지 같은 보석에 관한 이야기는 전혀 없군요. 그 이유가 궁금하오."

그녀는 시계를 보았다.

"유니언 역에 가서 궁금해 하는 게 어때요. 시간이 얼마 안

남았어요."

버밀리아 양이 일어섰다. 나는 그녀가 흰 레인코트를 걸치는 것을 도와주고 문을 열어주었다.

"차를 몰고 왔소?"

"네."

그녀는 나가려다 뒤를 돌아보았다.

"마음에 드는 점이 하나는 있군요. 손으로 더듬지 않는 거요. 그만하면 매너도 좋고요."

"더듬는 건 지저분한 방식이지."

"마음에 안 드는 점도 하나 있어요. 뭔지 맞혀 보세요."

"미안하지만 전혀 모르겠군. 내가 살아있다는 것 자체를 싫어한다면 모를까."

"그런 건 아녜요."

나는 버밀리아 양을 계단 밖까지 배웅하고 플리트우드 캐딜락의 문을 열어주었다. 뻔한 짓이었다. 그녀는 고개를 까딱하고 언덕 아래로 미끄러져 내려갔다.

나는 다시 집으로 올라가서 만약을 대비해 외박에 필요한 몇 가지를 챙겨 가방에 넣었다.

2

일은 어려울 게 없었다. 수퍼치프는 거의 그렇듯 제시간에
도착했고 미행 대상을 알아보는 것 역시 양복을 차려입은 캥
거루를 알아보는 것만큼이나 쉬웠다. 여자는 손에 가벼운 책
한 권을 들고 있었는데, 그것조차도 이내 제일 가까운 쓰레
기통에 버렸다. 그녀는 자리에 앉아 바닥을 물끄러미 바라보
았다. 지금껏 그토록 불행한 표정의 여자를 본 적은 없었다.
잠시 후 그녀는 일어나서 도서 가판대로 갔다. 그러나 아무
책도 고르지 않고 돌아서더니, 벽에 걸린 커다란 시계를 힐
끗 본 후 공중전화 부스로 들어갔다. 동전 투입구에 동전 몇
개를 집어넣고 누군가와 통화를 했다. 표정에는 전혀 변함이
없었다. 전화를 끊고 나서는 잡지 가판대로 가서 '뉴요커' 한
권을 집어 들었고 다시 시계를 보더니 자리에 앉아 잡지를

읽었다.

그녀는 암청색 맞춤 정장 차림이었다. 목 아래로 흰 블라우스가 보였고 옷깃에는 파란 사파이어 브로치가 달려 있었다. 귀걸이와 한 쌍일 것 같았지만 귀는 보이지 않았다. 그녀는 사진과 다름없는 모습이었지만 생각했던 것보다 키가 더 컸다. 리본이 달린 짙푸른 모자를 쓰고 있었는데 짧은 베일을 늘어뜨리고 있었다. 손에는 장갑을 끼고 있었다.

얼마 뒤 그녀는 아치를 통과해 택시 승강장으로 이동했다. 이어 왼쪽에 있는 커피숍을 쳐다보더니 방향을 틀어 중앙 대합실로 들어갔고 약국, 신문 가판대, 안내소, 깨끗한 나무 벤치 위에 앉아 있는 사람들을 차례로 곁눈질했다. 매표소는 몇 군데만 열려 있었고 나머지는 닫혀 있었다. 그녀의 관심은 그쪽이 아니었다. 그녀는 다시 자리에 앉아 대형 벽시계를 올려다보았다. 이어 오른쪽 장갑을 벗고 보석 장식이 없는 작고 평범한 백금색 손목시계의 시간을 맞추었다. 난 버밀리아 양이 그녀의 옆에 있는 모습을 머릿속에 그려보았다. 그녀는 사근사근하거나 참하고 다소곳한 유의 사람은 아닌 듯했지만, 그녀에 비하면 버밀리아는 하룻밤 상대에 불과한 것처럼 느껴졌다.

그녀는 이번에도 가만히 앉아 있지 못하고 금세 일어나 서성거렸다. 창가에 갔다 돌아오더니 이내 약국에 들렀다가 나와서 도서 가판대에서 잠시 머물렀다. 두 가지는 분명했다.

누군가 그녀와 만나기로 했으며 그 상대는 아직 도착하지 않았다는 것이다. 그녀는 열차를 기다리는 소녀 같았기 때문이다. 그녀는 커피숍으로 들어가 플라스틱 테이블 한 곳에 자리를 잡고 앉아 메뉴를 한 번 보고 잡지를 읽기 시작했다. 종업원이 어김없이 얼음물과 메뉴판을 내왔다. 그녀는 주문을 했고 종업원이 가자 다시 잡지를 읽어 내려갔다. 오전 9시 15분경이었다.

나는 아치를 지나 택시 승강장 옆에 서 있던 빨간 모자에게 다가갔다.

"수퍼치프 직원이십니까?"

내가 물었다.

"네, 맞습니다."

빨간 모자는 큰 관심 없이 내 손가락 사이에 끼워져 있던 1달러 지폐를 힐끗 보았다.

"친구를 만나기로 했는데 워싱턴에서 샌디에이고로 가는 직행 열차를 탄다고 해서요. 혹시 내린 사람이 있었나요?"

"아예 내린 사람이요? 짐까지 전부요?"

나는 고개를 끄덕였다.

빨간 모자는 잠시 생각하며 총기가 느껴지는 밤색 눈망울로 나를 유심히 살폈다.

"한 분이 내리긴 했습니다."

마침내 빨간 모자가 말했다.

"친구 분이 어떻게 생기셨죠?"

나는 남자의 모습을 설명해주었다. 대충 에드워드 아놀드와 비슷한 모습으로 둘러댔다. 빨간 모자는 고개를 저었다.

"그럼 모르겠네요. 내린 승객이랑은 전혀 달라서요. 친구분은 아마 열차에 타고 계실 겁니다. 직행 열차에서는 승객이 내리지 않아도 되니까요. 그 열차는 74호 열차랑 연결돼요. 열한 시 삼십 분에 출발하죠. 아직 준비 중일 겁니다."

"고맙습니다."

나는 빨간 모자에게 1달러를 건네주었다. 여자의 가방은 아직 열차 안에 실려 있다. 난 그것을 확인하려 한 것이었다.

나는 다시 커피숍 쪽으로 돌아가 유리벽 안을 들여다보았다.

여자는 잡지를 읽으며 커피와 달팽이 모양의 도넛을 깨작거리고 있었다. 나는 공중전화 부스로 가서 단골 정비소에 전화를 해 정오까지 내가 다시 전화를 하지 않으면 사람을 보내서 내 차를 맡아달라고 부탁했다. 이런 일이 잦은 편이라 정비소에서는 내 차 열쇠를 따로 보관하고 있었다. 나는 차에서 외박용 가방을 꺼내어 25센트를 넣고 물품 보관함에 넣어 두었다. 그런 다음 널따란 대합실에서 샌디에이고 왕복 열차표를 구입한 뒤 서둘러 커피숍으로 돌아갔다.

여자는 아직 그 자리에 있었지만 이번엔 혼자가 아니었다. 남자 한 명이 테이블 맞은편에 앉아 웃으며 말을 하고 있었다. 그녀는 그 남자와 아는 사이인 것 같았지만, 한눈에 봐도 그를 못마땅해 하는 기색이 역력했다. 남자가 신은 자주색 로퍼의 앞코와 넥타이를 매지 않은 채 단추를 잠근 갈색과 노란색이 섞인 체크무늬 셔츠, 그 위에 걸친 크림색 캐주얼 재킷을 보아하니 그는 캘리포니아 출신이 틀림없었다. 키는 대략 185cm. 몸은 호리호리하고 얼굴은 갸름하며 자신감이 넘치는 표정으로 이를 많이 보였다. 손으로는 종이 한 장을 비틀고 있었다.

재킷 가슴팍에 꽂은 노란 행커치프는 한 떨기 수선화처럼 바깥으로 펼쳐져 있었다. 한 가지 사실만은 증류수처럼 투명해 보였다. 그녀는 남자와 그 자리에 함께 있는 것이 싫다.

남자는 계속 말을 하면서 종이를 비틀었다. 한참 뒤에야 어깨를 으쓱하더니 자리에서 일어났다. 이어 팔을 뻗어 손끝으로 그녀의 볼을 어루만졌다. 그녀는 몸을 뒤로 휙 빼서 그의 손길을 피했다. 그러자 그는 비틀린 종이를 다시 펼쳐서 그녀 앞에 조심스럽게 내려놓았다. 그러고는 히죽거리며 가만히 기다렸다.

그녀는 아주 천천히 종이로 시선을 옮겼다. 시선은 그대로 고정되었다. 그녀는 종이를 잡으려고 손을 뻗었지만 남자가 한 박자 빨랐다. 그는 재빨리 종이를 낚아채 주머니에 집어넣었다. 여전히 입은 히죽거리고 있었다. 남자는 스프링이 달린 작은 수첩을 꺼내 그 위에 클립 펜으로 뭔가를 적은 뒤 한 장을 뜯어 여자 앞에 내려놓았다. 마침내 그녀가 그와 눈을 마주쳤다. 그녀는 웃음을 지어 보였다. 애써서 억지로 웃는 것 같았다. 그는 손을 뻗어 그녀의 손등을 툭툭 치고는 자리를 떠나 커피숍을 나갔다.

밖으로 나선 그는 공중전화 부스로 들어가 다이얼을 돌리고 꽤 오랫동안 누군가와 통화를 했다. 그러고는 부스에서 나와 빨간 모자를 데리고 짐 보관함으로 갔다. 보관함에서는 연회색 여행가방과 이와 한 벌인 소형 짐 가방이 나왔다. 빨간 모자는 가방을 들고 여러 개의 문을 지나 주차장까지 그를 따라갔다. 그곳에는 두 가지 색으로 칠한 미끈한 차체의 뷰익 로드마스터가 있었다. 컨버터블이었지만 지붕이 단단한 재질이라 접을 수 없었다. 빨간 모자는 뒤로 젖힌 좌석 뒤쪽에 짐을 내려놓고 돈을 받아 돌아갔다. 노란 행커치프를 꽂은 캐주얼 재킷 차림의 남자는 차에 올라타서 뒤로 후진하더니 느긋하게 멈춰 서서 짙은 색 선글라스를 끼고 담배에 불을 붙였다. 그러고는 차를 출발시켰다. 나는 차량 번호를 적고 기차역으로 되돌아갔다.

그 후의 시간은 무척 더디게 흘렀다. 그녀는 커피숍을 나와 대합실에서 잡지를 읽었다. 정신을 딴 데 팔고 있는지 읽던 부분을 자꾸 거슬러 올라갔다. 그러다 얼마간은 아무것도 읽지 않고 잡지를 들고만 있었다. 나는 그 뒤에서 어느 석간신문의 조간판을 펼쳐 들고 그녀를 지켜보며 머릿속의 내용을 종합해 보았다. 아직 확실한 건 없었지만 시간을 때우는

데는 도움이 됐다.

우선, 여자와 한 테이블에 앉아 있던 남자는 타고 온 열차에서 내렸다. 짐을 가지고 있었기 때문이다. 남자가 타고 온 열차에 그녀도 타고 있었을 것이며 그 남자는 빨간 모자가 말한 열차에서 내린 승객일 터였다. 그녀의 태도를 보건데 그가 곁에 있는 것이 불쾌했고 그를 싫어하는 것이 분명했다. 하지만 그가 보여줬던 종이를 미리 보았다면 마음을 바꿨을 것이다. 그리고 실제로 그랬다. 이것은 그들이 열차에서 내린 후의 상황이고 열차에서였다면 좀 더 은밀한 상황이 벌어졌을지도 모른다. 그렇다면 열차에서는 그가 그 종이를 가지고 있지 않았을 것이다.

이때 여자가 벌떡 일어나 신문 가판대로 가더니 담배 한 갑을 사서 자리로 돌아왔다. 이어 담뱃갑을 뜯고 한 개비를 꺼내 불을 붙였다. 담배가 익숙지 않은 듯 어색해 보였다. 담배를 피우는 동안 그녀의 태도는 퇴폐적이고 자극적으로 돌변했다. 마치 어떤 목적을 품고 의도적으로 자신의 품격을 떨어뜨리려는 것처럼 보였다. 벽시계를 보니 10시 47분이었다. 나는 생각을 이어갔다.

비틀어진 종이는 신문에서 잘라낸 기사 같았다. 그녀는 그것을 빼앗으려 했지만 남자는 순순히 그렇게 하게 놔두지 않았다. 그러고는 흰 종이 위에 몇 글자 적고 나서 그녀에게 보여주었다. 그러자 그녀가 남자를 보고 웃었다. 결론. 매력적인 그 남자는 여자의 약점을 틀어 쥐고 있고 그녀는 남자가 마음에 드는 척 해야 했다.

다음. 그 일이 있기 전 남자는 역에서 나와 어딘가에 다녀왔다. 차를 가지러 갔을 수도 있고 신문 쪼가리를 가지러 갔을 수도 있다. 아무튼 뭔가를 가지러 간 것은 확실하다. 즉 남자는 그녀가 떠나가 버릴까 봐 노심초사하지 않았다는 것이고, 그렇다면 그때까지 남자는 비장의 카드를 완전히 공개하지는 않았지만, 그녀에게 약간의 실마리를 주었을 가능성이 크다. 어쩌면 남자 스스로도 자신하지 못했을 수도 있다. 확인이 필요 했을 것이다. 하지만 그는 비장의 카드를 보여 준 뒤 곧장 가방을 챙겨 뷰익을 타고 떠났다. 이제 남자는 더 이상 그녀가 떠날까 봐 걱정하지 않는다. 그 둘을 묶어놓은 것이 무엇이든 현재의 상태를 유지할 수 있을 만큼 강력한 힘이 있다.

11시 5분. 나는 이 모든 생각을 창밖으로 던져버리고 새로운 사실 찾기에 들어갔다. 남길 만한 것은 아무것도 없었다. 11시 10분이 되자 역내방송을 통해 11번 선로의 74호 열차가 산타아나, 오션사이드, 델마, 샌디에이고로 향하는 승객의 탑승을 위한 준비를 마쳤다는 방송이 흘러나왔다. 한 무리의 사람들이 대합실을 떠났다. 그녀도 그 무리에 끼어 있었다. 이미 많은 사람들이 개찰구를 통과하고 있었다. 나는 눈으로는 그녀를 쫓으며 공중전화 부스로 들어갔다. 그리고

10센트를 집어넣고 클라이드 움니 사무실 번호를 돌렸다.

버밀리아 양이 번호를 말하며 전화를 받았다.

"말로요. 움니 씨 계시오?"

그녀는 격식을 차린 말투로 대답했다.

"죄송합니다만, 움니 씨는 법원에 계십니다. 전하실 말씀 있으신가요?"

"그 여자와 만났고 샌디에이고행 열차를 탈 거요. 중간에 내릴 수도 있소. 아직 어디로 갈지는 확실히 모르오."

"알겠습니다. 다른 전하실 말씀 있으신가요?"

"물론이오. 태양은 환히 빛나고 있고 내가 뒤쫓는 사람은 오히려 당신보다 내게서 달아날 생각이 없소. 그 여자는 대합실 중앙 쪽으로 유리벽이 나 있는 커피숍에서 아침을 먹었소. 그다음에는 백오십 명의 다른 사람들과 대합실에 앉아 있었고, 지금은 안 보이지만 열차에 탔을 수도 있소."

"네, 알겠습니다. 감사합니다. 움니 씨가 오시는 대로 전해 드리지요. 더 전할 만한 사항은 없으시고요?"

"한 가지 있소. 당신 나를 밀어내고 있군."

버밀리아 양의 목소리가 돌변했다. 누군가 사무실에서 나간 것이 틀림없었다.

"이봐요. 잘 들어요. 당신은 지금 일을 하라고 고용된 거예요. 그러니 일이나 똑바로 하시죠. 클라이드 움니가 이 도시에 얼마나 많은 돈을 끌어다 대고 있는지 아세요?"

"예쁜 아가씨, 누가 그 돈을 원한다고 했소? 나는 독주 한 잔에 입가심할 맥주 한 모금만 있으면 충분하다오. 그러다 흥이 오르면 사랑의 연주까지 할 수도 있겠지."

"이보세요, 탐정 양반. 대가가 있잖아요. 물론 일을 했을 때 얘기죠. 아니면 국물도 없어요. 아시겠어요?"

"말 한번 착하고 예쁘게 하는군. 이만 끊겠소."

"이봐요, 말로."

그녀가 다급하게 불렀다.

"당신에게 못되게 굴려고 한 건 아니에요. 이건 클라우드 옵니한테 정말 중요한 일이에요. 제대로 성공하지 못하면 그분은 정말 중요한 인맥을 잃을 수도 있어요. 미리 일러두는 거예요."

"알았소, 버밀리아. 잠재의식 속에까지 새겨두겠소. 나중에 또 전화하겠소."

나는 전화를 끊고 개찰구를 통과해서 계단을 내려갔다. 그리고 벤추라까지 갔겠다 싶을 정도로 한참을 걸어서 11번 선로에 도착하여 일반석에 올랐다. 객실 안은 이미 목 건강에 더없이 좋고 튼튼한 폐를 선물해 줄 것 같은 매캐한 담배연기로 가득했다. 나도 파이프를 채운 뒤, 불을 붙여 부연 연기를 추가했다.

마침내 열차가 움직이기 시작했다. 열차는 들판을 지나 동부 LA 뒤쪽으로 길게 뻗은 구간을 빠져나가는 내내 지겹도록 꾸물거리더니 조금 속도를 내다가 이후 첫 번째 정차역인 산타아나에서 멈추었다. 그녀는 내리지 않았다. 오션사이드와 벨마에서도 내리지 않았다. 나는 열차가 종착역인 샌디에이고에 도착하자마자 서둘러 내려 택시를 잡고, 지은 지 오래된 스페인식 역 앞에서 빨간 모자들이 열차에서 짐을 다 내릴 때까지 8분간 기다렸다. 그제서야 그녀도 나왔다.

그녀는 택시를 잡지 않았다. 도로 건너편 모퉁이를 돌아 유드라이브 렌터카 지점으로 들어갔다가 꽤 시간이 지난 후에 실망한 표정으로 나왔다. 면허증 없이는 렌터카도 빌릴 수 없을 터. 그녀도 분명히 그것을 알았으리라.

그녀는 택시를 잡아타고 유턴해서 북쪽을 향해 달렸다. 내가 탄 택시도 그 뒤를 따랐다. 미행 때문에 택시 기사와 약간의 마찰이 있었다.

"그런 건 책에서나 읽으십쇼. 디에고에서는 그런 일 안 합니다요."

나는 5달러 지폐와 가로 10센티미터 세로 6.5센티미터 크기의 탐정 면허 복사본을 건네주었다. 기사는 한 블록을 가는 동안 눈을 떼지 않았다.

"좋습니다. 하지만 보고는 할 겁니다. 그러면 배차 감독이 경찰에 신고할 수도 있어요. 그게 이곳의 방식이니까요, 손님."

"딱 저 같은 사람이 살 만한 도시군요."

내가 말했다.

"그런데 앞 차를 놓쳤습니다. 두 블록 앞에서 좌회전입니다."

기사는 내 지갑을 돌려주었다.

"제가 왼쪽 눈이 안 보여서요."

그는 간단히 대꾸했다.

"택시끼리 쌍방 무선통신기가 왜 있겠습니까?"

기사는 전화에 대고 말을 했다.

애쉬 로에서 좌회전을 해서 101번 고속도로로 진입하자 차량이 많은 구간이 시작됐고 우리는 느긋하게 시속 65킬로미터로 달렸다. 나는 기사의 뒤통수만 노려보았다.

"마음 푹 놓으십쇼."

기사가 고개를 옆으로 돌리며 내게 말했다.

"오 달러는 요금에 더하는 겁니다. 네?"

"그럽시다. 그런데 왜 마음을 놓아도 된다는 겁니까?"

"저 손님은 에스메랄다로 간다네요. 여기에서 북쪽으로 십구 킬로미터 떨어진 곳인데 앞쪽으로 해변이 좌악 펼쳐진 곳이지요. 중간에 갑자기 틀지만 않으면, 앞으로 튼다는 말만 없다면, 목적지는 란초 데스칸사도라는 호텔입니다. 스페인어로 휴식, 편히 쉰다는 뜻이지요."

"이런, 애당초 웃돈까지 줄 필요가 없었군요."

내가 말했다.

23

"요금은 제대로 지불하십쇼, 손님. 우린 자선 사업하는 사람이 아니니까요."

"멕시코인이십니까?"

"우리끼리는 그렇게 안 부르고, 스페인계 미국인이라고 하지요. 미국에서 태어나 미국에서 자랐으니까요. 우리 중에는 스페인어를 아예 못하는 이들도 좀 있고요."

"에스 그란 라스티마 (아쉬운 일이군요). 우나 렝쿠아 무치시마 헤르모사(스페인어가 얼마나 아름다운 언어인데)."

내가 말했다.

기사는 고개를 돌려 싱글거렸다.

"티에네 브드. 라이즌, 마이고. 에스토이 무이 비엔 드 아쿠에르도(개념 있는 분이시군요. 저도 그렇게 생각합니다)."

우리는 계속 토랜스 해변을 향해 달리다 그곳을 지난 뒤에는 어느 한 지점으로 빠졌다. 기사는 간간이 무선통신기로 말을 주고받기도 했다. 기사는 내게 할 말이 있는지 고개를 돌렸다.

"눈에 띄면 안 되는 거죠?"

"저 차 기사는 어떻습니까? 여자 손님에게 미행당하고 있다는 걸 말한 것 같습니까?"

"저 녀석도 미행당하는 건 몰라요. 그래서 여쭤본 겁니다."

"저 차를 앞질러서 먼저 호텔에 도착해주십시오. 가능하면요. 오 달러를 더 얹어 드리지요."

"식은 죽 먹기죠. 저 녀석은 우리 차를 알아채지도 못할 겁니다. 나중에 테카트나 한잔하면서 놀려줘야겠네요."

작은 쇼핑센터를 지나자 넓은 도로가 나타났다. 도로 한편으로는 새로 지어진 것은 아니지만 비싸 보이는 집들이, 반대편 쪽으로는 새로 지어졌지만 역시 비싸 보이는 집들이 늘어서 있었다. 어느덧 도로가 다시 좁아지면서 시속 40킬로미터 구간에 들어섰다. 그러자 기사는 오른쪽으로 꺾어 들어가 좁은 길을 구불구불 돌았고 정지 신호도 건너뛰었다. 여기가 어딘지 미처 가늠할 새도 없이 택시는 어느 협곡으로 미끄러져 들어갔다. 왼쪽으로는 태평양이 펼쳐져 있었고 수심이 얕은 널따란 해변 위로는 안전요원이 올라가 앉을 수 있는 지붕 없는 철제 탑 두 개가 우뚝 솟아 있었다. 기사는 협곡 밑에서 안쪽으로 차를 돌려 호텔 입구로 들어가려고 했지만 내가 말렸다. 커다란 간판에는 초록색 배경에 금색 글씨로 '엘란초 데스칸사도'라고 쓰여 있었다.

"들켜서는 안 됩니다. 절대"

나는 당부했다.

기사는 다시 도로로 진입한 뒤 속도를 내서 회벽이 끝나는 지점까지 달려 굽이굽이 꺾어진 좁은 도로의 반대편에 차를 세웠다. 몸통이 갈라지고 여러 군데 옹이진 유칼립투스 나무 한 그루가 우리 위로 잎을 늘어뜨리고 있었다. 나는 택시에서 내려 선글라스를 끼고 도로를 터덜터덜 걸어 내려와 주유소 이름이 박힌 새빨간 지프에 기대어 섰다. 택시 한 대가 언덕을 내려가서 데스칸사도로 들어갔다. 3분이 흘렀다. 택시는 텅 빈 상태로 언덕을 다시 올라왔다. 나는 기사에게 돌아갔다.

"423번 택시. 맞습니까?"

"뒤쫓던 차 맞네요. 이제 어쩔까요?"

"조금만 기다립시다. 저곳은 어떻게 생겼습니까?"

"간이차고가 딸린 별장식 호텔이에요. 일인실과 이인실이 있죠. 건물 앞에는 작은 사무실이 있고요. 성수기엔 가격이 천정부지로 치솟아요. 지금은 비수기니까 아마 요금도 반값일 거고 방도 많을 겁니다."

"오 분만 더 기다리죠. 그 다음엔 체크인을 하고, 가방을 내려놓고, 차를 빌릴 곳을 찾아봐야겠군요."

기사는 차를 빌리는 건 어렵지 않을 거라고 했다. 에스메랄다에는 렌터카 지점이 세 곳이나 있으니 시간이든 비용이든 문제없을 거라는 얘기였다.

우리는 5분간 기다렸다. 막 3시가 넘은 시각이었다. 어찌나 배가 고픈지 개밥그릇이라도 빼앗고 싶은 심정이었다.

나는 기사에게 차비를 지불하고 택시가 떠나는 것을 지켜본 후, 도로를 건너 호텔 사무실로 들어갔다.

3

나는 정중하게 카운터에 팔을 올린 후 물방울무늬 나비넥타이를 맨 환한 표정의 젊은 남자 직원을 쳐다보았다. 그 옆으로는 벽면에 설치된 전화교환대 앞에 여자가 앉아 있었다. 여자는 야외 활동을 즐기는 듯 화장은 번들거렸고 중간 길이의 금발 머리를 하나로 묶어 뒤통수에 말총처럼 늘어뜨리고 있었다. 선한 눈빛의 커다란 눈은 남자 직원의 눈과 마주칠 때에는 반짝반짝 빛이 났다. 나는 다시 남자 직원을 쳐다보았고 헛기침이라도 하고 싶은 것을 간신히 억눌렀다. 전화교환원은 말총머리를 한 번 흔들더니 내 쪽으로 눈길을 돌렸다.

"모시게 돼서 기쁩니다. 말로 씨."

남자 직원이 정중하게 말했다.

"저희 호텔에서 묵기로 하셨다면 투숙카드 작성 전에 먼저 안내해 드리겠습니다. 얼마 동안 머무실 예정이신가요?"

"그 여자가 여기에 머무는 동안이요."

내가 말했다.

"파란 정장을 입은 여자 손님 말입니다. 방금 들어갔지요. 제가 모를 만한 이름을 썼을 것 같군요."

남자 직원과 전화교환원은 나를 빤히 쳐다보았다. 두 명 모두 의심과 호기심이 섞인 표정이었다. 이런 장면을 연기하는 방법은 백 가지나 있다. 하지만 이번 방법은 내게도 새로웠다. 전 세계 어느 도시에서도 통하지 않을 수 있지만 이곳에서는 통할 수도 있었다. 어느 쪽이든 내겐 상관없는 일이었다.

"아무래도 안 되겠죠?"

내가 물었다.

직원은 가볍게 고개를 저었다.

"솔직히 말씀해 주신다면……"

"거짓말이라면 저도 지긋지긋합니다. 정말이지 지쳤어요. 혹시 그 여자 손님 손가락에 끼워진 반지를 보셨습니까?"

"아뇨. 저는 못 봤는데요."

직원은 전화교환원을 쳐다보았다. 전화교환원은 고개를 가로저으며 내 얼굴에 시선을 고정했다.

"결혼반지까지 빼다니…… 이제 끝이군. 끝났어. 다 깨져 버렸군요. 이제껏 함께한 세월이. 아! 이런 세상에. 제가 어디에서부터 쫓아왔는지 아십니까. 아니, 됐습니다. 그 여자는 어차피 저와 말도 섞지 않을 텐데요. 여기서 뭘 하는 건지. 혼자 이게 무슨 멍청한 짓인지……"

나는 고개를 옆으로 돌려 코를 풀었다. 둘의 관심은 완전히 내게 쏠렸다.

"다른 호텔을 찾아보지요."

나는 뒤돌아섰다.

"다시 잘 해 보고 싶지만, 그분이 원치 않으시나봐요."

전화교환원이 작은 소리로 말을 걸어주었다.

"그렇습니다."

"마음이 아프네요."

직원이 말했다.

"하지만 저희 입장도 아시죠, 손님. 호텔은 정말 조심스러운 곳이거든요. 별것 아닌 상황이 심각하게 변할 수도 있고요. 심지어 총격까지도요."

"총격이요?"

나는 화들짝 놀라며 직원을 바라보았다.

"세상에. 그런 짓을 하는 사람도 있단 말입니까?"

직원은 카운터 위에 양팔을 올려놓고 있었다.

"뭘 해드리면 될까요, 말로 씨"

"전 그저 그 여자의 주변에 있고 싶습니다. 혹시 그녀가 절 필요로 할 수도 있으니까요. 저는 말도 걸지 않을 겁니다. 방문을 두드리는 일은 더더욱 없을 거고요. 하지만 제가 옆에 있다는 것을 그녀도 알게 되겠지요. 이유도 알게 될 테고요. 전 그저 기다릴 겁니다. 언제까지나 기다릴 겁니다."

전화교환원은 내 이야기에 완전히 빠져들었다. 나는 발가락에 박혀 있는 티눈에 온 신경을 몰두했다. 숨을 천천히 깊게 들이마신 뒤 마지막 한 방을 노렸다.

"그녀를 이곳까지 데려온 작자는 정말이지 꼴도 보기 싫습니다."

"다른 분은 없었어요. 택시 기사가 태우고 온 걸요."

남자 직원은 시치미를 뗐다. 하지만 내 말의 의도를 알고 있을 터였다.

전화교환원은 살짝 미소를 띠었다.

"그게 아니라, 잭. 방을 예약한 사람을 말씀하신 거야."

직원이 말했다.

"나도 그 정도는 알아들어, 루실. 내가 뭐 바보인 줄 알아."

남자 직원은 카운터 아래에서 서류 한 장을 불쑥 꺼내 내 앞에 내려놓았다. 투숙카드였다. 한쪽 귀퉁이에 비스듬히 래리 미첼이라는 이름이 적혀 있었다. 그리고 그것과는 다른 필체로 각 칸이 채워져 있었다. 베티 메이필드(미혼), 뉴욕주 웨스트 채텀. 그리고 래리 미첼이라고 쓴 것과 같은 글씨체로 종이 왼쪽 꼭대기에 날짜, 시간, 가격, 방 번호가 적혀 있었다.

"정말 감사합니다. 처녀 때 이름으로 돌아갔군요. 불법은 아니지만."

내가 말했다.

"사기 칠 의도가 없다면 어떤 이름을 쓰건 합법이지요. 옆 방에 묵으시겠습니까?"

나는 눈을 휘둥그렇게 떴다. 아마도 두 눈이 반짝거렸을 것이다. 눈을 반짝이기 위해 나처럼 애쓰는 사람은 없을 터였다.

"저기, 정말 고맙지만 이렇게 하셔도 괜찮으십니까. 저야 말썽을 일으키는 일은 없겠지만, 그렇다고 저를 완전히 믿을 수도 없는 거고요. 저 때문에 문제가 생기면 다 책임을 지셔야겠지요."

"맞습니다. 이러다가 언젠가 대가를 치르게 될 수도 있겠 지요. 하지만 손님은 좋으신 분 같아요. 그냥 이건 비밀로 해 주십시오."

그는 연필꽂이에서 펜을 꺼내 나에게 건네주었다. 나는 뉴 욕 시 동부 65번로라고 주소를 적고 사인을 했다.

"센트럴 파크 근처네요?"

그는 주소를 보더니 무심하게 물었다.

"세 블록 정도 떨어져 있지요. 렉싱턴과 3번가 사이에요."

남자 직원은 고개를 끄덕였다. 그곳이 어딘지 잘 아는 것 처럼. 그는 열쇠를 집었다.

"가방은 여기에 두고 배 좀 채우고 나서 차를 빌리려고 하는데 혹시 가방을 제 방에 가져다주실 수 있나요?"

직원은 선뜻 그렇게 해 주겠다고 했다. 그는 나를 밖으로 안내한 뒤 키 작은 나무 수풀 사이를 가리켰다. 초록색 지붕을 얹은 흰색의 낮은 건물들이 곳곳에 자리 잡고 있었다. 건물마다 난간이 달린 발코니가 있었다. 그는 나무들 사이로 내 방이 있는 건물을 알려주었다. 나는 고맙다고 인사했다. 그가 돌아서려 할 때 내가 다시 말했다.

"저, 하나만 더 부탁할까요? 그녀가 이 사실을 알면 이곳에서 나갈 수도 있습니다."

그는 미소 지었다.

"그렇겠죠. 거기에 대해선 저희도 어쩔 수 없지요, 말로씨. 이곳은 하루 이틀 묵는 손님들이 거의 대부분입니다. 여름만 제외하면요. 이맘때에는 만실을 기대하지도 않고요."

그는 작은 사무실로 들어갔고, 이어 전화교환원의 목소리가 들렸다.

"저 사람 좀 귀엽다, 잭. 그래도 그렇게까지 해주면 안 되잖아."

잭의 대답도 들렸다.

"미첼 그놈은 역겨운 자식이야. 아무리 그 자식이 사장 친구라고 해도."

4

방은 그럭저럭 참을 만했다. 콘크리트같이 딱딱한 흔해 빠진 소파와 쿠션 없는 의자 몇 개에, 앞쪽 벽에는 작은 책상이 있었고, 큰 벽장 안에는 붙박이 수납장이 있었다. 욕실에는 헐리우드식 욕조가 딸렸고 세면대 위의 거울 옆에는 면도용 네온조명이 달려 있었다. 좁은 부엌에는 냉장고와 화구가 세 개인 흰색 전기스토브가 있었다. 싱크대 위에 걸린 선반은 접시며 각종 용품으로 가득했다. 나는 냉장고에서 얼음을 꺼낸 뒤 가방에서 챙겨온 술병을 가져다 술 한 잔을 따라서 조금씩 마시며 가만히 앉아 소리에 집중했다. 창문도 열지 않았고 베니션 블라인드도 그대로 내려둔 채 어둠 속에서 기다렸다. 옆방에서는 한참동안 아무 소리도 없었는데 이윽고 화장실 물이 내려가는 소리가 들려 왔다. 그녀는 방에 있었다.

난 단숨에 남은 술을 들이켜고 담배를 비벼 껐다. 그러고는 옆방과 내 방 사이의 벽에 달린 히터를 찬찬히 훑어보았다. 히터는 길쭉하고 불투명한 발열관 두 개를 철제 박스가 둘러싼 구조였다. 많은 열기를 발산할 것 같아 보이지는 않았지만 벽장 안에도 온도 조절이 되는 220볼트짜리 온풍기 한 대가 들어 있었다. 나는 벽걸이 히터의 크롬 창살을 뜯어내고 불투명한 발열관을 살살 돌려서 빼냈다. 이어 가방에서 청진기를 꺼내 철제 박스 뒤판에 대고 귀를 기울였다. 옆방에도 같은 자리에 히터가 설치되어 있다면 -그건 거의 확실했고- 두 방 사이를 가로막은 장애물이라고는 금속판 한 장과 약간의 단열재 정도가 전부일 터였다.

몇 분간 정적이 흘렀다. 그러다 전화 다이얼을 돌리는 소리가 들렸다. 수신 상태는 완벽했다. 여자의 목소리가 들렸다.

"에스메랄다 4-1499, 연결 부탁합니다."

중간톤의 냉정하고 침착한 목소리였다. 감정이 느껴지진 않았지만 약간의 피곤이 배어 있었다. 그녀의 뒤를 밟는 동안 목소리를 들은 것은 처음이었다.

꽤 오랜 정적이 흐른 후 그녀의 목소리가 다시 들려왔다.

"래리 미첼 씨 부탁합니다."

또 다시 기다림. 이번엔 짧았다.

"베티 메이필드에요. 란초 데스칸사도에 있어요."

그녀는 데스칸사도의 '사'를 틀리게 발음했다. 그리고 다시 이어지는 목소리.

"베티 메이필드라고요. 진짜 왜 이러세요. 철자라도 불러 드려야겠어요?"

전화 건너편에서 무슨 얘기를 하는 모양이었다. 가만히 듣고 있던 여자가 잠시 후 말을 꺼냈다.

"12C호요. 아시잖아요. 예약하셨더군요...... 아. 알았어요...... 네, 그러죠. 여기에 있을게요."

그녀는 전화를 끊었다. 적막. 완전한 적막. 이후 천천히 공허하게 내뱉는 말.

"베티 메이필드, 베티 메이필드, 베티 메이필드. 불쌍한 베티. 한때는 괜찮은 여자였는데. 옛날이 됐구나."

나는 바닥에 줄무늬 방석을 깔고 벽에 등을 대고 앉아 있었다. 그러다 조심스럽게 몸을 일으켜 세운 뒤 청진기를 방석에 내려 두고 침대로 가서 누웠다. 잠시 후면 남자가 도착할 터였다. 그녀는 그를 기다리고 있었다. 그래야 하는 이유가 있기 때문이다. 같은 이유로 그녀는 여기까지 왔다. 난 그이유를 알고 싶어졌다.

남자는 가벼운 고무 밑창을 댄 신발을 신은 것이 틀림없었다. 옆방에서 초인종 소리가 날 때까지 아무 소리도 들리지 않았기 때문이다. 그렇다면 그는 이 건물까지 차를 끌고오지도 않았을 터였다. 나는 침대에서 내려와 다시 청진기를대고 소리에 집중했다.

그녀가 문을 열어주었고, 남자가 들어왔다. 그의 얼굴에 번진 미소가 눈앞에 보이는 듯했다. 그가 말했다.

"안녕, 베티. 이름이 베티 메이필드라…… 믿어야지. 마음에 들어."

"그게 원래 제 이름이에요."

문이 닫혔다.

그가 킬킬 웃었다.

"이름을 바꿨길래 제법 똑똑한 줄 알았는데. 짐에 적인 이니셜은 어떻게 된 거야?"

남자의 목소리는 웃음소리만큼 듣기 싫었다. 고음의 목소리는 명랑함이 지나쳐 능글맞은 경박함으로 들떠 있었다. 조롱이 섞인 말투는 아니었지만, 얼추 비슷했다. 그 목소리를 참고 들으려면 나는 어금니를 꽉 깨물어야 했다.

"당신이 처음 본 게 그 이니셜인 줄 알았는데요."

그녀가 차갑게 말했다.

"아니지, 자기야. 내 눈에 처음 들어온 건 바로 자기라구. 결혼반지 자국은 있지만 결혼반지는 없었다는 게 두 번째. 이니셜은 그 다음이고 말이지."

"자기라고 부르지 말아요. 비열하게 협박이나 하는 싸구려 주제에."

그녀는 눌러두었던 분노를 담아 내뱉었다.

그는 꿈쩍도 하지 않았다.

"그래. 비열하게 협박이나 하는 걸지도 몰라, 자기. 그치만……."

다시 낄낄대는 소리.

"그렇게 싸구려는 아니라구."

그녀가 움직였다. 아마도 그와 거리를 두는 것이리라.

"한잔 할래요? 술을 가지고 온 걸 봤는데."

"술을 마시면 음흉해질지도 모르는데."

"미첼 씨, 당신에게 겁나는 게 딱 하나 있어요."

그녀가 싸늘하게 말했다.

"당신의 그 가벼운 입. 당신은 말이 너무 많고 자아도취에 빠져 있어요. 우리 서로를 좀 더 이해해 보는 게 어때요. 전 에스메랄다가 좋아요. 예전에 와 본 뒤로 늘 다시 오고 싶었죠. 그저 운이 없었던 것뿐이에요. 당신이 이곳에 살고 하필 나를 이곳으로 태우고 온 기차에 당신도 탔던 것 말예요. 당신이 날 알아 본 건 그 중 최악의 불운이었고요. 하지만 이 모든 건 그저 운이 나빴던 거죠."

"나에겐 행운인 걸, 자기."

그가 느물거렸다.

"나를 궁지로 몰아넣지 않는다면, 그래요 행운일지도 모르죠. 하지만 당신이 날 계속 협박한다면 당신 머리통을 날려버리는 건 일도 아니에요."

짧게 침묵이 흘렀다. 서로 노려보고 있는 그들의 모습이 머릿속에 그려졌다. 그의 미소에 불안함이 얼핏 스쳤을 것이다.

"난 그저 전화기를 들고 샌디에이고 신문사에 전화만 하면 돼. 소문이 나기를 바라는 건가? 원한다면 기꺼이 그래줄 수도 있고."

그가 낮게 속삭였다.

"난 그걸 잊으려고 여기까지 왔다구요."

그녀가 쓸쓸하게 말했다.

남자가 웃었다.

"그렇겠지. 늙어서 뒈지기 직전의 멍청한 판사가 배심원의 판결을 뒤집을 수 있는 그 유일한 북부군 주에서 일어난 일을 잊고 싶겠지. 이건 확인을 해야겠지만. 자긴 두 번이나 개명을 했어. 그 이야기가 여기에서 공개되면 어떨까? 솔직히 아주 흥미진진한 이야기 아닌가? 그렇다면 이름을 또 바꿔야 하겠지. 여행도 더 해야 할 테고. 거 참 피곤한 일이야. 안 그래?"

"그래서 여기까지 왔잖아요."

그녀가 말했다.

"그래서 당신도 여기에 있고요. 얼마면 돼요? 그래봤자 첫 번째 납입금에 불과하겠지만."

"내가 돈을 달라고 했었나?"

"달라고 하겠죠."

그녀가 말했다.

"그리고 목소리 낮춰요."

"여기엔 우리 둘뿐이야, 자기. 들어오기 전에 한 번 쭉 둘러봤거든. 문도 잠겨 있고 창문도 닫혀 있고 블라인드도 전부 내려져 있고 차고도 텅 비어 있더군. 그렇게 불안하면 사무실에 확인해 줄게. 여기에는 내 친구들이 많거든. 이제 자기도 알게 될 사람들이야. 당신 인생을 즐겁게 만들어 줄 사람들이지. 여기 사교클럽에 들어가는 게 얼마나 어려운지 알아? 밖에서 보면 따분하기 짝이 없는 곳이지만."

"미첼, 당신은 어떻게 들어가게 됐죠?"

"우리 집 노인네가 토론토의 큰손이거든. 그런데 난 아버지랑 사이가 틀어져서 집 근처에는 얼씬도 못해. 그래도 여전히 우리 집 노인네이자, 거물 중의 거물이지. 아들에겐 얼씬하지 말라면서 돈만 부치지만."

그녀는 그 말에 대꾸하지 않았다. 그녀의 발걸음 소리가 멀어지더니 부엌에서 얼음을 꺼내 뭔가를 하는 소리가 들렸다. 물소리가 났고 발걸음 소리가 다시 가까워졌다.

"전 한잔 해야겠어요."

그녀가 말했다.

"당신에게 무례했을지도 모르겠네요. 좀 피곤해서요."

"그래, 피곤하겠지."

그가 태연하게 말했다.

정적.

"그럼, 언제 피곤이 가실지 말해 줄게. 오늘 저녁 일곱 시 반에 글래스룸이 좋겠어. 태우러 올게. 근사한 곳이야. 저녁을 먹고, 춤도 추고. 우아하고 아무나 들어가지 못하는 곳이지. 비치클럽 소유야. 아는 사람이 없으면 입장불가야. 나야 거기에 친구가 있으니까."

"비싸겠네요?"

그녀가 물었다.

"약간. 아 그래. 잊을 뻔 했는데 생각났다. 용돈이 입금될 때까지 몇 달러만 줘봐."

그가 웃음을 터뜨렸다.

"이거 정말 놀라운데. 내가 남한테 돈을 달라고 말하다니."

"몇 달러요?"

"몇 백 달러면 더 좋고."

"지금은 육십 달러밖에 없어요. 계좌를 열거나 아니면 여행자 수표를 바꿔야 해요."

"자기야, 그건 호텔 사무실에서도 할 수 있어."

"그렇군요. 자, 오십 달러요. 응석받이 요구를 다 들어줄 순 없죠, 미첼 씨."

"래리라고 불러. 인간적으로 굴라구."

"그럴까요?"

그녀의 목소리가 변했다. 교태가 배어 있었다. 그의 얼굴에 천천히 번지는 기쁨의 미소가 눈에 보이는 듯했다. 이어 잠시 고요해진 동안 그가 그녀를 끌어안고 그녀가 그에게 선선히 안기는 모습을 짐작할 수 있었다. 이윽고 입술이 약간 눌린 듯한 음성으로 그녀가 말했다.

"이제 그만, 래리. 착하게 굴고 이제 놔줘요. 일곱 시 반까지 준비할게요."

"가기 전에 한 번 더."

곧 문이 열렸고 그가 뭐라고 말했지만 그건 듣지 못했다. 나는 자리에서 일어나 창가로 간 뒤 블라인드 틈을 살짝 벌려 조심스럽게 밖을 지켜보았다. 키가 큰 나무 위에 설치된 투광조명에 불이 들어와 있었다. 남자는 언덕으로 올라갔다 이내 시야에서 사라졌다. 나는 다시 히터로 돌아왔다. 잠시 동안 아무 소리도 들리지 않았지만 이젠 내가 뭘 들으려는 것인지도 알 수 없었다. 하지만 곧 알게 됐다.

황급히 움직이는 소리가 났고, 서랍장을 열고 자물쇠를 잠그고 열려 있던 뚜껑을 탁 닫는 소리도 들렸다.

그녀는 짐을 싸서 떠나려 하고 있었다.

나는 길쭉하고 불투명한 발열관을 히터에 다시 꽂고 창살도 원위치로 돌려 놓고 청진기를 가방에 집어넣었다. 저녁이 되자 점점 쌀쌀해지고 있었다. 나는 재킷을 걸치고 방 안에 서 있었다. 밖은 어두워지고 있었지만 불은 켜지 않았다. 나는 우두커니 서서 곰곰이 생각을 해보았다. 전화기를 들어서 움니에게 보고를 할 수도 있었지만, 그때쯤이면 그녀는 택시를 잡아타고 다른 목적지를 향해 기차나 비행기를 타러 가는 중일 수도 있었다. 그녀는 원하는 어느 곳이건 갈 수 있을 것이다. 하지만 그녀의 행방이 워싱턴의 지체 높은 사람들에게 그토록 중요한 일이라면 그녀가 탄 열차에는 늘 탐정이 따라 붙을 것이다. 더군다나 그곳엔 언제나 래리 미첼같은 녀석이나 비상한 기억력을 가진 기자가 타고 있을 것이다. 누군가 그녀를 알아볼 가능성은 결코 사라지지 않을 것이며 그녀를 알아볼 사람은 언제고 나타날 것이다. 자신에게서 벗어날 수는 없는 법이니까.

나는 소중하지도 않은 사람들을 위해 누군가의 뒤꽁무니나 밟는 싸구려 짓을 하고 있었지만, 그것이 바로 내가 고용된 이유였다. 그들이 주는 돈을 받는 대신 남의 더러운 사생활을 캔다. 이번만은 그 맛을 느낄 수 있었다. 그녀는 매춘부나 사기꾼 같아 보이지 않았다. 그건 그녀가 제대로 변장을 한 매춘부나 사기꾼일지도 모른다는 의미였다.

5

나는 문을 열고 옆방으로 가서 작은 초인종을 눌렀다. 안에서는 움직임이 느껴지지 않았다. 발자국 소리도 나지 않았다. 그러다 딸깍, 체인을 홈에 거는 소리가 난 뒤 방문이 5센티미터 정도 열렸고 안에서는 불빛만 새어나왔다. 문 뒤에서 목소리가 흘러나왔다.

"누구세요?"

"설탕 한 컵만 빌려 주시겠습니까?"

"설탕 없는데요."

"그럼 돈이 입금될 때까지 몇 달러만 빌려 주시는 건 어떻습니까?"

오랜 침묵. 이어 체인이 팽팽해질 정도로 문틈이 벌어졌고 그 사이로 빼꼼히 얼굴을 내민 그녀는 그늘이 드리운 눈으로 나를 빤히 쳐다보았다. 그 두 눈은 어둠 속 깊은 웅덩이 같았다. 나무 위에 걸려 있던 투광조명이 눈을 비스듬히 비춘 탓이었다.

"누구시죠?"

"옆방에 묵는 사람입니다. 낮잠을 자다가 얘기 소리가 들려 깼지 뭡니까. 무슨 말이 오가던데, 꽤나 흥미롭더군요."

"흥미는 다른데 가서 찾으시죠."

"그럴 수도 있겠지요, 킹 부인. 아니, 메이필드 양. 어떻게 부르는 게 좋을까요?"

그녀는 미동도 없었다. 눈 하나 깜짝하지 않았다. 나는 담뱃갑을 흔들어 담배 한 개비를 꺼낸 뒤 엄지손가락으로 지포라이터 뚜껑을 열어젖히고 부싯돌을 돌리려고 했다. 이 정도는 거뜬하게 한 손으로 할 수 있을 것이다. 누구나 할 수 있는 일이지만 서툴고 불편한 과정이었다. 나는 결국 성공해서 담배에 불을 붙였고 크게 한 모금 들이마신 뒤 코로 연기를 내뿜었다.

"어떻게 아셨죠?"

"솔직히 말씀드리자면 전 LA에 전화를 걸어서 절 이곳으로 보낸 사람에게 보고를 해야 합니다. 어쩌면 제 일은 그게 전부일 수도 있습니다."

"맙소사."

그녀는 버럭 화를 냈다.

"오후 한나절 동안 두 명이라니. 세상에 이게 웬 횡재람."

"저는 아는 바 없습니다."

내가 말했다.

"아무것도 모른단 말입니다. 제가 그다지 좋지 않은 치들을 위해 일하는 것 같긴 하지만, 꼭 그렇다고 할 수도 없고요."

"잠깐만요."

그녀는 내 면전에서 문을 쾅 닫았다. 하지만 곧 다시 나타났다. 문 안쪽 홈에서 체인을 뺀 뒤 문이 열렸다.

내가 천천히 안으로 걸어 들어가자 그녀는 뒷걸음질 치며 멀찍이 거리를 두었다.

"얼마나 들은 거죠? 그리고 문 좀 닫아주세요."

나는 어깨로 문을 밀어 닫은 뒤 문에 기대어 섰다.

"꽤나 추잡한 대화의 끄트머리였지요. 이곳 벽은 무용수의 지갑만큼 얇더군요."

"연예계에서 일하시나 봐요?"

"연예계와 정반대 분야입니다. 숨어서 하는 일이지요. 전 필립 말로라고 합니다. 우린 이미 구면입니다."

"그런가요?"

그녀는 경계하듯 조심스럽게 열려 있던 여행 가방 근처로 걸어갔다. 그러고는 의자 팔걸이에 몸을 기댔다.

"어디서 봤죠?"

"LA 유니온 역에서요. 우린 기차를 기다렸지요. 당신과 나 둘 말입니다. 난 당신을 쭉 지켜보았습니다. 당신과 미첼 씨 사이에서 무슨 일이 벌어지는 것인지 무척 흥미롭더군요. 그 남자 이름이 미첼 맞지요? 전 아무것도 못 들었고 제대로 보지도 못했습니다. 커피숍 밖에 있었거든요"

"뭐가 그리 흥미로우셨을까요. 우리 멋쟁이 신사분께서?"

"그 얘기를 하려던 겁니다. 미첼과 몇 마디 나누더니 당신의 태도가 변하는 것이 특히 흥미롭더군요. 당신은 애쓰고 있었습니다. 확연히 의도적이었어요. 느닷없이 야멸차고 비정한 작부처럼 태도를 180도 바꾸더군요. 왜였지요?"

"전에는 어땠는데요?"

"착하고 정숙한 여인이었습니다."

"그게 연기였어요. 그 반대 모습이 진짜 제 모습이에요. 다른 모습도 공존하겠죠."

그녀는 옆구리에서 작은 자동권총을 들어올렸다.

나는 총을 보았다.

"허, 총이라. 총으로 겁 줄 생각은 마십시오. 평생 총을 친구 삼아 살아온 사람입니다. 이가 나기 시작할 때부터 구식 데린저와 리버보트(강, 호수 같은 물 위에 떠 있는 카지노) 도박사들이 쓰는 단발식 권총을 가지고 놀았지요. 커가면서 경량 스포츠 소총으로 갈아탔고 그 다음엔 303 소총 뭐 그런 식으로 말입니다. 한때는 조준해서 팔백 미터 밖에 있는 표적을 맞추기도 했습니다. 모르실까봐 덧붙이자면, 팔백 미터 밖에 있는 표적 크기는 우표만 하더군요."

"대단한 이력이시네요."

그녀가 말했다.

"총으로 해결할 수 있는 일은 없습니다. 총은 불행한 이 막을 서둘러 여는 커튼에 불과하지요."

그녀는 희미하게 미소를 지으며 총을 왼손으로 옮겨 잡았다. 이내 오른손으로는 입고 있던 블라우스 옷깃의 끝을 단단히 쥐더니 빠르고 과감한 동작 한 번으로 블라우스를 허리까지 찢어버렸다.

"자 다음."

그녀가 말했다.

"하지만 서두를 건 없어요. 난 이렇게 총을 돌려 잡아요."

그녀는 총을 다시 오른손으로 옮겼지만 이번엔 총구 쪽을 쥐고 있었다.

"그런 다음 총으로 광대뼈를 내려치죠. 그러면 제 얼굴엔 아름답게 멍이 남는 거예요."

"그 다음에 당신은 총을 제대로 고쳐 잡고 안전장치를 푼 뒤 방아쇠를 당기겠지. 내가 신문의 스포츠란 주요 기사를 다 읽었을 쯤 말이오."

나는 다리를 꼬고 뒤로 몸을 뒤로 기댄 뒤 의자 옆에 놓여 있던 잿빛 유리 재떨이를 가져다가 무릎 위에 균형을 맞춰 올려놓았다. 그러고 나서 오른손 검지와 중지 사이에 끼우고 있던 담배를 들었다.

"내가 방을 가로질러 갈 방법은 없으니, 그냥 이대로 앉아 있겠소. 편안하게 쉬면서."

"하지만 거의 죽은 상태일 거예요. 팔백 미터까지 쏘진 못해도 전 제법 총을 잘 쏘거든요."

"그 뒤에 당신은 내가 어떻게 당신을 덮쳤고 당신이 어떻게 정당방위를 했는지 경찰에게 꾸며대겠군."

그녀는 총을 가방에 툭 던져 넣고는 웃음을 터뜨렸다. 진심으로 신이 나서 웃는 것 같았다.

"미안해요. 당신은 다리를 꼬고 머리에 구멍이 난 채 앉아 있는데 나는 내 몸을 지키려다 당신을 쏘았다고 설명할 거 아녜요. 그 모습을 상상해보니 나 정말 미친 여자 같지 않겠어요."

그녀는 의자에 앉아서 팔꿈치를 무릎 위에 올려 손으로 턱을 괴었다. 얼굴에는 긴장과 피곤함이 함께 녹아 있었고, 짙붉은 머리카락은 얼굴 주변으로 화려하게 풀어져서 원래보다 얼굴이 훨씬 작아 보였다.

"당신 내게 뭘 하려는 거죠, 말로 씨? 아니 반대인가? 당신이 아무것도 안 하는 대가로 내가 당신에게 뭘 해줘야 하나요?"

"엘레노어 킹은 누구요? 워싱턴에서는 뭘 했소? 왜 이동하는 중에 이름을 바꿨고 가방에 붙어 있던 이니셜은 왜 뗀 거요? 당신이 내게 말해줄 것은 이런 이야기들이오. 물론 말하지 않을 수도 있지만."

"아, 글쎄요. 내 가방에서 이니셜을 뗀 건 짐꾼이에요. 난 그저 결혼 생활이 정말 불행했고 그래서 이혼을 했기 때문에 이제 처녀 시절 이름을 다시 쓸 수 있는 권리가 생겼다고 말했어요. 엘리자베스나 베티 메이필드라는 이름이요. 제 말이 다 사실일 수도 있잖아요?"

"그렇겠지. 하지만 미첼에 대해서는 설명이 안 되는군."

그녀는 뒤로 느긋하게 몸을 기댔다. 눈빛은 경계를 풀지 않았다.

"여행 중에 알게 된 사람이에요. 같은 기차를 탔죠."

나는 고개를 끄덕였다.

"하지만 그 남자는 직접 차를 몰고 여기까지 왔소. 당신을 위해 이곳을 예약했고. 이곳 사람들은 그 사람을 좋아하지 않지만 언뜻 보니 막강한 힘이 있는 누군가를 친구로 둔 것 같더군."

"기차나 배에서 만난 사람은 가끔 아주 빨리 친해지기도 하죠."

그녀가 말했다.

"그렇게 보였소. 그 사람은 심지어 당신을 끌어안고 돈도 빌려갔지. 속도 정말 빠르군. 그런데 난 당신이 그 남자를 썩 좋아하지 않는 것 같다는 인상을 받았소."

"흠, 그래서요? 사실대로 말하자면 전 그 사람에게 완전히 빠진 걸요."

그녀는 손바닥을 뒤집어 가만히 들여다보았다.

"말로 씨, 누가 당신을 고용했죠? 그리고 이유는요?"

"LA의 변호사인데 동부에서 의뢰를 했다더군. 내 일은 당신을 미행해서 어디에 묵는지 확인하는 거였소. 난 그렇게 했지. 하지만 지금 당신은 떠나려고 채비를 하고 있지 않소? 난 일을 처음부터 다시 시작하게 생겼단 말이오."

"하지만 제가 이제 당신의 존재를 알게 된 이상, 당신의 일은 이제 더 힘들어지겠군요. 보아하니 사립 탐정인 듯한데."

나는 순순히 인정했다. 담배는 이미 다 피우고 난 뒤였다. 나는 재떨이를 테이블에 도로 올려두고 일어섰다.

"내 일은 힘들어지겠지만 나 같은 사람은 많소, 메이필드 양."

"아, 그렇겠죠. 어쩜 그리 고분고분한 애들 같은지. 그 중 몇몇은 심지어 정말 순수하죠."

"당신을 찾는 건 경찰이 아니오. 마음만 먹으면 쉽게 당신을 찾았을 거요. 당신이 어떤 기차를 탈지도 이미 알려져 있었소. 심지어 난 미리 당신의 사진도 봤고 당신이 어떤 특징을 가졌는지도 알고 있었지. 하지만 미첼은 원하는 대로 당신을 조종하고 있소. 그가 원하는 건 돈이 전부가 아니오."

그녀의 얼굴은 약간 달아올랐을 테지만 불빛이 그녀의 얼굴을 직접 비추지는 않았다.

"그럴 수도 있죠. 그렇다고 해도 제가 아무 상관도 없다면요."

"상관있소."

그녀는 벌떡 일어나 나에게 다가왔다.

"당신은 큰돈을 버는 일을 하는 건 아니에요. 안 그래요?"

나는 고개를 끄덕였다. 우리의 몸은 아주 가까워졌다.

"그럼 이 방에서 나가서 나를 본 것을 잊으려면 얼마가 필요할까요?"

"난 돈을 받지 않고 이 방에서 나갈 거요. 그 다음엔 보고를 해야 하오."

"얼마죠?"

그녀는 진심인 듯 말했다.

"의뢰비로 많은 돈을 지불할 수도 있어요. 당신들은 그렇게 부른다죠? 갈취보다는 훨씬 상냥한 단어네요."

"그건 같지 않소."

"같을 수도 있죠. 내 말이 맞아요. 어떤 변호사나 의사에게는 같은 의미일 수도 있어요. 난 알아요."

"운이 없었군. 안 그렇소?"

"전혀요. 탐정 나리. 저는 세계 최고의 행운아에요. 살아 있으니까요."

"나와는 반대군. 그 행운을 잃지 마시오."

"허, 이게 누구실까."

그녀는 느릿느릿 말했다.

"양심의 가책을 느끼는 악당이 여기 계셨네요. 이보세요, 그런 말은 갈매기한테나 떠드시죠. 내겐 그저 사탕발림으로 들리네요, 도덕군자 말로 씨. 어서 나가서 그렇게 하고 싶어 안달 난 전화나 하시죠. 말릴 생각 없으니까요."

그녀가 문을 향해 걸어가려 할 때 나는 그녀의 손목을 잡아 돌려세웠다. 찢어진 블라우스 사이로 속살이 드러났지만 눈이 번쩍 뜨일 정도는 아니었다. 약간의 살과 브래지어만이 살짝 보일 뿐이었다. 해변에 가면 이보다 더 벌거벗은 사람들을 볼 수는 있겠지만 찢어진 블라우스 틈으로 보는 것과는 다를 터였다.

내가 흘끔거렸음이 틀림없다. 그녀는 갑자기 손톱을 세우고 나를 꼬집으려고 했다.

"누굴 싸구려 창녀로 알아요?"

이를 꽉 깨물고 그녀가 말했다.

"이 손 놔요."

나는 그녀의 반대편 손목도 잡아서 그녀를 가까이 끌어당겼다. 그녀는 내 사타구니를 무릎으로 걷어차려고 했지만 우리 사이에는 그럴 공간조차 없었다. 이내 그녀는 몸에 힘을 빼더니 고개를 뒤로 젖히고 눈을 감았다. 살짝 벌어진 그녀의 입술엔 냉소적인 비웃음이 번졌다. 쌀쌀한 저녁이었다. 바다가 가까워 더 추웠을 것이다. 하지만 그녀를 안고 있는 동안은 춥지 않았다.

잠시 후 그녀는 아쉬워하는 목소리로 저녁식사에 가기 위해 옷을 갈아입어야 한다고 말했다.

"아, 그러셔야겠지."

내가 말했다.

잠시 말이 없던 그녀는 남자가 마지막으로 브래지어를 풀어준 기억이 까마득하다고 내게 속삭였다. 우리는 천천히 이인용 소파침대를 향해 몸을 돌렸다. 침대에는 분홍과 은색의 이불이 덮여 있었다. 약간은 뜻밖의 상황이었다.

그녀는 미심쩍다는 듯이 눈을 가늘게 떴다. 나는 그녀의 눈을 번갈아 살펴보았다. 너무 가까이 있어 두 눈이 한번에 들어오지 않았기 때문이었다. 그녀의 두 눈은 정말 잘 어울렸다.

"자기."

그녀가 부드럽게 속삭였다.

"지독하게 끌리지만, 나 정말 시간이 없어요."

나는 입술을 포개 그녀의 입을 막았다. 밖에서 열쇠로 문을 따는 것 같았지만 크게 신경을 쓰지 않았다. 딸깍 소리가 나고 문이 열리더니 래리 미첼이 걸어 들어왔다.

우리는 서로에게서 떨어졌다. 뒤를 돌아보자 미첼이 눈을 게슴츠레 뜬 채 나를 노려보고 있었다. 185센티미터 키에 마른 체격이지만 거칠고 강단 있는 사내였다.

"어쩐지 사무실에 들르고 싶더라니."

그는 반쯤 넋이 나가 있었다.

"12B실에 오늘 오후 손님이 들어왔더군. 이 방에 당신이 들어온 뒤 곧바로 말이야. 지금이면 다른 방도 많을 텐데 뭔가 좀 이상하다고 생각했지. 그래서 이 방 열쇠를 하나 구했어. 그러자 여기 웬 고깃덩이가 있네, 자기?"

"숙녀분이 자기라고 부르지 말라고 했을 텐데?"

내 말에 내심 놀랐겠지만 미첼은 내색하지 않았다. 주먹 쥔 손을 옆구리에서 가볍게 흔들 뿐이었다.

그녀가 말했다.

"이 사람은 탐정이에요. 이름은 말로. 나를 미행하라는 지시를 받았대요."

"그렇게까지 가까이 붙어서 미행해야 했던 건가? 왠지 내가 두 사람의 친밀한 관계에 훼방꾼이 된 기분이란 말이야."

그녀는 가방으로 가더니 총을 집어 들었다.

"돈 얘기를 하고 있었어요."

그녀가 미첼에게 말했다.

"늘 실수가 생기는 법이지."

미첼의 얼굴은 벌겋게 달아올랐고 눈은 희번덕거렸다.

"특히 그런 자세에서는 말이야. 총 꺼낼 필요 없어, 자기."

미쳴은 오른팔을 쭉 뻗어 나를 공격했다. 날렵하게 잘 뻗은 펀치였다. 나는 안쪽으로 피했다. 민첩하고 영리한 판단. 하지만 그의 주무기는 오른팔이 아니었다. 미쳴은 왼손잡이였다. LA 유니온 역에서 이미 알아차렸어야 했다. 노련한 관찰자라면 사소한 정보도 절대 놓쳐서는 안 된다. 나는 그의 오른팔은 피했지만 왼팔까지 피하지는 못했다.

그 충격으로 고개가 뒤로 젖혀졌다. 내가 균형을 잃은 사이 그는 옆으로 돌진해서 그녀의 손에 있던 총을 낚아챘다. 총이 바람을 가르며 춤을 추었다가 그의 왼손에 안착한 것 같았다.

"편히 쉬게."

그가 말했다.

"좀 진부하긴 하지만 네놈의 몸에 구멍을 내고도 빠져 나갈 수 있거든. 정말이야"

"믿어주지."

나는 탁한 목소리로 말했다.

"하지만 하루 오십 달러에 총을 맞진 않아. 그런 일은 칠십오 달러짜리거든."

"뒤로 돌아봐. 네놈의 지갑을 확인해야 기분이 나아질 것 같으니까."

나는 미쳴과 그가 든 총을 향해 몸을 던졌다. 흥분만이 그로 하여금 총을 쏘게 할 수 있었지만 그곳은 미쳴에게 익숙한 구역이었기에 그로선 전혀 흥분할 이유가 없었다. 하지만 그녀는 그렇게 확신하지 않았는지도 모른다. 시야의 한 쪽 끝에서 그녀가 테이블 위에 있는 위스키 병을 집어 드는 모습이 들어왔다.

　나는 미첼의 목을 움켜쥐었다. 그가 꽥꽥거렸다. 그는 내 몸통을 가격했지만 별 것 아니었다. 내 주먹이 한 수 위였다. 하지만 타이틀 벨트를 거머쥐지는 못했다. 어느 순간 군용 노새 한 마리가 내 뒤통수를 정통으로 걷어찼기 때문이다. 나는 컴컴한 바다 위로 아스라이 떨어지다 거대한 불꽃과 함께 펑 터졌다.

6

처음으로 느껴진 감각은 누군가 나를 윽박지른다면 울음을 터뜨릴 것 같은 기분이었다. 두 번째는 내 머리가 들어가기에 방이 너무 좁다는 것이었다. 이마부터 뒤통수까지가 까마득하게 느껴졌고 좌우 역시 마찬가지였다. 그렇게 먼데도 한쪽 관자놀이에서 반대편 관자놀이까지 쿵쿵 울렸다. 이제 거리 따위는 아무런 의미도 없었다.

세 번째 감각은 어딘가 멀지 않은 곳에서 고집스럽게 윙윙거리는 소리가 지속된다는 것이었다. 네 번째이자 마지막 감각은 얼음물이 내 등을 타고 흐르고 있다는 것이었다. 침대 이불을 보고서야 내가 얼굴을 —얼굴이 남아 있다면— 바닥에 대고 엎드려 있다는 것을 알 수 있었다. 나는 서서히 몸을 일으켰다. 그러자 툭 하는 소리와 함께 달그락거리는 소음도 그쳤다. 그 소리는 얼음을 가득 넣어 묶은 수건에서 난 것이었다. 날 아주 아끼는 누군가 내 뒤통수에 얼음을 올려 두었다. 나를 아끼지 않는 누군가는 내 뒤통수를 세게 내리쳤다. 그 둘은 같은 사람일 수도 있었다. 사람은 변덕을 부린다.

나는 일어서서 엉덩이에 손을 갖다 댔다. 지갑은 왼쪽 주머니에 꽂혀 있었지만 덮개 단추는 풀려 있었다. 주머니에 손을 찔러 넣었다. 사라진 것은 없었다. 신상 정보가 샜겠지만 그건 더 이상 비밀이랄 것도 없었다. 내 가방은 침대 발치에 있는 보관대 위에 열린 채 놓여 있었다. 나는 내 방에 돌아와 있는 것이다.

거울을 가져다 얼굴을 비춰 보았다. 익숙한 모습이었다. 방문으로 다가가 문을 열었다. 윙윙거리는 소음이 더 커졌다. 방문 앞에는 통통한 남자가 난간에 기대어 서 있었다. 지방이 늘어진 정도는 아니어도 살집이 꽤나 두둑한 남자였다. 그는 안경을 쓰고 있었고 뿌연 회색빛 펠트 모자 밑으로 커다란 귀가 보였다. 톱코트 옷깃은 목 위로 바짝 세운 채 양손은 코트 주머니에 넣고 있었다. 모자 양쪽으로 드러난 머리카락은 군함의 회색이었다. 통통한 사람들이 보통 그렇듯 건장해 보였다. 내 뒤로 열려 있던 문틈에서 새어 나온 불빛이 그의 안경에 반사되어 반짝였다. 그는 입에 토이 불독이라고 불리는 작은 파이프를 물고 있었다. 여전히 내 머릿속엔 뿌연 안개가 잔뜩 끼어 있었지만 그에게서는 뭔가 찜찜한 게 느껴졌다.

"근사한 저녁이오."

그가 말했다.

"뭐 필요하신 거라도 있습니까?"

"사람을 찾고 있소. 당신은 아니고."

"여긴 저 혼자 뿐입니다."

"그렇군. 고맙소."

그는 내게서 등을 돌려 복도 난간에 배를 기댔다.

나는 복도를 따라 윙윙거리는 소음의 진원지로 갔다. 12C
호 문은 활짝 열려 있었고 불도 훤히 켜져 있었다. 소음의 주
인공은 녹색 유니폼을 입은 여자가 돌리던 진공청소기였다.

나는 방 안으로 들어가서 사방을 죽 둘러보았다. 여자는
청소기를 끄고 나를 빤히 쳐다보았다.

"뭐 도와드릴까요?"

"메이필드 양은 어디 갔죠?"

여자는 고개를 저었다.

"이 방을 쓰던 여자 손님 말입니다."

내가 말했다.

"아, 그분이요. 체크아웃 하셨어요. 삼십 분 전에요."

여자는 다시 청소기를 켰다.

"사무실에 가서 한번 물어보세요."

여자는 소음을 뚫고 소리를 질렀다.

"이 방은 지금 청소 중이거든요."

나는 뒤로 손을 뻗어 문을 닫았다. 그런 뒤 검은색 뱀 같은 청소기 전깃줄을 따라 벽으로 걸어가서 플러그를 뽑았다. 녹색 유니폼을 입은 여자는 씩씩거리며 내게 도끼눈을 떴다. 나는 여자에게 다가가 1달러를 쥐여 주었다. 화가 좀 누그러진 것 같았다.

"전화 한 통 쓰겠습니다."

내가 말했다.

"손님 방에는 전화 없나요?"

"잠깐만 조용히 해 주시죠. 일 달러의 대가로 생각하시고."

나는 수화기를 들었다. 여직원이 받았다.

"사무실입니다. 말씀하십시오."

"말로입니다. 정말 슬프군요."

"네?...... 아, 말로 씨. 뭘 도와드릴까요?"

"그녀가 떠났습니다. 말 한마디 못 건넸는데."

"정말 유감입니다. 말로 씨."

진심이 느껴졌다.

"맞아요. 그 손님은 떠나셨어요. 저희도 어떻게 할 도리가......"

"어디로 간다고 하던가요?"

"호텔비만 지불하고 가셨어요. 정말 갑자기요. 남긴 연락처도 없고요."

"미쳴과 함께였나요?"

"마음이 아프네요, 손님. 옆에 다른 분은 안 계셨어요."

"떠나는 걸 보셨군요. 뭘 타고 갔습니까?"

"택시요. 죄송하지만 그 이상은……"

"알겠습니다. 고마워요."

나는 내 방으로 돌아갔다.

퉁퉁한 남자가 다리를 꼬고 느긋하게 앉아 있었다.

"들러주셔서 고맙군요."

내가 말했다.

"뭐 특별히 도와드릴 거라도?"

"래리 미쳴이 어디 있는지 말해주시오."

"래리 미쳴?"

나는 신중하게 고민했다.

"내가 아는 사람입니까?"

그는 지갑을 열어서 명함을 한 장 빼더니 힘겹게 몸을 일으켜 세운 뒤 나에게 건넸다. '고블 앤 그린. 탐정. 미주리 주 캔자스시티 프루던스 빌딩 310호'라고 적혀 있었다.

"재밌는 일을 하시는군요. 고블 씨."

"까불지 마, 친구. 지금 짜증이 나서 장난칠 기분이 아니거든."

"좋소. 짜증난 모습 한번 구경 좀 해봅시다. 어떻게 되나? 콧수염이라도 물어뜯으시나?"

"콧수염 없는 것도 안 보이나? 얼간아."

"기를 수는 있겠지. 기다려 주겠소."

그는 이번에는 좀 전보다 재빠르게 일어섰다. 그리고 자신의 주먹을 내려다보았다. 그의 손에는 어느새 권총을 쥐어져 있었다.

"권총으로 뒈지게 맞아본 적 있나, 얼간이 자식아?"

"썩 꺼지시오. 지루하기 짝이 없군."

그의 손은 부들부들 떨리고 얼굴은 벌겋게 달아올랐다. 하지만 그는 어깨에 건 총집에 총을 도로 넣더니 문으로 휘적휘적 걸어갔다.

"아직 끝난 게 아냐."

그는 뒤돌아 으르렁거렸다.

나는 그러건 말건 내버려두었다. 대꾸할 가치도 없었다.

7

잠시 후 나는 사무실로 내려갔다.

"흠, 틀려버렸네요."

내가 말했다.

"혹시 두 분 중에 그녀를 태운 택시 기사를 아시는 분이 있습니까?"

"조 함스요."

전화교환원이 재빨리 대답했다.

"그랜드 가에서 조금만 올라가면 택시 정류장에서 함스 씨를 찾을 수 있을 거예요. 아니면 택시 사무실에 전화해도 되고요. 착한 사람이에요. 예전엔 저를 쫓아다녔죠."

"헛물 킨 거죠. 이곳에서 파소로블레스까지만큼이나 말이죠."

남자 직원은 코웃음을 쳤다.

"이런, 몰랐네? 자기가 신경 안 쓰는 줄 알았는데."

"그랬겠지."

직원은 한숨을 쉬었다.

"여자랑 같이 살 집이라도 하나 마련하려면 하루에 꼬박 스무 시간씩 일해야 하죠. 결국 집을 살 때쯤엔 그 여자는 이미 딴 놈들 열다섯이랑 볼 장 다 본 뒤고요."

"이 숙녀 분은 그렇지 않습니다."

나는 말했다.

"지금은 그냥 장난치는 것 같군요. 당신을 볼 때마다 이 분의 눈빛이 반짝거리는군요."

서로 미소를 주고받는 그들을 뒤로 하고 나는 밖으로 나왔다. 다른 작은 시내와 마찬가지로 에스메랄다에는 넓은 중앙로가 있었고, 그 양쪽으로 짧게 한 블록 정도 가게들이 나란히 늘어서 있었다. 그 다음 블록 역시 분위기는 별 차이 없이 사람들이 사는 주택가로 이어졌다. 하지만 캘리포니아의 다른 작은 시내와는 다르게 에스메랄다에는 겉만 번지르르한 외관도 없었고, 너덜너덜한 옥외광고판도, 차로 통과할 수 있는 햄버거 가게도, 시가 가게나 내기 당구장도, 그 앞 한구석에 뭉쳐 있는 동네 건달들도 없었다. 그랜드 가에 있는 가게들은 오래되고 비좁았지만 구질구질하지 않았고 통유리와 스테인리스 간판, 산뜻한 색색의 네온 조명으로 세련되게 꾸며져 있었다. 에스메랄다 주민이 전부 부유하거나 전부 행복하거나 전부 캐딜락, 재규어, 릴리를 몰지는 않았지만, 풍요로운 삶을 사는 사람들의 비중이 매우 높았고 명품을 파는 상점들은 비벌리힐스에 손색없이 깔끔하고 고급스러워 보였다. 또 다른 차이도 있었다. 에스메랄다에서는 오래된 것도 깔끔하고 차라리 고풍스러워 보이기까지 했다. 다른 작은 시내의 경우 오래된 것들은 대개 추레해 보일 뿐이다.

나는 전화국 바로 앞 길가에 차를 세웠다. 전화국의 문은 닫혀 있었지만, 뒤쪽 입구 한켠의 돈을 들여 치장한 공간 안에 짙은 녹색의 전화 부스 두 개가 보초처럼 지키고 서 있었다. 길 건너편에는 연황색 택시 한 대가 붉은색 페인트로 금을 그어 놓은 공간에 대각선으로 주차되어 있었다. 그 앞좌석에는 머리가 하얗게 샌 남자가 신문을 읽고 있었다. 나는 길을 건너 그에게 다가갔다.

"조 함이십니까?"

기사는 고개를 저었다.

"조는 좀 이따 올 겁니다. 택시 타시려고요?"

"아닙니다."

나는 다시 길을 건너 한 상점의 쇼윈도 안을 들여다보았다. 쇼윈도 안에 놓인 갈색과 베이지색 체크무늬가 들어간 캐주얼 셔츠를 보니 래리 미첼이 떠올랐다. 호두색 옥스퍼드화와 수입산 트위드 양복, 넥타이 두어 개, 거기에 어울리는 셔츠가 널따란 내부에 널찍한 간격을 두고 진열되어 있었다. 상점 위에는 한때 잘 나가던 남자 스포츠스타의 이름이 삼나무 판에 새겨져 색이 칠해져 걸려 있었다.

따르릉 전화가 울리자 택시 기사는 차에서 내려 인도를 건너서 전화를 받았다. 기사는 뭐라 말을 하고 전화를 끊은 뒤 택시로 돌아가 차를 뺐다. 그가 떠나자 거리는 잠시 동안 완전히 텅 비었다. 이후 서너 대의 차가 지나갔고 잘 생긴데다 멋지게 차려입은 흑인 청년이 예쁘게 꾸미고 나온 애인과 함께 쇼윈도를 구경하고 재잘거리며 한가롭게 거리를 거닐었다. 녹색 유니폼을 입은 멕시코인 벨보이가 누군가의 크라이슬러 뉴요커를 몰고 —의외로 자기 차일 수도 있었지만— 약국에 들러서 담배 한 갑을 사들고 나왔다. 벨보이는 호텔로 되돌아갔다.

'에스메랄다 택시 회사'라는 이름이 박힌 연황색 택시 한 대가 모퉁이를 돌아 붉은 선 안에 정차했다. 두꺼운 안경을 쓴 험상궂은 인상에 거구인 남자가 차에서 내려 벽에 걸린 전화를 확인하고 다시 차에 타더니 백미러 뒤에 꽂아두었던 잡지를 꺼내들었다.

나는 어슬렁어슬렁 기사에게 다가갔다. 내가 찾던 사람이었다. 비키니를 입을 만한 날씨가 아니었는데도 기사는 외투도 걸치지 않은 채 소매를 팔꿈치까지 둘둘 말아 올리고 있었다.

"예. 내가 조함스입니다만."

그는 입에 담배 한 가치를 물고 로손 라이터로 불을 붙였다.

"란초 데스칸사도에서 일하는 루실이라는 직원이 선생에게 가면 약간의 정보를 얻을 수 있을 거라고 하더군요."

나는 그의 택시에 기대서서 함박웃음을 지어보였다. 입꼬리가 어색하게 비틀린 그 웃음은 보여주지 않는 편이 나았을지도 몰랐다.

"무슨 정보 말입니까?"

"오늘 그 호텔에서 여자 손님을 한 명 태우고 나오셨지요. 12C호에 묵던 분 말입니다. 키는 좀 크고 붉은 머리에 호리호리한 여자요. 베티 메이필드라는 여자인데, 이름은 모르실 수도 있겠군요."

"승객들이 하는 말이라곤 어디로 가달라는 게 거의 전부지요. 웃기지 않습니까?"

기사는 폐에 한가득 담았던 연기를 앞 유리창에 내뿜고 연기가 납작해졌다가 택시 안으로 서서히 퍼져나가는 모습을 지켜보았다.

"그래서 알고 싶은 게 뭡니까?"

"애인이 절 버리고 떠나서 그럽니다. 사소한 말다툼이 있었지요. 다 제 잘못이라 꼭 사과를 하고 싶습니다."

"애인 집이 먼가 보죠?"

"여기에서 아주 먼 곳이죠."

기사는 담배를 입에 문 채 새끼손가락으로 담배를 톡톡 쳐서 재를 털었다.

"그 여자 분이 계획한 것일 수도 있잖습니까? 일부러 선생에게 행방을 알려 주지 않고 떠났을지도 모르죠. 오히려 그게 선생에겐 다행일 수도 있겠고요. 그 사람들이 이곳 호텔에서 같이 머물고 싶어서 선생을 따돌렸을지도 모르고. 물론 꽤 딱한 처지인 것 같긴 하지만?"

"제 말이 전부 거짓말일 수도 있지요."

나는 지갑에서 명함을 꺼냈다. 기사는 내 명함을 읽고 다시 돌려주었다.

"이게 낫군."

그가 말했다.

"그나마 다행이라는 얘기요. 하지만 그건 회사 규율에 어긋나는 거요. 내가 심심해서 택시 운전을 하는 줄 아쇼?"

"오 달러면 어떨까요? 그것도 규율에 어긋나는 겁니까?"

"회사는 우리 아버지 소유요. 내가 이런 돈을 받는 걸 알면 노발대발 하실 거요. 그렇다고 내가 돈을 싫어한단 말은 아니지."

벽에 걸려 있던 전화가 따르릉 울렸다. 기사는 얼른 차에서 나와 성큼성큼 세 걸음 만에 전화기로 갔다. 나는 그 자리에 우두커니 서서 입술만 잘근잘근 씹었다. 기사는 통화를 마치고 돌아와 운전대 앞에 앉는 데까지 한 동작에 끝냈다.

"가야겠소."

기사가 말했다.

"미안하지만 밀린 일이 있어서. 방금 델마에서 온 길이오. LA행 747 열차가 지나가는 간이역이지. 여기 사람들은 거의 다 그 역을 이용한다오."

기사는 시동을 건 뒤 창틀에 팔을 걸치고 길바닥에 담배꽁초를 떨어뜨렸다.

"고맙습니다."

나는 말했다.

"뭐가 말이오?"

기사는 안으로 팔을 도로 넣고 곧장 출발했다.

나는 다시 시계를 보았다. 시간과 거리를 확인했다. 델마까지는 20킬로미터 정도다. 승객을 델마에 있는 간이역까지 태워다 주고 다시 여기까지 돌아오려면 거의 한 시간은 걸릴 것이다. 기사는 내게 자기식대로 얘기를 해주었다. 내게 꼬치꼬치 얘기할 만한 중대한 일은 없는 것이다.

기사가 시야에서 사라지고 난 뒤 나는 길을 건너 전화국 밖에 있는 전화 부스로 들어갔다. 부스의 문은 그대로 열어둔 채 10센트 동전을 넣고 0번을 눌렀다.

"LA 서부로 수신자 부담 전화 연결 부탁합니다."

나는 교환원에게 브래드쇼 국번을 불러주었다.

"움니 씨와 직접 통화하고 싶습니다. 제 이름은 말로고, 에스메랄다 4-2673, 공중전화에 있습니다."

교환원은 내가 이 말을 다 전하는데 걸린 시간보다 훨씬 짧은 시간 안에 움니와 연결해 주었다. 움니는 날카로운 목소리로 빠르게 말을 뱉었다.

"말로? 자네가 보고할 시간이 됐나보군. 좋아. 들어보세."

"지금 샌디에이고인데 여자를 놓쳤습니다. 낮잠을 자는 사이에 슬쩍 빠져나갔습니다."

"유능한 탐정을 고른 줄 알았는데."

불만에 찬 말투였다.

"돌이킬 수 없을 정도로 나쁘진 않습니다, 움니 씨. 어디 있는지 대충 짐작이 되거든요."

"대충 짐작만으로는 충분하지 않네. 내가 사람을 고용했을 땐 시키는 일을 정확히 처리하길 기대한 걸세. 그나저나 그 대충 짐작이란 건 무슨 의미인가?"

"그 전에, 움니 씨. 이게 어떤 상황인지 조금만 말씀해 주시겠습니까? 열차시간을 맞추느라 제대로 듣지도 못했습니다. 비서란 분은 그 여자의 신상에 대해서만 늘어 놨지 사건에 대한 정보는 거의 주지 않더군요. 움니 씨도 제가 일을 제대로 처리해주길 바라시지 않습니까?

"버밀리아 양이 알아서 필요한 내용은 다 전한 것 같은데."

그는 툴툴거렸다.

"나는 워싱턴에 있는 유력한 로펌의 의뢰를 받았을 뿐이네. 그쪽 의뢰인은 현재로선 익명을 바란다더군. 자네가 할 일은 그 의뢰인에게 여자의 임시 거처를 알려주는 것일세. 화장실이나 햄버거 가게 같은 데가 아니라 호텔이거나 아파트 아니면 그 여자가 아는 사람의 집 같은 데 말일세. 그거면 끝이라네. 대체 어떻게 더 간단히 설명한단 말인가?"

"간단하게 말해 달라는 게 아닙니다, 움니 씨. 전 이 일의 배경을 알고 싶다는 겁니다. 그 여자가 누구인지, 어디에서 왔는지, 무슨 일을 저질렀기에 이런 일이 필요하게 된 건지 같은 것 말입니다."

"필요라고?"

움니는 고함을 질렀다.

"누가 자네더러 뭐가 필요한 건지를 결정하라고 했나? 자네는 그 여자를 찾아서 한자리에 붙잡아 두고 주소나 부르란 말일세. 돈을 받고 싶으면 발바닥에 땀나게 움직이는 게 좋을 거야. 내일 아침 열 시까지 말미를 주겠네. 그 후엔 다른 탐정에게 의뢰를 하겠네."

"그러시죠, 움니 씨."

"지금 정확히 위치가 어디고 전화번호는 뭔가?"

"그냥 이리저리 어슬렁거리고 있습니다. 위스키 병으로 머리를 한 대 얻어맞았고요."

"거 참 안됐군."

움니는 신랄하게 쏘아붙였다.

"내 생각에 그 술병은 자네가 비웠을 것 같은데."

"다행으로 생각하는 게 좋을 수도 있겠지요, 움니 씨. 움니 씨 머리가 깨졌을는지도 모르니까요. 내일 아침 열 시쯤 사무실로 전화 드리죠. 그 여자를 놓칠까봐 걱정하지는 않으셔도 될 겁니다. 남자 두 명이 이쪽에서 저와 같은 일을 하고 있으니까요. 한 명은 이곳에 사는 미첼이라는 자고, 다른 한 명은 캔자스시티에서 온 고블이라는 탐정입니다. 고블에겐 총도 있더군요. 안녕히 주무십시오, 움니 씨."

"잠깐!"

그가 으르렁거렸다.

"잠깐만! 그게 무슨 말인가? 염탐꾼이 두 명 더 있다니?"

"그게 무슨 말이냐고요? 궁금한 건 접니다. 보아하니 이 일을 완전히 도맡지는 않으신 모양입니다."

"가만! 가만 있어 보게!"

침묵이 흘렀다. 이내 조곤조곤한 목소리가 이어졌다.

"내일 아침 우선 워싱턴에 전화해 보겠네, 말로. 내가 흥분했다면 실례했네. 이제 이 사건에 관해 정보를 좀 더 달라고 말해볼 수 있겠군"

"그러시던지요."

"다시 연락할 거라면 이리로 하게. 언제 건. 아무 때나 괜찮다네."

"그러죠."

"그럼 들어가시게."

옴니는 전화를 끊었다.

나는 수화기를 걸어놓고 한차례 심호흡을 했다. 머리는 여전히 욱신거렸지만 어지럼증은 사라졌다. 바다 안개로 채워진 시원한 밤공기를 크게 들이마셨다. 나는 전화 부스를 나와 길 건너편을 보았다. 여기 도착했을 때 차를 세우고 있던 늙은 기사가 돌아와 있었다. 나는 길을 건너가서 기사에게 글래스룸까지 가는 길을 물었다. 미첼이 베티 메이필드의 의사는 묻지도 않고 데려가겠다고 한 곳이었다. 기사는 내게 길을 알려주었고 나는 고맙다고 인사하고 나서 인적 없는 도로를 다시 건너 나의 렌터카에 탄 뒤 왔던 길을 거슬러 갔다.

베티 메이필드가 747 열차를 타고 LA나 아니면 도중에 있는 다른 역으로 이동 중일 가능성은 남아 있었다. 하지만 그렇지 않을 가능성이 훨씬 높았다. 택시기사가 승객을 태우고 기차역까지 간다고 해서 승객이 기차를 탔는지까지는 확인하지 않는다. 래리 미첼은 그렇게 쉽게 떨어져 나갈 작자가 아니었다. 미첼이 쥐고 있는 약점이 메이필드를 제 발로 에스메랄다에 오게 할 정도로 대단한 것이라면 충분히 그녀를 그곳에 머무르게 할 수도 있을 터였다. 미첼은 내가 누군지, 무슨 일을 하는지 알았다. 하지만 이유는 몰랐다. 그건 나도 모르니까. 인심을 써서 미첼이 겉으로 보기보다 훨씬 더 똑똑할 거라고 —반쪽이라도 두뇌가 있다고— 가정할 경우, 택시가 메이필드를 태우고 간 것까지는 내가 알아낼 거라고 생각할 수 있을 것이다. 첫 번째 추측. 미첼은 델마 역에 미리 운전해 가서 그 커다란 뷰익을 후미진 곳에 주차해 두고 메이필드가 택시에서 내릴 때까지 기다렸을 것이다. 택시가 유턴을 해서 떠나고 나서야 미첼은 메이필드를 태워서 다시 에스메랄다로 데리고 왔을 것이다. 두 번째 추측. 메이필드는 미첼이 이미 알고 있던 사실 외에는 아무 이야기도 하지 않았을 것이다. 내가 LA에서 온 사립 탐정이고 익명의 누군가가 그녀를 미행하라고 나를 고용했으며 내가 그녀의 뒤를 밟았고 그러다 너무 가까이 다가가는 실수를 저질렀다는 사실 말고는 입을 열지 않았을 것이다. 그랬다간 미첼의 심기를 건드릴 수 있었다. 경쟁자가 생겼다는 의미이기 때문이다. 하지만 미첼이 가진 정보가 무엇이건 간에 신문에서 읽은 내용이라면 그 정보가 영원히 자신만의 것이라고 기대할 수는 없을 것이다. 충분한 관심과 충분한 인내심이 있는 사람이라면 조만간 그 정보를 알아낼 수 있을 것이다. 사립 탐정을 고용할 정도로 충분한 명분이 있는 사람이라면 그 정보를 이미 알고 있을 터였다. 그렇다면 미첼이 베티 메이필드에게 뜯어내려는 것이 육체적인 것이건 금전적인 것이건 아니면 둘 다이건 서둘러 손에 넣으려 할 것이라는 말이다.

협곡을 따라 500미터 정도 내려가자 바다 쪽을 가리키는 화살표가 그려진 반짝거리는 작은 간판이 나타났다. 그 위에는 '글래스룸'이라고 쓰여 있었다. 구불구불하게 난 도로 양 옆으로는 절벽 위에 세운 주택들이 늘어서 있었다. 창문으로 는 따스한 불빛이 새어 나오고 정원은 정성스럽게 가꾸어져 있었으며 회벽이 주위를 두르고 있었다. 멕시코 전통 방식의 타일로 장식했거나 자연석으로 만든 벽도 심심치 않게 볼 수 있었다.

마지막 언덕의 마지막 모퉁이를 돌자 해초 내음이 콧속으로 밀려왔다. 안개 베일을 쓴 글래스룸의 불빛은 밝은 호박색으로 부풀어 있었고 신나는 음악 소리는 바닥이 포장된 주차장까지 넘실거렸다. 차를 세우자 보이지는 않았지만 발밑에서 바다가 으르렁거리는 듯했다. 주차 요원은 없었다. 그저 차를 세우고 안으로 들어가면 됐다.

주차장에는 스물넉 대의 차가 전부였다. 나는 차들을 훑어보았다. 적어도 한 가지 예감은 들어맞았다. 딱딱한 지붕을 얹은 뷰익 로드마스터는 내 호주머니에 들어있는 번호를 그대로 달고 있었다. 뷰익은 주차장 입구 근처에 세워져 있었고 그 옆 입구 바로 앞자리에는 연두색과 아이보리 색의 캐딜락 컨버터블이 있었다. 연회색 가죽시트로 된 앞좌석은 젖지 않게 하려고 격자무늬 무릎 덮개가 덮여 있었다. 차는 자동차 판매원이 떠올릴 수 있는 모든 옵션을 갖추고 있었다. 안에 거울이 달린 거대한 스포트라이트 두 개, 참치어선에 어울릴 만큼 기다란 라디오 안테나, 장거리 여행도 하고 유행도 따르고 싶을 때 트렁크를 도와줄 접이식 크롬 짐칸, 차광판, 차광판 때문에 흐릿해진 신호등 색을 선명하게 만드는 프리즘 반사판, 온갖 버튼이 달린 라디오, 담배를 꽂으면 자동으로 불을 붙여주는 시가잭. 그밖에도 온갖 장비들을 보니 레이더, 녹음장비, 바, 대공포를 설치하기 전에는 대체 얼마나 길었을지 궁금해졌다.

이 모든 것들은 클립이 달린 플래쉬로 비춰본 것이었다. 면허증 홀더로 플래쉬를 이동하자 캘리포니아 주 에스메랄다 카사 델 포니엔테 호텔, 클라크 브랜든이라는 이름이 쓰여 있었다.

8

글래스룸의 로비는 발코니에 있었는데 복층 구조의 바와 식당이 한눈에 내려다 보였다. 카펫이 깔린 유선형 계단을 내려가면 바가 나왔다. 발코니에 있는 사람이라곤 물건을 보관하는 여자와 어울려주는 사람이 아무도 없다는 표정으로 공중전화 부스에 처박혀 있는 노인 한 명이 전부였다.

나는 계단을 통해 바로 내려가서 무대가 보이는 좁은 곡선의 공간에 몸을 밀어 넣었다. 건물의 한 면은 거대한 통유리로 덮여 있었다. 밖에는 안개가 잔뜩 끼어 있었지만 바다 위로 낮게 달이 뜨는 청명한 밤이었다면 무척 운치가 있을 것 같았다. 세 명의 멕시코인으로 구성된 밴드는 멕시코 밴드라면 으레 연주하는 곡들을 연주하고 있었다. 사실 그들이 뭘 연주하건 들리는 것은 다 똑같다. 그들은 예쁜 구개모음과 길게 끄는 달콤한 곡조가 들어간 늘 똑같은 노래를 부른다. 남자 가수는 기타를 치며 '아모르 미 코라존(사랑해 나의 심장이여)'이라고, 쉽게 마음을 열지 않아 애를 태우는 '린다'라는 아름다운 여인에 대해 노래한다. 그는 윤기 흐르는 긴 머리를 늘어뜨리고 있었는데, 사랑타령을 하지 않는다면 뒷골목 칼잡이로 일하는 것이 오히려 돈도 잘 벌고 실속 있을 것 같았다.

무대에는 대여섯 쌍의 연인이 관절염을 앓는 야간 경비원의 자포자기 속에 춤을 추고 있었다. 대부분은 볼을 비벼대며 춤-춤이라고 하는 게 맞는 표현이라면-을 추고 있었다. 남자들은 하얀 턱시도 차림이었으며 여자들은 반짝거리는 눈 화장에 루비색으로 입술을 칠한 채 테니스나 골프로 다져진 근육을 드러내고 있었다. 한 연인만이 볼을 부비며 춤을 추지 않았다. 남자는 너무 취해서 리듬을 타지 못했고 여자는 딴 생각에 잠겨 펌프스를 신은 발을 움직이는 것도 잊고 있었다. 베티 메이필드를 놓칠까봐 걱정할 필요는 없었다. 베티는 그곳에 미첼과 함께 있었다. 하지만 행복과는 거리가 멀어 보였다. 미첼은 입을 헤 벌린 채 히죽거리고 있었다. 얼굴은 벌겋게 달아올라 번들거렸으며 게슴츠레한 눈빛이었다. 메이필드는 미첼에게서 최대한 거리를 두며 고개를 젖히고 있었다. 조금만 더 젖혔다간 고개가 부러질 것 같았다. 래리 미첼에 대해 넌더리가 쳐질 만큼 이미 겪었다는 것을 대

78

번에 알 수 있었다.

그때 짧은 초록색 재킷과 초록색 세로줄무늬의 흰 바지를 입은 멕시코인 웨이터가 내게 다가왔다. 나는 더블 깁슨을 주문하며 클럽 샌드위치도 가져다 줄 수 있냐고 물었다. 웨이터는 '무이 비엔 세뇨르(물론입니다 손님)'라고 말하며 환하게 웃고 사라졌다.

음악이 멈추자 산발적으로 박수가 터져 나왔다. 밴드는 깊이 감동을 받고 다른 곡을 연주하기 시작했다. 순회 공연단의 헐버트 마셜같이 생긴 짙은 머리의 매니저는 친근한 미소를 머금고 테이블을 순회하다 간간히 멈춰 서서 접대성 응대를 했다. 그러다 회색빛 머리칼에 거구의 잘생긴 아일랜드 혈통으로 보이는 남자에게 가서는 의자를 빼서 맞은편에 앉았다. 남자는 혼자인 것 같았다. 짙은 색 양복 차림에 옷깃에는 밤색 카네이션을 달고 있었다. 먼저 건드리지만 않는다면 선량한 사람 같아 보였다. 먼 거리와 흐릿한 조명 탓에 자세히 볼 수는 없었지만 하나만은 분명했다. 그를 먼저 건드릴 거라면 몸집이 크고 날쌔고 담력도 센데다 컨디션도 최상이어야 할 것이다.

매니저가 몸을 앞으로 숙이고 뭔가 말한 후 그 둘 모두 미첼과 메이필드 쪽을 쳐다보았다. 매니저는 걱정하는 눈치였지만, 거구의 남자는 그다지 크게 염려하지 않는 듯했다. 이내 매니저는 자리에서 일어나서 물러갔다. 거구의 남자가 담배를 담뱃대에 끼우자 웨이터 한 명이 저녁 내내 이 기회만 기다렸다는 듯 그에게 담뱃불을 붙여주었다. 거구의 남자는 웨이터를 쳐다보지 않은 채 고맙다고 인사했다.

주문한 술이 나왔고 나는 잔을 받아 술을 마셨다. 음악이 멈추고 휴식 시간이 이어졌다. 연인들은 몸을 떼고 각자의 테이블로 돌아갔다. 하지만 래리 미첼은 여전히 베티를 붙잡고 있었다. 여전히 히죽거리며 한 손으로 베티의 뒷머리를 감싸 쥐고 끌어당겼다. 베티는 미첼을 뿌리치려고 했다. 하지만 미첼은 그녀를 더욱 세게 끌어당기며 벌겋게 달아오른 얼굴을 그녀에게 들이밀었다. 그녀는 반항했지만 뿌리치기엔 역부족이었다. 미첼이 그녀의 얼굴과 목에 입술을 비비자 베티는 미첼을 발로 걷어찼다. 미첼은 잔뜩 인상을 찡그리며 고개를 들었다.

"이거 놔, 술 취한 거머리 자식아."

메이필드는 가쁜 숨을 몰아쉬고 있었지만 목소리는 또렷하게 들렸다.

미첼의 표정이 험상궂게 변했다. 미첼은 멍을 남길 수 있을 정도로 메이필드의 팔을 꽉 붙잡더니 서서히 그녀를 끌어당겨 자신의 몸에 밀착시키고는 그대로 안고 있었다. 사람들은 눈살을 찌푸렸지만 말리려 나서는 이는 아무도 없었다.

"대체 왜 그래, 자기야. 이제 아빠가 싫어진 거야?"

미첼은 걸걸한 목소리로 요란하게 떠들었다.

나는 그녀가 무릎으로 미첼을 어떻게 했는지 볼 수는 없었지만 미첼이 무척 아팠으리란 것은 짐작할 수 있었다. 미첼은 그녀를 밀쳐내고 얼굴을 사납게 일그러뜨렸다. 이내 미첼은 팔을 번쩍 들어 올려서 그녀의 뺨을 양쪽으로 후려쳤다. 금세 그녀의 얼굴에는 시뻘건 손자국이 생겼다.

그녀는 굳은 것처럼 그 자리에 서 있었다. 그러고는 그곳에 있던 사람들 전부가 들을 수 있는 목소리로 천천히 또박또박 말했다.

"미첼 씨, 당신 다시 한 번만 더 이러면 그땐 방탄조끼를 입고 있어야 할 거야."

메이필드는 뒤돌아서 걸어갔다. 미첼은 그 자리에 남았다. 미첼의 얼굴은 고통 때문인지 분노 때문인지 허옇게 번들거렸다. 매니저는 미첼에게 조심스럽게 다가가서 추궁하는 듯 눈썹을 치켜 올리며 뭔가를 속삭였다.

미첼은 매니저를 내려다보았다. 그러고는 입을 굳게 다문채 매니저를 밀치고 지나갔고 그 때문에 매니저는 길을 비켜주다 넘어질 뻔했다. 미첼은 베티를 쫓아가다가 의자에 앉아 있던 남자와 부딪쳤지만 사과하지 않았다. 베티는 통유리에 맞닿은 테이블에 앉아 있었는데 바로 옆에는 양복을 입은 거구의 남자가 있었다. 남자는 베티를 쳐다본 후 다시 미첼을 쳐다보았다. 그러고는 물고 있던 담뱃대를 빼더니 그것을 물끄러미 쳐다보았다. 남자의 표정에는 아무런 감정도 드러나지 않았다.

미첼이 테이블로 다가갔다.

"날 아프게 하다니, 이쁜이."

잠겨있지만 큰 목소리였다.

"난 다쳐도 되는 나쁜 놈이다. 그런 거야? 아주 못 됐네.
사과할래?"

베티는 벌떡 일어서서 의자 등받이에 걸쳐놓았던 옷을 집
어 들고 미첼의 얼굴을 정면으로 마주했다.

"계산은 제가 해야 할까요, 미첼 씨? 아니면 저한테 빌린
돈으로 직접 계산하실래요?"

미첼의 손이 또 다시 올라갔다. 베티는 미동도 하지 않았
다. 움직인 건 옆 테이블의 남자였다. 그는 부드럽게 한 동작
으로 일어서서 미첼의 팔목을 움켜잡았다.

"진정해, 래리. 자네 머리끝까지 취했어."

남자의 목소리는 냉랭했지만 차라리 즐거워하는 것처럼도
들렸다.

미첼은 팔을 뿌리치고 손목을 빙빙 돌렸다.

"빠져, 브랜든."

"이봐, 기분 풀어. 난 끼어들 생각은 없어. 하지만 자네, 이
숙녀 분을 다시는 건드리지 않는 게 좋을 거야. 여기에서 손
님을 쫓아내는 일은 거의 없지만 불가능한 일도 아니니까."

미첼은 씩씩거리면서 웃었다.

"저쪽에서 찌그러져 있는 게 어떠신가, 나으리?"

거구의 남자는 나긋하게 말했다.

"진정하라고 내가 말했을 텐데. 같은 말 다시 하게 하지 말게."

미첼은 그를 노려보았다.

"좋아. 나중에 보자구."

미첼은 분하다는 듯이 말했다. 그는 자리를 뜨려다가 멈춰서 뒤에 대고 한 마디 덧붙였다.

"아주 나중에 말이야."

미첼은 비틀거리는 걸음으로 어떤 것에도 눈길을 주지 않고 서둘러 밖으로 나갔다.

브랜든은 그대로 서 있었다. 베티 역시 가만히 서 있었다. 베티는 이제 어떻게 해야 할지 모르는 듯했다.

베티는 브랜든을 쳐다보았다. 브랜든은 베티를 쳐다보며 미소를 지어보였다. 흑심 없는 정중하고 편안한 미소였다. 베티는 웃어 주지 않았다.

"도와드릴 거라도? 태워다드릴까요?"

브랜든은 고개를 반쯤 뒤로 돌리며 말했다.

"이봐, 칼."

매니저가 그에게 재빨리 다가왔다.

"계산은 알아서 처리하게. 자네도 알지. 이런 상황에선……"

"아뇨."

베티가 끼어들었다.

"다른 분께 부담을 드리고 싶지는 않아요."

브랜든은 천천히 고개를 가로저었다.

"이곳의 전통입니다. 제가 개인적으로 내 드리는 건 아닙니다. 하지만 제가 술 한 잔 보내드려도 되겠습니까?"

베티는 브랜든을 좀 더 살폈다. 그에겐 매력이 있었다.

"보낸다고요?"

베티가 물었다.

브랜든은 정중하게 미소를 지었다.

"음, 그럼 가져오라고 하죠. 같은 자리에 앉는 게 괜찮으시다면요."

브랜든은 자신의 테이블에서 의자를 빼주었다. 베티는 그 자리에 앉았다. 바로 그 순간 매니저가 밴드에 신호를 주었고 밴드는 새로운 곡을 연주하기 시작했다.

클라크 브랜든은 목소리를 높이지 않아도 원하는 것을 거머쥘 수 있는 부류의 사람처럼 보였다.

곧이어 내가 주문한 클럽 샌드위치가 나왔다. 내세울 정도는 아니지만 먹을 만했다. 나는 샌드위치를 다 먹은 뒤에도 30분 정도 자리를 지켰다. 브랜든과 베티는 별 문제없이 어울리는 것 같았다. 둘은 모두 과묵했다. 잠시 후 둘은 춤을 췄다. 난 자리에서 일어나 밖에 세워놓은 차에 가서 담배를 폈다. 베티는 내색하지 않았지만 나를 봤을지도 모른다. 미첼은 나를 못 봤다. 그는 취한 상태에서 황급히 계단을 올라간 데다 잔뜩 약이 올라 있었기 때문에 주변을 살필 여유가 없었다.

10시 반 경 브랜든은 베티와 함께 나왔다. 둘은 지붕을 내린 캐딜락 컨버터블에 올라탔다. 나는 들키지 않으려 굳이 신경을 쓰지는 않은 채 뒤를 쫓았다. 그 길은 에스메랄다 시내로 돌아가려면 반드시 거쳐야 하는 길이었기 때문이다. 둘이 향한 곳은 카사 델 포니엔테였고 그들의 차는 진입로를 거쳐 주차장으로 내려갔다.

그곳에서 알아낼 것은 한 가지뿐이었다. 나는 도로 옆에 차를 세우고 로비를 지나 호텔의 구내전화를 찾았다.

"메이필드 양 부탁합니다. 베티 메이필드요."

"잠시만요."

짧은 침묵.

"아 네, 체크인 하셨네요. 방에 연결해드리겠습니다."

다시 좀 더 긴 침묵.

"죄송합니다만, 손님께서 전화를 안 받으시네요."

나는 감사하다고 말한 뒤 전화를 끊었다. 그리고 베티와 브랜든이 로비에 올라왔을 무렵 서둘러 그곳을 빠져나왔다.

나는 렌터카로 돌아간 뒤 안개를 뚫고 협곡을 따라 란초 데스칸사도로 차를 몰았다. 사무실이었던 방갈로는 텅 빈 채 잠겨 있었다. 희미한 조명 하나만이 야간 벨의 위치를 알렸다. 나는 12C호가 있는 건물로 조심스럽게 차를 몰고 가 차고에 주차한 뒤 연신 하품을 하며 방에 다다랐다. 방은 춥고 눅눅하고 초라했다. 누군가 내 방에 들러서 줄무늬가 있던 한 쌍의 침대보와 베갯잇을 벗겨갔다.

나는 옷을 벗은 뒤 고수머리를 베개에 뉘이고 잠으로 빠져들었다.

9

똑똑 거리는 소리가 나를 깨웠다. 아주 작은 소리였지만 멈추지 않았다. 그 소리는 끈질기게 이어지면서 점점 더 깊이 내 잠 속으로 침투하는 것처럼 느껴졌다. 나는 돌아누워 귀를 기울였다. 누군가 문을 열려고 하다가 똑똑 문을 두드리기 시작했다. 손목시계를 보았다. 희미한 형광 불빛 속에서 시간은 3시를 가리키고 있었다. 나는 침대에서 몸을 일으켜 가방을 찾은 뒤 그 안에서 총을 집어 들었다. 문으로 다가가서 살짝 열어보았다.

검은 형체가 서 있었다. 바지 차림에 바람막이 같은 것을 걸쳤고 머리에는 짙은 색 스카프를 동여매고 있었다. 여자였다.

"무슨 일이시오?"

"좀 들여보내줘요. 빨리요. 불은 켜지 말아요."

베티 메이필드였다. 내가 문을 열어주자 베티는 한 움큼의 안개처럼 미끄러져 들어왔다. 나는 문을 닫은 뒤 목욕 가운을 가져다 그녀의 어깨 위에 얹어주었다.

"밖에 누가 있소?"

내가 물었다.

"옆방엔 아무도 없소."

"아뇨. 혼자 왔어요."

베티는 벽에 몸을 기대고 가쁜 숨을 몰아쉬었다. 나는 코트에서 더듬더듬 플래쉬를 찾아서 작은 불빛을 비춰 히터 스위치를 찾아 켰다. 작은 불빛으로 그녀의 얼굴을 비춰보았다. 그녀는 불빛에 눈을 깜빡거리며 손으로 얼굴을 가렸다. 나는 플래시로 바닥을 따라 창문까지 이동했다. 창문 양쪽을 다 닫은 뒤 블라인드를 내리고 밖에서 보이지 않도록 조절했다. 그런 뒤에야 등을 켰다.

그녀는 숨만 헐떡거릴 뿐 아무 말도 하지 않았다. 여전히 벽에 몸을 기대고 있었다. 술이 한 잔 필요한 듯 보였다. 나는 간이 부엌으로 가서 유리잔에 위스키를 조금 담아 가져다 주었다. 그녀는 처음에는 손사래를 쳤지만 이내 마음을 바꾸고 잔을 받아 한 모금 들이켰다.

나는 자리에 앉아 담배에 불을 붙였다. 다른 사람이 할 때는 지루하기 짝이 없는 기계적인 반응이었다. 나는 앉아서 그녀를 바라보며 조용히 기다렸다.

이내 우리는 눈이 마주쳤다. 잠시 후 그녀는 바람막이 점퍼에 비스듬히 나있는 주머니에 손을 넣더니 총을 꺼냈다.

"이런."

내가 말했다.

"이제 그만합시다."

그녀는 총을 내려다보았다. 입술이 씰룩거렸다. 총구는 무얼 겨누고 있지 않았다. 그녀는 벽에서 몸을 떼어 일어난 후 내게 걸어와서 내 팔꿈치 아래 총을 내려놓았다.

"봤던 물건이군. 우린 오랜 친구잖소. 마지막으로 그건 미쳴이 가지고 있었던 것 같은데. 안 그렇소?"

"그래서 내가 당신을 기절시킨 거예요. 그자가 당신을 쏠까봐 겁이 났거든요."

"그놈이 갖고 있던 계획이 뭐였건, 당신이 그걸 망쳐버렸겠군."

"글쎄, 그건 모르죠. 미안해요. 당신을 친 건요."

"얼음주머니 고마웠소."

내가 말했다.

"총은 안 볼 거예요?"

"이미 봤잖소."

"카사에서 여기까지 걸어왔어요. 지금은 거기에 머물러요. 오늘 오후에 그리로 옮겼어요."

"알고 있소. 당신은 택시를 타고 델마 역으로 가서 저녁 열차를 타려고 했는데 그곳에서 미첼이 당신을 다시 이곳으로 태우고 왔지. 당신은 미첼과 함께 저녁을 먹고 춤을 췄지만 불쾌한 일이 있었고. 그 다음엔 클라크 브랜든이라는 남자가 당신을 컨버터블에 태우고 그 호텔로 돌아갔고 말이야."

그녀의 눈이 휘둥그레졌다.

"그 자리에 당신이 있는 줄은 몰랐어요."

그녀는 마침내 입을 열었지만 생각은 다른 데 있었다.

"난 바에 있었소. 당신은 미첼과 함께 있는 동안 뺨을 맞고 한 번만 더 그러면 방탄조끼를 입고 있어야 할 거라고 말하느라 정신이 없었잖소. 그 다음엔 브랜든의 테이블에서 나를 등지고 앉아 있었고. 난 당신의 눈에 띄기 전에 일어나서 밖에서 기다렸소."

"이제야 당신이 탐정이라는 게 실감나네요."

그녀는 침착하게 말했다. 시선은 다시 총을 향했다.

"미첼은 내게 총을 돌려주지 않았어요. 물론 증명할 수는 없지만요."

"증명하고 싶다는 얘기 같군."

"조금은 도움이 될 수도 있잖아요. 하지만 많이 도움이 되진 않을 거예요. 사람들이 나에 대해 알아봤을 땐 더 그렇겠죠. 내가 무슨 말을 하는지 당신은 알 거 아녜요."

"앉아서 숨부터 좀 돌리시오."

그녀는 천천히 의자에 다가가 가장자리에 걸터앉아 몸을

앞으로 숙였다. 그러고는 바닥을 물끄러미 쳐다보았다.

"뭔가 알아볼 게 있다는 건 나도 알고 있소."

내가 말했다.

"미첼은 이미 그걸 알아냈지. 그러니 나 역시 알아낼 수 있을 거요. 마음만 먹으면 말이오. 누구든 알아낼 정보가 있다는 것을 안다면 언제고 알아낼 수 있을 거요. 그러나 아직까지 난 아무것도 모른다오. 내가 맡은 일은 그저 전화를 걸어보고만 하라는 거였지."

그녀는 잠시 바닥에서 눈을 뗐다.

"그래서 보고했나요?"

"보고했소."

나는 한 박자 쉬었다가 말했다.

"당신을 놓쳤던 때였소. 샌디에이고에 있다고 말했소. 내가 아니었어도 전화교환원이 알려줬을 거요."

"놓쳤다……"

그녀는 무미건조하게 내 말을 곱씹었다.

"당신을 믿나보군요. 그런 사람도 있나보죠?"

그녀는 입술을 살짝 깨물었다.

"미안해요. 비꼬려던 건 아니었어요. 실은 뭔가 결정을 내릴 게 있어서 그래요."

"서두를 거 없소. 세 시 하고 이십 분이 지났을 뿐이니."

"이제는 빈정대기까지 하는군요."

나는 벽에 있는 히터 쪽을 쳐다보았다. 아무것도 보이지 않았지만 한기가 조금이나마 줄어드는 듯했다. 나는 술을 한 잔 마시기 위해 부엌으로 가서 술병을 열고 컵에 조금 따라서 돌아왔다.

이제 그녀는 손에 자그마한 인조가죽 폴더를 들고 있었다. 내게 그것을 보여주었다.

"이 폴더에 아메리칸 익스프레스 수표로 오천 달러가 있어요. 백 달러짜리로요. 오천 달러면 당신은 어디까지 갈 수 있죠? 말로?"

나는 위스키를 한 모금 마신 뒤 판사 같은 근엄한 표정을 짓고 따져보았다.

"일반 요금으로 하면 몇 달 내내 나를 고용할 수 있을 거요. 물론 내가 시장에 나왔을 때 이야기지."

그녀는 폴더로 의자 팔걸이를 가볍게 두들겼다. 그녀의 다른 한 손은 무릎 뼈를 뽑아내겠다는 듯 세게 움켜쥐고 있었다.

"당신은 시장에 나와 있어요."

그녀가 말했다.

"그리고 이건 첫 납입금에 불과해요. 값을 더 쳐줄 수도 있어요. 내겐 당신이 꿈도 꾸지 못했을 만큼 많은 돈이 있거든요. 전 남편이 애처로울 정도로 부자였어요. 그에게서 절반을 떼어 왔죠."

그녀는 얼굴에 비정한 미소를 머금었고 내가 그 미소에 익숙해질 수 있도록 시간을 충분히 주었다.

"내가 그걸 받는다면 누굴 죽여야 하는 거 아니오?"

"아무도 죽일 필요는 없어요."

"어째 느낌이 좋진 않군."

나는 지금껏 손끝 하나 대지 않은 총을 슬쩍 곁눈질로 보았다. 그녀는 한밤중에 이 총을 내게 갖다 주러 카사에서 이곳까지 걸어왔다. 나는 그 총을 건드릴 필요가 없었다. 그저 눈으로만 자세히 살펴보았다. 고개를 숙여서 냄새도 맡아보았다. 여전히 손은 대지 않았지만 결국엔 잡게 될 터였다.

"총알 한 발은 누구에게 박혀 있소?"

나는 그녀에게 물었다. 방안의 한기가 혈관까지 뚫고 들어와 얼음물처럼 흘렀다.

"한 발이요? 어떻게 알았죠?"

그제서야 난 총을 집어 들었다. 탄창을 빼서 안을 확인하고 다시 밀어 넣었다. 딸깍 고정되는 소리가 났다.

"흠, 두 발일 수도 있겠군."

내가 말했다.

"탄창에는 총알이 여섯 발 들어 있소. 이 총에는 일곱 발까지 장전할 수 있지. 한 발은 약실에 넣어 두고 탄창을 채웠다면 두 발일 수 있다는 말이오. 물론 들어 있던 총알을 다 쓰고 탄창에 다시 여섯 개를 넣어 뒀을지도 모를 일이지."

"진지하게 말하는 거 아니죠?"

그녀가 천천히 말했다.

"쉬운 말로 얘기하면 시시하긴 하죠."

"좋소. 그는 어디 있소?"

"내 방 발코니 의자에 누워 있어요. 그쪽 라인에 있는 방에는 전부 발코니가 딸려 있어요. 발코니 벽은 콘크리트로 돼 있는데 옆벽, 그러니까 방이나 스위트룸 사이에 난 분리벽은 바깥쪽으로 기울어져 있어요. 철탑 수리공이나 산악 등반인이 벽을 타고 어슬렁거릴 거라 생각했나보죠. 전 십이 층에 묵어요. 바로 위층은 펜트하우스뿐이에요."

그녀는 말을 멈추고 인상을 찌푸렸다가 무릎을 움켜쥐고 있던 손으로 어쩔 수 없다는 식의 동작을 취했다.

"내 말이 좀 진부하게 들릴 수도 있어요."

그녀가 말을 이었다.

"그 사람은 내 방을 통해서만 그곳에 갈 수 있었을 거예요. 그런데 난 그 사람을 내 방에 들인 적이 없어요."

"그가 죽었다고 확신하오?"

"거의 확실해요. 정말 죽었어요. 돌처럼 차가웠거든요. 언제 그렇게 된 건지는 몰라요. 아무 소리도 못 들었어요. 무슨 소리에 잠이 깨긴 했어요. 하지만 총소리 같지는 않았어요. 어쨌건 그 사람은 이미 차갑게 식어 있었어요. 뭣 때문에 깼는지는 저도 몰라요. 그리고 그때 바로 일어난 것도 아니에요. 그냥 가만히 누워서 생각만 했죠. 다시 잠이 오지도 않길래 조금 있다가 불을 켜고 일어나서 잠깐 서성거리면서 담배를 폈어요. 밖을 보니 안개는 사라지고 달빛이 비추고 있더군요. 일 층에서는 아니었지만 제가 묵었던 십이 층에서는 그랬어요. 발코니로 나갔을 때 아래쪽으로는 여전히 안개가 끼어 있었어요. 무척 춥더군요. 별빛은 황홀했고요. 저는 잠시 벽 가까이에 서 있었어요. 그러다 그를 보게 된 거에요. 이게 다 너무 진부하거나 아니면 너무 거짓말처럼 들릴 수도 있을 거예요. 경찰도 이런 얘기를 진심으로 믿어주지 않을 테고요. 애초부터요. 좌우지간 그냥 이렇게 생각하세요. 저에겐 백만분의 일의 기회도 없다고요. 누가 도와주지 않으면요."

나는 일어서서 잔에 남아있던 위스키를 단숨에 들이켜고 그녀에게 다가갔다.

"두어 가지만 말해둡시다. 첫째, 이런 상황에서 당신의 반응은 평소와 다르오. 당신은 지금 냉정을 잃고 있소. 원래는 무척이나 침착한 사람이지. 흥분이나 발작은 모르는 사람 같았지. 마치 운명론자처럼. 둘째, 난 오늘 오후 당신과 미첼이 나누는 대화를 처음부터 끝까지 다 들었소. 저 발열관을 빼냈거든."

나는 벽에 설치된 히터를 가리켰다.

"그런 뒤 뒤편의 철판에 청진기를 대고 대화를 엿들었소. 미첼이 당신을 쥐고 흔들 수 있었던 건, 당신이 어떤 사람이었는지, 그 일이 공개되면 당신이 또 다시 이름을 바꾸고 또 다른 곳으로 도피해야 할 처지라는 걸 알았기 때문이었소. 그리고 내게는 살아 있는 것만으로도 세상에서 가장 행운아 라고 말했소. 자, 한 남자가 당신의 발코니에서 죽었고 당신 의 총에 맞았소. 그 남자는 당연히 미첼이겠지. 안 그렇소?"

그녀는 고개를 끄덕였다.

"맞아요. 래리에요."

"지금 당신은 그를 죽이지 않았다고 말했소. 경찰은 처음 부터 당신을 믿지 않을 거고 나중에도 결코 믿어주지 않을 거라고도 했소. 추측해 보건데 당신은 전에도 이런 일을 당 한 적이 있군."

그녀는 여전히 나를 빤히 바라보며 천천히 일어섰다. 우리 는 얼굴을 가까이 마주하고 서로의 눈을 강렬하게 쳐다보았 다. 의미 없는 행동이었다.

"오십만 달러면 부족하지 않은 돈이에요, 말로. 당신은 너 무 뻣뻣해요. 이 세상엔 당신과 내가 아름다운 삶을 꾸려갈 수 있는 곳이 많아요. 창밖으로 바다가 펼쳐진 리오의 아파 트 같은 곳 말예요. 그런 생활이 얼마나 오래 지속될지는 모 르겠지만 어떻게든 풀리지 않겠어요?"

내가 말했다.

"당신 안에는 대체 몇 명이 들어 있는 거요? 지금 당신은 헤픈 여자처럼 굴고 있소. 당신의 첫인상은 정숙한 숙녀였지. 미쉘같이 당신을 손에 넣고 싶어 기를 쓰는 매력적인 녀석에게도 꿈쩍하지 않았소. 그러고는 담배 한 갑을 사서 그것을 혐오하듯 피우더군. 그 뒤부터는 미쉘이 껴안아도 가만 있었지. 여기에 도착한 뒤부터 말이오. 내 앞에서는 블라우스를 찢었고. 하, 하, 하, 시골뜨기 졸부 주인의 뒤를 따라 걷는 파크 애비뉴의 강아지처럼 도도하고 냉소적인 모습이란. 그 뒤엔 내가 당신을 안아도 가만히 있었고. 얼마 안 가 위스키 병으로 내 머리를 후려치더니 이제 와서는 리오에서 행복한 삶을 꾸리자고 하고 있소. 내일 아침 일어났을 땐 또 어떤 모습으로 나타날 거요?

"오천 달러는 착수금이에요. 앞으로 더 많이 드릴게요. 경찰이 당신에게 이쑤시개 하나라도 줄 것 같아요? 받을 생각 없으면 당장 신고를 해도 되요."

"오천 달러를 받으면 난 뭘 해야 하오?"

그녀는 한 차례 위기를 넘겼다는 듯 천천히 숨을 내쉬었다.

"호텔은 거의 절벽 바로 위에 있어요. 외벽 아래로는 좁은 산책로밖에 없어요. 좁은 오솔길이요. 절벽 밑으로는 바위와 바다뿐이고요. 파도도 거칠죠. 내방 발코니는 바로 그 위에 있어요."

나는 고개를 끄덕였다.

"비상계단이 있소?"

"주차장에서부터요. 계단은 엘리베이터 지하 층계참 바로 옆에서 시작돼요. 주차장에서 두세 계단 올라와서요. 아주 길고 가파른 길이에요."

"오천 달러면 다이버 복장을 하고도 계단을 오를 수 있지. 당신은 로비를 통해 내려왔소?"

"비상계단으로요. 주차장에는 야간 주차 요원이 있었지만 차 안에서 골아 떨어져 있었어요."

"당신은 미첼이 의자 위에 누워 있다고 했는데, 피가 많이 묻어 있었소?"

그녀는 움찔했다.

"그, 그것까진 미처 못 봤어요. 아마 그렇지 않을까요."

"미처 못 봤다? 그가 돌처럼 차갑게 식었던 걸 느꼈을 만큼 가까이 갔잖소. 총은 어디에 맞았소?"

"제가 본 쪽엔 없었어요. 뒤쪽을 맞았나보죠."

"총은 어디 있었소?"

"발코니 바닥에 놓여 있었어요. 미첼의 손 바로 옆에요."

"어느 손?"

그녀는 눈을 부릅떴다.

"지금 그게 중요해요? 어느 손인지는 저도 몰라요. 머리는 이쪽에 다리는 반대쪽에 늘어뜨린 채 의자 위에 뻗어 있었다구요. 그 얘기를 계속 해야겠어요?"

"좋소."

나는 말했다.

"난 이곳의 파도나 조류에 대해서는 눈곱만큼도 모른다오. 미첼의 시체는 내일 해안으로 떠밀려올 수도 있고 이 주 정도는 나타나지 않을 수도 있소. 물론 우리가 성공한다는 전제하에. 시간이 더 지나면 그가 총에 맞았다는 사실조차 알아볼 수 없게 될 수도 있겠지. 아예 발견되지 않을 수 있다는 생각도 드는군. 이 지역 바다에는 창꼬치같은 어종이 서식하니까."

"정말 토할 정도로 철두철미 하시네요."

"글쎄, 초기 조건은 좋군. 난 자살의 가능성까지 생각하고 있소. 그렇다면 우리는 총을 도로 갖다 놔야 하오. 당신도 알겠지만 그는 왼손잡이였소. 그래서 총이 어느 손에 있었는지 물었던 거요."

"아, 맞아요. 왼손잡이였어요. 당신이 맞아요. 하지만 자살은 아녜요. 그렇게 능글맞고 자기도취에 빠진 사람이 자살이라뇨."

"때때로 사람은 자신이 가장 아끼는 것을 죽이기도 한다지. 그게 자기 자신이라고 불가능할 게 뭐 있소?"

"그자에겐 말도 안 돼요."

그녀는 딱 잘라 말했다.

"우리에게 운이 따른다면 사람들은 아마 그가 발코니에서 발을 헛디뎌 추락했다고 생각할 거예요. 고주망태가 되도록 취했던 건 하나님도 아시는 걸요. 그때쯤이면 전 남미에 있

99

을 거예요. 아직 여권이 유효하거든요"

"여권은 어떤 이름으로 돼 있소?"

그녀는 손을 뻗어 손끝으로 내 볼을 어루만졌다.

"조만간 나에 대해 모든 걸 알게 될 거예요. 조급해하지 마요. 나의 은밀한 모습도 전부 알게 될 테니까. 조금만 기다려 줄 순 없어요?"

"좋소. 일단 그 아메리칸 익스프레스 수표로 가까워져 봅시다. 동이 트려면 앞으로 한두 시간이 남았고 안개가 걷히려면 그보다 좀 더 있어야 하오. 그럼 내가 옷을 갈아입는 동안 수표를 쓰시오."

나는 재킷 주머니에서 만년필을 꺼내 그녀에게 건네주었다. 그녀는 전등 밑에 앉아서 수표에 이서하기 시작했다. 혀가 이 사이로 살짝 나와 있었다. 그녀는 천천히 신중하게 수표를 적었다. 이름은 엘리자베스 메이필드였다.

그렇다면 이름을 바꾸겠다는 계획은 워싱턴을 떠나기 전부터 있었을 터였다. 나는 옷을 갈아입으면서도 내가 사체유기를 도울 거라고 정말로 믿을 만큼 그녀가 어리석은지 궁금했다.

나는 부엌에서 가져온 유리컵 두 개를 이용해서 총을 컵에 담갔다. 부엌문은 흔들거리게 놔둔 채 컵을 기울여 총과 탄창을 스토브의 그릴 아래 있던 쟁반에 내려놓았다. 컵은 행군 뒤 물기를 닦아냈다. 거실로 돌아가 외투를 걸쳤다. 그녀는 내게 눈길도 주지 않았다.

그녀는 계속 수표에 이서했다. 다 마친 뒤 나는 수표 폴더를 받아서 한 장씩 넘겨보며 서명을 확인했다. 그런 거금은 내게 아무런 의미도 없었다. 나는 폴더를 주머니에 꽂은 뒤 전등을 끄고 문으로 갔다. 문을 열었을 때 그녀는 내 옆에 있었다. 내게 바짝 붙어 있었다.

"슬쩍 빠져 나가시오."

내가 말했다.

"저기 울타리가 끝나는 지점 위 도로에서 태워 가겠소."

그녀는 내 얼굴을 정면으로 보고 서서 나를 향해 몸을 앞으로 살짝 기울였다.

"믿어도 돼요?"

그녀가 나긋하게 물었다.

"어느 정도는."

"적어도 당신은 정직한 사람이니까요. 만약 우리가 이 일을 무사히 마치지 못하면 어떻게 될까요? 누가 총성이 있었다고 신고를 했고, 시체가 이미 발견됐고, 우리가 방에 들어갔는데 경찰들이 이미 꽉 들어차 있다면요?"

나는 그녀를 그대로 응시하고 서서 대답하지 않았다.

"그냥 상상해본 거예요."

그녀는 무척 나긋나긋하게 천천히 말했다.

"당신은 금세 나를 배신하겠죠. 그러면 오천 달러는 날아가는 줄 아세요. 그 수표들은 날짜 지난 신문 신세가 될 거예요. 한 장도 현금으로 바꾸지 못할 테니까요."

나는 여전히 대답하지 않았다.

"비열한 자식."

그녀의 목소리는 반음도 올라가지 않았다.

"왜 난 당신에게 온 거죠?"

나는 손으로 그녀의 얼굴을 감싸고 입술에 키스했다. 그녀는 뿌리쳤다.

"아냐."

그녀가 말했다.

"이것 때문은 아녜요. 정말 사소한 것 하나만 말할까요? 믿어주지 않겠지만. 다들 그랬으니까요. 그걸 알게 되기까지 아주 고통스런 경험을 했죠. 어쨌건 난 정말 그 사람을 죽이지 않았어요."

"내가 당신을 믿을 수도 있잖소."

"굳이 애쓰지 마세요. 아무도 절 믿지 않을 테니까요."

그녀는 돌아서서 복도를 지나서 미끄러지듯 계단을 내려가 나무들 사이를 스치며 걸어갔다. 10미터 밖에서 그녀는 안개 속으로 사라졌다.

나는 방문을 잠근 뒤 자동차를 몰고 야간 벨을 비추는 전구가 달린 문 닫힌 사무실 옆을 지나 적막한 출입로를 빠져나갔다. 그 일대는 깊은 잠에 빠져있었지만 트럭들은 트레일러가 있건 없건 건축 자재나 석유, 커다랗게 싸맨 짐짝 같은, 마을이 계속 굴러가기 위해 필요한 건 뭐든지 가득 싣고 우르릉 거리면서 협곡을 달렸다. 안개등에 비친 트럭들은 느릿느릿 묵직하게 언덕을 오르고 있었다.

정문을 지나 50미터를 가자 그녀는 울타리 끝 그늘 밖으로 언덕을 오르고 있었다. 나는 헤드라이트를 켰다. 뒤쪽에 있는 바다 어딘가에서 뱃고동 소리가 울렸다. 또렷하게 보이는 하늘 위쪽으로 대형을 갖춘 제트기들이 노스 아일랜드에서부터 쉬익 날아와 쾅하는 충격파를 남긴 채 내가 대시보드에서 시가잭을 뽑아 담뱃불을 붙이기도 전에 이미 사라져버렸다.

그녀는 내 옆에서 꼼짝도 하지 않고 앉아서 정면만 바라보며 한 마디도 하지 않았다. 안개나 앞에 있던 트럭의 꽁무니를 쳐다보는 것 같지는 않았다. 그녀의 시선은 초점이 풀려 있었다. 한 자리에 얼어붙은 듯 절망으로 돌처럼 굳은 모습이었다. 교수형을 앞둔 사람처럼.

어찌됐건 그녀는 내가 본 중 최고의 신스틸러였다.

10

카사 델 포니엔테는 절벽 위로 잔디와 꽃이 펼쳐진 30만 제곱미터 부지에 자리 잡고 있었다. 바람 없는 쪽에는 중앙 정원이 있고 유리벽 너머로는 테이블이 놓였으며 바닥에 격자무늬 타일을 깐 산책로는 유리벽을 지나 입구까지 이어져 있었다. 호텔의 한쪽 면에는 바가, 반대쪽 면에는 커피숍이 있었고, 꽃이 피어 있는 180센티미터 높이의 관목 울타리가 건물을 에워싸고 있었다. 그 너머 뒤쪽에는 아스팔트 주차장이 숨어 있었다. 주차장에는 많은 차들이 세워져 있었다. 소금기 밴 눅눅한 공기가 크롬에 무리가 될 텐데도 다들 번거롭게 지하주차장까지 내려가지는 않았다.

나는 주차장으로 향하는 진입로 근처에 차를 댔다. 바다의 소리는 무척 가까운 곳에서 들렸고, 흩날리는 포말을 피부로 느끼고 냄새를 맡고 맛을 볼 수도 있었다. 우리는 차에서 내려 주차장 입구 쪽으로 이동했다. 좁은 보행로가 진입로를 따라 나 있었다. 입구 중간에는 '저속 기어로 전환하십시오. 경적을 누르십시오.'라는 팻말이 걸려 있었다. 베티는 내 팔을 붙잡아 세웠다.

"전 로비를 통해서 갈게요. 너무 피곤해서 계단을 못 올라가겠어요."

"알았소. 그러지 말란 법은 없으니. 몇 호실이오?"

"십이 층 이십사 호요. 걸리면 우린 어떻게 되죠?"

"뭘 하다 걸린단 말이오?"

"그거 있잖아요. 그걸 발코니 벽 너머든 어디든 다른 데 갖다 놓는 거요."

"나는 불개미둑 위에 묶이겠지. 당신은 어떻게 될지 모르겠군. 당신의 약점이 뭔지에 따라 다르겠지?"

"아침도 먹기 전에 그런 말을 해야겠어요?"

그녀는 돌아서서 빠르게 멀어져 갔다. 나는 주차장 진입로를 걸어 내려가기 시작했다. 늘 그렇듯 커브로 된 경사로였다. 얼마쯤 가니 전등이 달랑달랑 매달린 유리 속 자그마한 사무실이 보였다. 조금 더 내려가자 사무실 안이 비어 있는 것도 보였다. 나는 귀를 쫑긋 세우고 차를 손보는 소리나 세차장에서 물을 트는 소리, 걷거나 휘파람 부는 소리 같은 야간 주차 요원이 있을 만한 곳과 뭘 하고 있는지를 알려줄 작은 단서들에 집중했다. 지하 주차장에서는 작은 소리라도 아주 잘 들리는 법이다. 하지만 아무 소리도 들리지 않았다.

계속 걷다보니 사무실 천장과 비슷한 높이까지 내려왔다. 허리를 숙이자 지하 엘리베이터 로비로 이어지는 얕은 계단이 눈에 들어왔다. '엘리베이터 타는 곳'이라고 쓰인 문도 있었다. 문 중앙의 유리판 너머로는 조명만 보일 뿐 다른 건 없었다.

나는 세 걸음을 더 가다가 그 자리에 얼음처럼 굳어버렸다. 야간 주차 요원이 나를 똑바로 쳐다보고 있었다. 그는 대형 패커드 세단의 뒷자리에 앉은 채였다. 불빛이 그의 얼굴을 비추었는데 그가 쓴 안경에 강하게 반사됐다. 그는 차의 귀퉁이 쪽으로 몸을 편히 기댄 자세였다. 나는 꼼짝 않고 서서 그가 먼저 움직이길 기다렸다. 그는 미동도 없었다. 머리는 자동차 쿠션에 기댄 채 입은 벌어져 있었다. 그가 움직이지 않는 이유를 알아야 했다. 아마도 내가 시야에서 사라질 때까지 잠든 척 하고 있을 가능성도 있었다. 내가 사라지면 그는 당장에 전화기로 달려가 호텔 사무실에 전화를 할 것이다.

문득 그건 어리석은 생각 같았다. 야간 주차 요원은 저녁이 돼야 출근하니까 한눈에 손님들을 전부 알아볼 수는 없다. 게다가 진입로 옆에 난 보행로는 사람들이 다니라고 있는 길 아닌가. 새벽 4시가 다 되어 가는 시간이었다. 한 시간 안에 동이 트기 시작할 것이다. 호텔 보안요원은 벌써 퇴근

했을 터였다.

나는 패커드로 곧장 걸어가서 안을 들여다보았다. 문과 창문까지도 모두 굳게 닫혀 있었다. 경비는 움직이지 않았다. 나는 문고리를 잡고 소리를 내지 않고 열기 위해 애썼다. 그는 움직이지 않았다. 겉모습으로 봐서는 혼혈인 듯했다. 깊이 잠들었는지 문을 열기도 전에 코고는 소리가 새어나왔다. 마침내 문을 열고 그의 얼굴에 가까이 다가갔다. 잘 건조된 마리화나의 꿀 향이 풍겼다. 그는 이곳에서 벗어나 있었다. 시간이 느리다 못해 멈춰섰고 사방은 오색찬란하고 늘 음악이 흐르는 평화의 계곡에 머무는 중이었다. 한두 시간 안에 그는 일자리를 잃게 될 것이다. 경찰이 그를 먼저 발견해서 깊은 냉동실로 던져 넣을 수도 있었다.

나는 차문을 도로 닫아 놓고 유리판을 끼운 문으로 걸음을 옮겼다. 문을 열고 작고 텅 빈 엘리베이터 로비로 들어갔다. 콘크리트 바닥 위로 아무 무늬도 없는 엘리베이터 문 두 짝이 있었다. 그 옆의 무거운 닫힘쇠가 달린 문을 열자 비상계단이 나타났다. 나는 문을 열고 나가 계단을 오르기 시작했다. 서두르지 않았다. 12층까지는 수많은 계단이 있었다. 나는 비상문의 숫자를 세면서 걸었다. 층수가 적혀 있지 않기 때문이다. 비상문은 무겁고 단단하고 계단의 콘크리트처럼 회색이었다. 마침내 12층 복도로 들어가는 비상문을 열게 되었을 때에는 땀이 흐르고 숨이 찼다. 나는 1224호를 찾아 살금살금 걸어가서 손잡이를 향해 손을 뻗었다. 잠겨 있던 문은 베티가 문 뒤에서 기다리기라도 한 듯 벌컥 열렸다. 나는 그녀를 지나쳐 안으로 들어가서 의자에 털썩 주저 앉아 잠시 숨을 골랐다. 발코니로 프랑스식 창문이 나 있고 통풍이 무척 잘되는 널찍한 방이었다. 이인용 침대는 방금까지도 사용됐거나 그런 식으로 보이게 연출되어 있었다. 옷가지 등 자질구레한 것들이 의자 위에 걸쳐 있었고 화장대 위에는 욕실 용품들이 있었다. 하루에 20달러는 족히 내야 하는 방이었다.

그녀는 문 안쪽에서 야간 걸쇠를 잠갔다.

"아무 일 없었어요?"

"야간 주차 요원은 머리꼭지까지 약에 취해 있었소. 아기 고양이처럼 순했지."

나는 의자에서 몸을 일으켜 프랑스식 발코니 문으로 걸어갔다.

"잠깐!"

그녀가 꽥 소리를 질렀다. 나는 그녀를 돌아보았다.

"소용없어요. 이건 사람이 할 짓이 아녜요."

나는 그대로 다음 말을 기다렸다.

"차라리 경찰에 전화하겠어요. 어떻게 되건."

"좋은 생각이군. 이제껏 왜 그 생각을 못한 거지?"

"가 봐도 좋아요. 당신은 이 일에 휘말릴 필요 없어요."

나는 아무 말도 하지 않고 그녀의 눈을 바라보았다. 그녀는 눈도 제대로 뜨지 못했다. 뒤늦게 쇼크가 왔거나 잠에 취했거나, 둘 중 하나였다. 뭔지는 알 수 없었다.

"수면제를 두 알 먹었어요."

내 생각을 읽은 듯 그녀가 말했다.

"오늘 밤은 더 이상 감당할 수가 없네요. 이제 가요. 제발. 일어나면 룸서비스에 전화를 걸 거예요. 웨이터가 오면 어떻게든 발코니로 가게 할 거고, 그럼 웨이터가 발견하겠죠. 뭐라도 발견하지 않겠어요? 난 어차피 그 일에 대해서는 쥐뿔도 모르니까요."

그녀의 혀는 점점 굳어가고 있었다. 그녀는 고개를 흔들기도 하고 관자놀이를 꾹꾹 누르기도 했다.

"돈 문제는 미안하게 됐어요. 제게 다시 돌려주셔야 해요."

나는 그녀에게 가까이 다가갔다.

"내가 싫다고 하면, 사람들에게 자초지종이라도 설명할건가?"

"그래야겠죠."

그녀는 잠에 취해서 말했다.

"별 수 있겠어요? 사람들이 내게서 뺏어가겠죠. 저는, 저는 더 이상 싸울 힘도 없어요."

나는 그녀의 팔을 움켜쥐고 흔들었다. 그녀의 고개가 휘청거렸다.

"두 알만 먹은 게 확실하오?"

그녀는 눈을 깜빡거리면서 뜨려고 애썼다.

"네. 두 알 이상은 안 먹어요."

"그럼 잘 들으시오. 나는 나가서 그를 한 번 볼 거요. 그 다음엔 다시 란초로 돌아가겠소. 돈은 내가 갖고 있겠소. 그리고 당신의 총도 내게 있소. 아마 나를 추적해 오진 못할 거요. 하지만...... 정신 차리시오! 내 말 들으라고!"

그녀의 고개는 다시 고꾸라졌다. 그녀는 고개를 치켜들고 눈을 부릅 떠보았지만 이미 눈빛은 멍했고 내려오는 눈꺼풀을 감당하지 못했다.

"잘 들으시오. 당신이 추적당하지 않는 한 내게까지 오는 일은 결코 없을 거란 말이오. 나는 변호사를 위해 일하는 중이고 내 임무는 당신이니까. 그 여행자 수표와 총은 결국 원래 주인에게 돌아가게 될 테고. 당신이 경찰에게 하는 얘기는 나무 동전만한 가치도 없을 거요. 당신이 무슨 말을 하건 당신을 교수형으로 안내할 거란 말이오. 알아들었소?"

"그으럼요."

그녀가 말했다.

"난 사앙관 없어요."

"지금 말하는 건 당신이 아니오. 수면제요."

그녀의 몸이 앞으로 기울었고 난 그녀를 붙잡아 침대로 데려갔다. 그녀는 침대에 푹 고꾸라졌다. 나는 신발을 벗기고 이불을 덮어주었다. 그녀는 눈 깜짝할 사이에 골아 떨어졌다. 코까지 골기 시작했다. 나는 욕실로 가서 선반에서 더듬더듬 넴뷰탈(수면제) 통을 찾아냈다. 약통은 가득 차 있었다. 처방전 번호와 날짜가 적혀 있었다. 한 달 전 볼티모어 소재 약국에서 산 것이었다. 나는 손바닥에 노란색 알약을 쏟아 몇 개인지 세어보았다. 마흔일곱 알이 통을 거의 가득 채우고 있었다. 보통 수면제로 자살을 하려고 할 때에는 수십 알을 모조리 삼킨다. 물론 거의 늘 몇 알은 흘리기 마련이니 바닥에 쏟아진 것은 제외해야겠지만. 나는 약을 통에 도로 담아서 주머니에 넣었다.

방으로 돌아가 다시 그녀를 확인했다. 방은 서늘했다. 라디에이터를 약하게 켰다. 한참 후 마침내 나는 프랑스식 창문을 열고 발코니로 나가보았다. 밖은 지독히 추웠다. 발코니는 가로 4미터 세로 3미터 정도였고 전방으로 75센티미터 높이의 외벽이 있었으며 벽 위로는 낮게 철제 난간이 솟아 있었다. 뛰어내리긴 쉽지만 우연히 추락하기는 불가능했다. 발코니에는 속이 빽빽한 쿠션과 팔걸이가 있는 알루미늄 일광욕 의자가 두 개 놓여 있었다. 왼쪽 분리벽은 그녀가 나에게 말한 대로 특이한 형태였다. 내가 볼 땐 철탑 수리공도 몸을 매다는 줄 없이는 얼씬하지 못할 것 같았다. 반대편 벽은 펜트하우스 테라스로 보이는 곳의 가장자리로 가파르게 연결됐다.

의자 위에 시체는 없었다. 발코니 바닥이나 그 어느 곳에도 시체는 없었다. 피가 묻은 자국이 있는지 유심히 살펴보았다. 없었다. 발코니 어느 곳에도 핏자국은 없었다. 나는 벽을 따라 죽 걸어보았다. 피는 없었다. 뭔가를 바깥으로 내던진 흔적도 전혀 없었다. 벽에 붙어 서서 철제 난간을 잡고 최대한 바깥으로 몸을 쭉 뻗어보았다. 외벽을 따라 바닥까지 눈으로 훑었다. 위에서 보니 관목이 벽에 가깝게 자리했고 그 다음에는 좁은 잔디밭, 판석이 깔린 보도, 또 다시 좁은 잔디밭, 촘촘한 울타리, 무성한 관목들이 차례로 있었다. 그 폭을 추정해보았다. 그 높이에서 정확히 가늠하기는 힘들었지만 약 10미터는 되는 것 같았다. 울타리 너머로는 반쯤 잠겨 있는 바위들 위로 파도가 하얀 포말을 뿌리고 있었다.

　　래리 미첼은 얼핏 보기에 나보다 키가 약 2센티미터 더 큰 반면 체중은 7킬로그램 정도 적게 나가는 것 같았다. 일반적인 남자가 80킬로그램이나 나가는 시체를 난간 위까지 끌어올려 저 멀리 바다까지 떨어뜨릴 수는 없다. 여자라고 해서 그것도 모를 리는 거의 없었다. 굳이 따지자면 모를 가능성은 백분의 일 퍼센트 정도에 지나지 않았다.

　　나는 프랑스식 창문을 열고 다시 방으로 들어온 뒤 창문을 닫고 스탠드가 켜져 있는 침대로 갔다. 그녀는 여전히 잠든 것처럼 보였다. 코를 골았기 때문이다. 나는 손등으로 그녀의 볼을 쓰다듬었다. 촉촉했다. 그녀는 살짝 뒤척이며 웅얼거렸다. 그런 뒤 숨을 크게 내쉬고 베개 위에 머리를 묻었다. 거친 숨소리도 없었고 인사불성이나 혼수상태도 아니었으므로 과다복용은 아니었다.

그녀는 내게 한 가지만은 진실을 말했지만 빌어먹을 나머지는 믿을 만한 것이 없었다.

나는 화장대 위에서 그녀의 가방을 발견했다. 가방 뒷면에는 지퍼 달린 주머니가 있었다. 주머니에 내가 갖고 있던 여행자 수표 폴더를 넣어둔 뒤 정보를 찾아 뭐라도 알아낼 수 있을까 싶어 가방을 뒤적거렸다. 꾸깃꾸깃 접힌 돈이 얼마간 들어 있었고, 산타페 시간표와, 열차표가 있던 폴더, 영수증, 침대칸 예약표가 있었다. 그녀는 워싱턴에서 캘리포니아 샌디에이고까지 19번 차량 E번 침대칸을 타고 왔다. 그녀의 신원을 알려줄 만한 편지는 없었다. 그런 것들은 짐 가방에 넣어서 잠가두었으리라. 가방의 중앙에는 여자라면 가지고 다닐 만한 소지품들이 있었다. 립스틱, 콤팩트, 동전 지갑, 은 세공품, 조그만 청동 호랑이가 매달린 열쇠고리와 열쇠 몇 개. 거의 꽉 차 있는 것 같았지만 실제로는 다 쏟아진 담뱃갑. 딱 한 매만 사용된 종이성냥. 이니셜이 없는 손수건 세 장, 손톱 줄칼과 큐티클 제거기, 족집게 주머니, 가죽 케이스 안에 든 빗 한 자루, 매니큐어, 작은 주소록. 나는 주소록을 펼쳐보았다. 한 번도 쓰지 않은 백지였다. 그밖에도 가방 안에는 테두리에 반짝거리는 장식이 있는 선글라스가 케이스 안에 담겨 있었다. 케이스에도 이름은 없었다. 만년필, 짧은 금색 연필. 그걸로 끝이었다. 나는 가방을 원래 자리로 갖다 놨다. 이어 책상으로 가서 호텔에서 비치해 놓은 메모지과 편지 봉투 한 장을 꺼냈다.

호텔 펜을 이용해서 이렇게 적었다. '사랑하는 베티, 죽은 채로 있지 못해서 미안. 내일 설명할게. 래리가.'

나는 메모지를 봉투에 넣고 봉한 뒤 '베티 메이필드 양에게'라고 적어서 문틈으로 밀어 넣었을 때 놓일 만한 자리에 떨어뜨렸다.

나는 방문을 열고 밖으로 나와 비상계단으로 갔다. 그러고는 크게 소리쳤다.

"빌어먹을!"

그리고 엘리베이터 종을 울렸다. 엘리베이터는 오지 않았다. 다시 종을 쳤다. 땡땡 계속 종을 울렸다. 마침내 엘리베이터가 올라왔고 눈에 졸음이 그득한 멕시코 청년이 하품을 하며 문을 열다 눈이 마주치자 멋쩍은 미소를 보였다. 나도 미소를 지어주었지만 말을 걸지는 않았다.

엘리베이터에서 내리면 정면으로 보이는 프런트 데스크에는 아무도 없었다. 멕시코 청년은 의자에 걸터앉아 내가 여섯 걸음도 가기 전에 도로 잠에 빠져들었다. 모두가 잠결이었다. 말로는 예외다. 그는 24시간 일한다. 심지어 무보수로.

나는 란초 데스칸사도로 다시 차를 몰았다. 그곳에서도 깨어있는 사람은 아무도 보지 못했다. 잠시 침대를 뚫어져라 바라보았지만 나는 결국 짐을 챙겼다. 오븐 아래 두었던 베티의 총도 꺼냈다. 봉투에 12달러를 넣어서 밖으로 나가는 길에 사무실 문틈으로 내 방 열쇠와 함께 쏙 밀어 넣었다.

샌디에이고로 차를 몰고 간 뒤 렌터카를 반납하고 역에 줄지어 늘어선 간이식당에서 아침을 해결했다. 7시 15분, 두 량짜리 디젤 열차를 타고 LA로 직행하여 정확히 아침 10시에 도착했다.

택시를 타고 집에 들러서 면도와 샤워를 마치고 두 번째 아침식사를 한 뒤 조간신문을 훑어보았다. 11시가 다 되어갈 무렵 클라우드 옴니 변호사 사무실로 전화를 걸었다.

전화는 옴니가 직접 받았다. 버밀리아 양은 아직 일어나지도 않았으리라.

"말로입니다. 지금 집인데 잠깐 들러도 되겠습니까?"

"그 여자를 찾았소?"

"네, 워싱턴과 통화는 해보셨습니까?"

"그 여자는 지금 어디 있소?"

"직접 뵙고 말씀드리고 싶군요. 워싱턴과 통화하셨습니까?"

"먼저 정보를 넘겨주시게. 오늘 스케줄이 무척 바쁘다네."

쩍쩍 갈라지는 그의 목소리는 무척이나 귀에 거슬렸다.

"삼십 분 내로 그리 가겠습니다."

나는 서둘러 전화를 끊고 이어 내 올즈모빌을 보관하고 있는 정비소에 전화를 걸었다.

11

클라이드 움니의 사무실은 흔하디흔한 것 중 하나였다. 그런 사무실들은 대개 얇은 세로줄무늬가 있는 네모난 판자들을 서로 맞붙게 덧대서 체커판 모양으로 벽을 꾸며 놓았다. 흐릿한 조명 아래 바닥에는 카펫이 깔려 있고 황금색 가구며 안락한 의자가 놓여 있는데 요금은 터무니없이 높기 일쑤였다. 금속 창문틀이 바깥을 향해 열려 있는 건물 뒤에는 넓지는 않지만 반듯반듯 금을 그어놓은 주차장이 있었다. 각 자리마다 이름을 적은 화이트보드가 놓여 있었다. 어떤 이유에서인지 클라이드 움니의 자리가 비어 있어 나는 그곳에 차를 댔다. 어쩌면 움니에겐 사무실까지 데려다주는 개인 기사가 있을는지도 몰랐다. 이 4층짜리 신축 건물은 의사와 변호사들이 점령하고 있었다.

내가 들어섰을 때 버밀리아 양은 고된 하루를 준비하며 백금발 머리를 손질하고 있었다. 몸을 혹사한 듯 고단해 보였다. 손거울을 저리 치우더니 담배를 입에 물었다.

"이런, 이런, 어려운 분께서 몸소 방문해주시다니. 어쩌다 이런 영광을 다 주셨나요?"

"움니와 약속이 있소."

"움니 씨라고 하셔야지, 이 양반아."

"잘나셨군. 자매님."

그녀는 발끈했다.

"자매님이라고 부르지 말라구, 이 싸구려 탐정 자식아!"

"그렇다면 날 이 양반으로 부르면 안 되지, 비싼 비서 아가씨. 오늘 밤은 뭐 하시나? 선원 네 명이랑 또 데이트 나간다는 말은 듣기 싫은데."

그녀의 눈 주위는 더 허옇게 번득였다. 바짝 세운 손톱 옆에는 종이 누르개가 있었지만 내게 던지지는 않았다.

"개자식!"

그녀는 사납게 쏘아붙였다. 곧 이어 전화기 단축 번호를 누르고 말했다.

"말로 씨가 와 계십니다. 움니 씨."

그러고는 몸을 뒤로 기대고 내게 시선을 주었다.

"친구들한테 말만 하면 널 잘게 토막 내서 사다리 없이는 신발도 못 신게 만들 수도 있어."

"누군가 그런 친구가 되려고 고생 꽤나 했겠군."

내가 말했다.

"하지만 노력이 재능을 이길 수는 없지."

그 순간 우리 둘은 웃음을 터뜨렸다. 문이 열렸고 옴니가 비죽 얼굴을 내밀었다. 그는 내게 들어오라는 턱짓을 보내면서도 시선은 백금발 비서에게 고정되어 있었다.

나는 사무실 안으로 들어갔다. 문을 닫은 옴니는 자신의 커다란 반원형 책상 안쪽으로 들어갔다. 초록색 가죽으로 덮인 책상 위에는 서류 뭉치들이 산더미처럼 쌓여 있었다. 그는 옷차림에 상당히 신경을 쓴 듯 깔끔한 모습이었다. 다리는 상당히 짧은 반면 코는 아주 길었고 머리카락은 듬성듬성했다. 명석해 보이는 갈색 눈은 변호사로서 상당한 신뢰감을 느끼게 했다.

"내 비서에게 집적거렸나?"

그는 명석함과는 거리가 먼 목소리로 물었다.

"전혀요. 그저 인사를 주고받았을 뿐입니다.

나는 손님용 의자에 앉아 의뢰인을 마주대할 때처럼 정중한 자세로 그를 바라보았다.

"버밀리아는 잔뜩 화가 난 것 같던데."

그는 대기업 회장이 사용할 법한 의자에 어깨를 축 늘어뜨리고 앉아서는 험상궂은 표정을 지었다.

"비서 분은 삼 주 동안이나 예약이 끝났더군요. 전 그렇게 오래 못 기다리거든요."

"행동 조심하게, 말로. 집적거리지 말라는 말이네. 내 비서는 사유 재산이야. 하루도 자네에게 시간을 내주지 않을 걸세. 사랑스러울 뿐 아니라 무척 영리한 여자지."

"타이핑도 하고 받아쓰기까지 할 줄 안다는 말씀이시죠?"

"뭐도 한다고?"

그의 얼굴은 순식간에 벌겋게 달아올랐다.

"주제넘은 농담은 이쯤하면 됐네. 행동 조심하게. 신중하란 말이네. 내겐 이 도시를 쥐락펴락 할 만큼 막강한 영향력이 있지. 자네 따위 매장시키는 건 식은 죽 먹기란 말일세. 이제 보고를 해보게. 간단명료하게."

"워싱턴과 통화하셨습니까?"

"내가 통화를 하건 말건 상관 말고 당장 보고나 하란 말일세. 나머지는 내가 알아서 해. 킹 그 여자는 어디 있는가?"

그는 뾰족하게 깎은 연필과 깔끔한 메모지를 집어 들었다가, 연필을 내려놓고는 검정색과 은색이 섞인 보온 컵으로 물을 한 잔 마셨다.

"맞교환하시죠."

내가 말했다.

"그 여자를 찾아야 하는 이유를 말해 주면 그 여자가 어디 있는지 알려드리겠습니다."

"자넨 내 피고용자야."

그가 말을 잘랐다.

"나는 자네에게 시시콜콜 정보를 알려줄 의무가 없어. 그게 어떤 정보건."

그는 여전히 완강했지만 말끝을 조금 흐렸다.

"제가 원할 때나 움니 씨의 피고용자겠지요. 전 수표를 현금으로 바꾸지도 않았고 우린 계약서도 안 썼습니다."

"자네는 이미 계약을 인정했네. 의뢰비도 받지 않았나."

"버밀리아 양이 의뢰비로 이백오십 달러짜리 수표 한 장을 주었고 경비 선금으로 이백 달러짜리 수표를 주었습니다. 하지만 아직 현금으로 바꾸지 않았습니다. 자, 여기요."

나는 지갑에서 수표 두 장을 꺼내서 그의 책상 위에 내려놓았다.

"일단 가지고 계십시오. 움니 씨께서 필요한 것이 탐정인지 심부름꾼인지 확실히 마음을 정할 때까지 그리고 제가 이 사건을 정식으로 맡을지 아니면 쥐뿔도 모르는 상황에 휘말릴지 말지 마음을 정할 때까지요."

그는 수표를 내려다보았다. 못마땅해 죽겠다는 표정이었다.

"자네, 이미 비용이 발생했을 텐데."

그가 천천히 말했다.

"맞습니다, 움니 씨. 몇 달러를 저금해 놓은 게 있어서 비용은 거기에서 충당했지요. 재미도 있었고요."

"쇠고집이군, 말로."

'"제 생각에도 그런 것 같지만, 제게도 준비란 게 필요합니다. 그렇지 않으면 이 일을 해 나갈 수 없을 겁니다. 그 여자가 협박을 받고 있다고 말씀드린 적 있죠. 움니 씨의 워싱턴 동료 분들은 그 이유를 알 겁니다. 그 여자가 사기꾼이라면, 저도 기꺼이 일을 하겠습니다. 하지만 얘기는 들어야겠습니다. 게다가 움니 씨보다 더 많이 주겠다는 의뢰인도 있거든요"

"돈을 더 주면 생각을 바꾸겠다?"

움니는 노여워하며 물었다.

"윤리적이지 못한 일이군?"

나는 웃었다.

"움니 씨 덕에 드디어 제게도 윤리가 생겼군요. 어째 조금은 발전이 있네요."

그는 담배를 하나 꺼내서 보온컵, 펜과 한 벌인 둥그런 라이터로 불을 붙였다.

"난 자네 태도가 맘에 안 들어."

그는 으르렁거렸다.

"어제 난 자네보다 더 무지한 상태였어. 당연히 그 워싱턴의 유력 로펌이 내게 법적 윤리에 저촉되는 그 어떤 일도 부탁하지 않을 거라고 믿었거든. 그 여자를 잡는 건 어렵지 않았기 때문에 난 그저 복잡한 가정사에 얽혀 도망간 부인이나 딸, 아니면 중요한 목격자인데 진술을 원하지 않아서 법적으로 소환이 불가능한 곳으로 도피한 사람을 찾는 일 정도로 생각했지. 그렇게 짐작했던 거야. 그런데 오늘 아침에는 상황이 좀 달라졌어."

그는 일어나더니 커다란 창문으로 다가가서 햇빛이 책상을 비추지 않도록 블라인드를 조절했다. 그런 뒤 선 자리에서 담배를 피우며 밖을 바라보다가 다시 책상으로 돌아와 자리에 앉았다.

"오늘 아침......"

그는 천천히 말을 이으며 고심하는 듯 인상을 썼다.

"워싱턴 관계자들이랑 통화를 하면서 그 여자가, 이름까진 밝힐 수 없지만, 아주 부유하고 지체 높으신 어느 분의 개인 비서였다는 사실을 알게 됐네. 그런데 그 여자가 그분의 사적인 자료 중에서 아주 중요하고 위험한 문서를 들고 종적을 감췄다는 거야. 행여 그 문서가 공개된다면 그분에겐 막대한 피해가 돌아갈지도 모른다네. 어떤 식의 피해인지는 듣지 못했지. 그분이 지금까지 세무 신고를 거짓으로 했는지는 모르겠지만. 요즘엔 모르는 일 아닌가."

"그 여자가 그 문서를 가지고 협박을 했나요?"

옴니는 고개를 끄덕였다.

"그렇게 생각하는 게 당연하지 않을까? 그렇지 않고서야 그 여자를 애타게 찾을 필요가 없으니까. 우리가 편의상 A 씨라 부르는 그 양반은, 그 여자가 다른 주로 갔을 때까지

123

그 여자가 사라진 것을 몰랐다더군. 나중에서야 서류를 확인하다가 그 문서가 사라졌다는 것을 알게 됐지. 하지만 A 씨는 경찰서에 가는 것을 망설였네. 그저 그 여자가 이미 안전하다고 느낄 수 있을 만큼 멀리 피신했고, 그곳에서 문서를 되돌려 주는 조건으로 막대한 돈을 요구하며 협박할 거라고 짐작한 거야. 그래서 그 여자가 눈치채지 못하게 어디에 머무는지 알아본 뒤에 별안간에 들이닥치고 싶은 걸세. 특히 그 여자가 명석한 변호사와 접촉하기 전에. 그런 변호사들이 세상에 깔렸다는 게 내겐 아쉬운 일이지만, 어쨌건 그 명석한 변호사가 그 여자가 기소되지 못하도록 안전하게 지킬 수 있는 방안을 궁리해내기 전에 말일세. 그런데 자네는 누군가 그 여자를 협박하고 있다고 했지. 근거는 뭔가?"

"움니 씨의 얘기가 사실이라면, A 씨가 그 여자의 연극을 망칠 수 있는 위치이기 때문일 수도 있겠군요. 어쩌면 A 씨가 다른 캔디 상자를 열지 않고도 그 여자를 꼼짝 못하게 할 어떤 사실을 알기 때문일 수도 있고요."

"자네 방금 내 얘기가 '사실이라면'이라고 했나?"

움니가 말을 가로챘다.

"무슨 의미인가?"

"움니 씨 얘기는 싱크대 거름망처럼 빈틈으로 가득합니다. 움니 씨는 속고 계십니다. 사람들은 움니 씨가 말한 그런 중요한 문서를 보통 어디에 둘까요? 그걸 절대 잃어버리면 안 된다면요? 당연히 비서의 손이 닿는 곳은 아닐 겁니다. 그리고 그 여자가 떠나기 전 문서가 사라진 것을 몰랐다면 어떻게 그 여자가 탈 기차에서부터 미행하라고 지시할 수 있었겠습니까? 또 생각해야 할 것은 비록 그 여자가 캘리포니아행 티켓을 끊었다 해도 중간에 내릴 수도 있었을 거라는 점입니다. 그렇다면 열차에서 감시할 사람이 있었어야 하겠죠. 그런데 이미 감시를 붙였다면 왜 저까지 그 여자를 미행해야 했을까요? 다음, 웁니 씨도 말했듯 이 사건은 전국적인 인맥이 형성된 거대한 로펌에서 의뢰한 일입니다. 한 사람에게 내기를 거는 것은 말도 안 되는 일이지요. 저는 어제 그 여자를 놓쳤습니다. 앞으로 또 놓칠 수도 있을 겁니다. 일반적으로 넓은 장소에서 미행을 하려면 아무리 적어도 여섯 명의 탐정이 필요합니다. 제 말은 최소한 여섯이라는 겁니다. 그런데 이렇게 큰 도시라면 적어도 열두 명은 있어야 합니다. 탐정이라도 밥은 먹고 잠도 자고 셔츠도 갈아입어야 하니까요. 차로 미행한다면 탐정 한 명이 주차공간을 찾는 동안 내려서 쫓아갈 사람이 있어야 하고요. 백화점과 호텔은 출입구가 수십 개나 됩니다. 하지만 이 여자가 한 일이라곤 세 시간 동안 누구나 볼 수 있는 곳에서 유니온 역을 서성거리는 게 전부였습니다. 워싱턴에 있는 웁니 씨 친구 분이 하는 일이라곤 웁니 씨에게 사진을 보내고 전화를 건 뒤 다시 TV 앞으로 가는 게 전부고요."

"아주 분명하군. 또 있나?"

움니의 얼굴은 딱딱하게 굳어 있었다.

"조금 더 있습니다. 만약 그 여자가 미행당할 거라고 예상하지 않았다면, 왜 그 여자는 이름을 바꿨을까요? 그 여자가 미행을 예상했다면 왜 그토록 미행당하기 쉽게 다녔을까요? 제가 전에 움니 씨께 다른 남자 두 명도 저와 같은 짓을 한다고 말했었죠. 한 명은 캔자스시티의 사립 탐정인 고블이라는 사람입니다. 그자는 어제 에스메랄다에 있었습니다. 목적지까지 알고 있더군요. 누가 그에게 말했을까요? 저는 그 여자를 미행해야 했고, 그래서 그 여자가 탄 택시가 어디로 가는지 알아보려고 무전기를 이용하도록 택시 기사에게 웃돈까지 얹어줘서 그 여자를 놓치지 않을 수 있었습니다. 그렇다면 저는 왜 고용된 거였죠?"

"알게 되겠지."

움니는 간단하게 대답했다.

"같은 일을 한다는 또 다른 남자는 누군가?"

"미첼이라는 바람둥이입니다. 에스메랄다에 살고 있지요. 그자는 기차에서 그 여자를 만났습니다. 그 여자를 위해 에스메랄다 호텔을 예약하기도 했고요. 그런 식으로 된 겁니다."

나는 손을 들어 손가락 두 개를 맞댔다.

"여자는 그자의 자아도취에 질색했지만 그자가 자신의 약

126

점을 쥐고 있어서 겁을 내고 있었습니다. 그자가 쥐고 있던 약점은 그 여자가 누구인지, 어디에서 왔는지, 그곳에서 무슨 일이 있었는지, 왜 그녀가 다른 이름 뒤로 숨으려 하는지 같은 것이었습니다. 제가 주워들은 것은 이 정도지만 더 정확한 정보까지는 모릅니다."

"물론 그 여자는 열차에서 미행을 당했네. 자네가 상대하는 사람들이 얼간이 같나? 자네는 미끼에 지나지 않았어. 그 여자에게 한패가 있는지 알아보는 미끼. 자네의 명성을 듣고, 물론 변변치는 않지만, 난 그 여자가 자네의 존재를 눈치챌 수 있게 명연기를 펼쳐줄 거라고 믿었다네. 자네, 밝은 그림자가 뭔지 알겠지?"

옴니는 냉랭하게 말했다.

"물론이죠. 일부러 대상에게 자신을 노출시켜서 혼란을 주는 거죠. 대상이 안전하다고 느낄 때 또 다른 그림자가 대상을 잡을 수 있게 말이죠."

"그게 자네 역할이었네."

그는 나를 보며 거만하게 싱글거렸다.

"그런데 자네는 여전히 그 여자의 행방을 말하지 않는군."

나는 그에게 말해주고 싶지 않았지만 어쩔 수 없다는 것을 알았다. 이미 의뢰를 받겠다고 했고 돈을 되돌려 줬던 것은 정보를 빼내기 위한 일종의 꼼수였기 때문이다.

나는 책상으로 가서 이백오십 달러짜리 수표를 다시 집어

들었다.

"경비까지 포함한 보수로 받겠습니다. 그 여자는 지금 베티 메이필드라는 이름으로 에스메랄다에 있는 카사 델 포니엔테에 묵고 있습니다. 돈도 넘칠 만큼 있고요. 물론 움니 씨 측 로펌은 이 모든 것을 이미 알았겠지요."

나는 자리에서 일어났다.

"시간 내주셔서 감사합니다. 움니 씨."

그런 뒤 밖으로 나가서 문을 닫았다. 잡지를 보던 버밀리야 양이 고개를 들었다. 그녀의 책상 어딘가에서 희미하게 버튼을 딸깍 누르는 소리가 들렸다.

"무례하게 굴어서 미안하오."

내가 말했다.

"간밤에 잠을 잘 못 잤소."

"괜찮아요. 피차일반이죠 뭐. 조금만 연습하면 당신이 좋아질지도 모르겠네요. 당신에겐 저질스럽지만 뭔가 귀여운 구석이 있거든요."

"고맙군."

나는 이렇게 말하고 문으로 걸어갔다. 그녀는 노골적으로 아쉬워하지는 않았지만 그렇다고 제네랄 모터스의 지배 지분만큼 갖기에 어려워 보이지는 않았다. 나는 뒤돌아서 문을 닫았다.

"오늘 밤에 비가 올 것 같은데. 전에 한 번 비 오는 밤에 술 한잔 하자는 이야기를 했잖소. 당신이 그다지 바쁘지 않다면 말이오."

그녀의 눈초리는 새침했지만 기분이 좋아 보였다.

"어디에서요?"

"당신의 결정에 따르겠소."

"집으로 데리러 갈까요?"

"친절도 하셔라. 당신의 플리트우드가 내 주머니 사정을 도울 수 있겠군."

"그런 생각 안 했어요."

"나도 아닐 거라고 생각했소."

"여섯 시 반쯤 될 거예요. 스타킹 조심할게요."

"꼭 그러시오."

우리의 시선이 맞물렸다. 나는 서둘러 빠져나왔다.

12

6시 반이 되자 플리트우드 한 대가 현관 앞에서 부릉거렸다. 계단을 올라온 버밀리아를 위해 나는 문을 열어주었다. 그녀는 모자를 쓰지 않고 있었다. 상큼한 색의 코트를 입었는데 옷깃은 백금발 머리를 향해 바짝 세워져 있었다. 그녀는 거실 중간에 서서 이곳저곳을 훑어보았다. 그러다가 유연한 동작으로 코트를 벗은 뒤 소파에 걸쳐 두고 자리에 앉았다.

"당신이 진짜 와 줄 줄 몰랐소."

내가 말했다.

"아뇨. 내숭떨지 말아요. 틀림없이 내가 올 줄 알았으면서. 스카치 위스키랑 소다 있으면 줘요."

"있소."

나는 술을 가지고 와서 그녀 옆에 앉았지만 어떤 의도를 가진 것처럼 붙어 앉지는 않았다. 우리는 건배를 하고 술을 마셨다.

"저녁 먹으러 로마노프에 가는 게 어떻소?"

"그 다음은요?"

"당신 집은 어디지?"

"LA 서부요. 한적하고 오래된 거리에 있어요. 어쩌다 보니 거기에 살게 됐네요. 밥을 먹고 난 후엔 뭘 할 거냐고 물었잖아요."

"당연히 당신의 결정에 따라야겠지."

"박력 있는 남잔 줄 알았는데. 내 밥값은 내가 내지 않아도 되겠죠?"

"그걸 농담이라고 하면 한 대 맞아야겠군."

그녀는 느닷없이 웃음을 터뜨리더니 안경 너머로 나를 빤히 응시했다.

"때리는 것도 나쁘진 않네요. 서로 오해도 좀 있었잖아요. 로마노프야 뭐 잠시 기다려주겠죠. 안 그래요?"

"LA 서부에 먼저 들르는 건 어떻소?"

"여기는 왜 안 되죠?"

"당신이 나를 버리게 될 것 같아서. 이곳에서 난 한때 꿈이 있었지. 일 년 반 전까지만 해도. 아직도 조금은 남아 있소. 난 내 꿈이 계속 이곳에 머물길 바라거든."

그녀는 서둘러 일어나서 코트를 집어 들었다. 나는 그녀가 코트 입는 것을 거들어주었다.

"미안하오."

내가 말했다.

"미리 얘기했어야 하는데."

그녀는 고개를 휙 돌려서 내 얼굴 가까이에 들이댔다. 그래도 난 손 하나 대지 않았다.

"당신에게 꿈이 있고 그걸 계속 살려두고 싶다는 게 미안한가요? 나도 꿈이 있었어요. 하지만 내 꿈은 죽었죠. 꿈을 살려두겠다는 마음도 사라진 거죠."

"꼭 그런 꿈만은 아니오. 여자가 있었소. 부자였지. 그녀는 나와 결혼하고 싶다고 생각했소. 잘 되지는 않았소. 다시는 그녀를 못 볼 수도 있겠지. 하지만 내겐 추억이 남아 있소."

"우리 나가요."

그녀가 나지막이 말했다.

"그리고 그 추억은 계속 살아 있게 놔둬요. 난 그저 내가 기억할 만한 사람으로 남길 바랄게요."

버밀리아의 캐딜락을 타고 가면서도 나는 그녀에게 손 하나 대지 않았다. 그녀의 운전 솜씨는 아름다웠다. 능숙하게 운전을 잘 하는 여자에게는 더 이상 바랄 게 없다.

13

버밀리아의 집은 산 빈센트와 선셋 대로 사이에서 들어간 조용한 길가에 있었다. 도로에서 멀찍이 위치해 있었으며 진입로가 길게 나 있었고 현관은 작은 뜰을 두고 뒤쪽에 위치했다. 그녀는 문을 열고 온 집안의 불을 켠 다음 아무 말도 없이 사라졌다. 다양한 가구들이 근사하게 배치된 거실은 안락한 느낌이었다. 나는 기다렸고 마침내 그녀가 두 개의 길쭉한 잔을 들고 나타났다. 그녀는 코트를 벗고 있었다.

"결혼을 했었군."

내가 말했다.

"성공적이진 않았어요. 이혼 후 이 집과 약간의 돈이 생겼지만 기를 쓰고 뜯어낸 건 아녜요. 남편은 좋은 사람이었지만 우린 서로 맞지 않았어요. 지금은 죽었어요. 비행기 사고

였죠. 제트기 조종사였거든요. 늘 사고가 나잖아요. LA에서 샌디에이고 중간 어딘가 여자들만 북적거리는 곳을 아는데, 전부 제트기 조종사들이랑 결혼했던 여자들이죠."

나는 술을 한 모금 마시고 잔을 내려놓았다.

그녀의 잔도 넘겨받아서 내려놓았다.

"어제 아침 당신이 다리를 그만 쳐다보라고 했던 거 기억하오?"

"기억날 것도 같아요."

"그럼 날 말려보시오."

그녀를 끌어안자 그녀는 아무 말 없이 내 품에 들어왔다. 나는 그녀를 두 팔로 번쩍 안아들고 침실을 찾아갔다. 이어 침대 위에 그녀를 뉘었다. 스타킹을 신은 길쭉하게 뻗은 아름다운 종아리 위로 하얀 허벅지가 드러날 때까지 나는 그녀의 치마를 걷어 올렸다. 갑자기 그녀는 손을 뻗어 내 머리를 잡고 자신의 가슴에 묻었다.

"이 늑대! 불 좀 어둡게 하면 안 돼요?"

나는 문으로 가서 스위치를 껐다. 여전히 거실에서 불빛이 새어 들어왔다. 돌아서보니 그녀는 에게해에서 태어난 아프로디테처럼 아무것도 걸치지 않은 채 침대 옆에 서 있었다. 수줍어하거나 교태를 부리는 것이 아닌 당당한 자태였다.

"이런."

내가 말했다.

"예전에는 여자 옷을 벗기는데 서두르지 않아도 됐었지. 요즘 세상엔 남자가 칼라 단추를 푸느라 낑낑대는데 여자는 이미 침대에 누워 있군 그래."

"당신의 그 빌어먹을 칼라 단추나 어떻게 해봐요."

그녀는 침대 이불을 젖히고 수줍은 기색 없이 알몸으로 누웠다. 자신의 존재를 전혀 부끄러워하지 않는 아름다운 나체의 여인이었다.

"내 다리, 이제 질리게 봤어요?"

그녀가 물었다.

나는 대답하지 않았다.

그녀는 꿈꾸듯 이어 말했다.

"어제 아침 당신에게 맘에 드는 구석이 있다고 한 적 있죠. 더듬지 않아서 좋다고. 그리고 맘에 들지 않는 것도 있다고 했었는데. 그게 뭐게요?"

나는 다시 대답하지 않았다.

"당신이 나를 지금처럼 대하지 않은 거."

"좀처럼 틈을 주지 않았잖소."

"당신 탐정이잖아요. 이제 불을 다 꺼줘요."

이내 그녀는 어둠 속에서 '자기, 자기, 자기'라며 그런 특별한 순간에 여자들이 내는 아주 특별한 목소리로 나를 불렀다. 그리고 이어지는 느긋하고 부드러운 나른함과 평화, 고요.

"이제 내 다리 질리도록 봤어요?"

그녀는 꿈에 잠긴 듯 물었다.

"남자라면 누구도 질릴 수 없소. 당신과 아무리 많이 사랑을 나누어도 그 다리는 뇌리에서 떠나지 않을 걸."

"장난꾸러기. 당신 정말 짓궂어. 더 가까이 와요."

그녀가 내 어깨에 머리를 기대자 우리 몸은 완전히 밀착됐다.

"난 당신 사랑하지 않아요."

그녀가 말했다.

"왜 그렇게 생각하지? 너무 냉소적으로 굴진 맙시다. 숭고한 순간이란 게 있잖소. 아무리 찰나에 불과할지라도."

그녀가 팽팽해지고 따뜻해지는 것이 느껴졌다. 그녀의 몸은 활력으로 부풀어 올랐다. 아름다운 팔이 나를 꼭 끌어안았다.

또 한 번 깊은 어둠 속에서 탄성도 묻혔다. 어김없이 이어지는 또 한 번의 느긋하고 고요한 평화.

"당신 정말 싫어요."

그녀는 입술을 내 입에 맞대고 말했다.

"이것 때문이 아녜요. 완벽한 순간은 결코 두 번 오지 않지만 우리에겐 그 순간이 너무 빨리 와버렸잖아요. 앞으로 다시는 당신을 보지 않을 거고 보고 싶지도 않아요. 영원히요. 그렇지 않다면 한순간도 잊지 못할테니."

"당신 방금 인생의 쓴맛을 너무 많이 본 비정한 작부 같았던 거 알고 있소?"

"당신은 안 그런 줄 알아요? 우린 다 틀렸어요. 다 부질없는 일이에요. 내게 키스해 줘요."

어느 순간 그녀는 소리나 기척도 거의 없이 침대에서 빠져나갔다.

곧 이어 거실에 불이 켜졌고 그녀는 몸에 긴 천을 두르고 문간에 서 있었다.

"안녕."

그녀는 차분하게 말했다.

"택시 불러줄게요. 집 앞에서 기다려요. 이제 우리가 다시 만날 일은 없을 거예요."

"움니는 어떡하고?"

"가엾은 겁쟁이에요. 그 얼간이에겐 옆을 지키면서 자존감을 세워주고 힘과 정복감을 느낄 수 있게 해 줄 사람이 필요해요. 내가 하는 일이죠. 여자의 몸은 그런데 이용하지 못할 정도로 성스럽지 않아요. 특히 이미 사랑에 실패했다면."

그녀는 사라졌다. 나는 일어나서 옷을 챙겨 입은 뒤 밖으로 나가기 전 무슨 소리가 들리지는 않는지 귀를 기울였다. 아무 소리도 나지 않았다. 나는 그녀를 크게 불러보았지만 대답은 없었다. 집 앞 보도로 나가니 마침 택시가 도착했다. 나는 뒤를 돌아보았다. 집은 완전히 깜깜했다.

아무도 그 집에 살지 않았다. 전부 꿈이었다. 누군가 택시를 불렀다는 것만 빼고는. 나는 택시를 타고 집으로 돌아왔다.

14

LA를 출발한 나는 오션사이드를 우회하는 고속도로에 진입했다. 생각할 시간이 있었다.

LA에서 오션사이드까지는 6차선 고속도로로 30킬로미터 떨어져 있었다. 고속도로 곳곳에는 부서지고 찢기고 버려진 자동차 잔해들이 높은 둑 근처에 널브러진 채 실려 나갈 때를 기다리고 있었다. 나는 내가 에스메랄다로 돌아가는 이유부터 생각하기 시작했다. 이 사건은 원점부터 다시 시작이었고 내가 맡은 사건도 아니었다. 탐정을 하다보면 쥐꼬리만한 돈을 주면서 너무 많은 정보를 요구하는 의뢰인이 있다. 상황에 따라 일을 받기도 하고 거절하기도 한다. 돈에 따라 결정하기도 한다. 하지만 아주 가끔씩은 필요한 정보 외에도 너무 많은 것을 알게 되는 경우도 있다. 이를테면 기껏 찾아갔는데 사라져버린 발코니의 시체와 같은 이야기 말이다. 내 안의 상식은 집에 돌아가서 다 잊어버리라고, 들어오는 돈도 없다고 말한다. 하지만 상식은 늘 한 발 늦다. 상식은 이번 주 범퍼를 들이받았는데 지난주에 브레이크를 새로 갈았어야 했다고 말하는 자다. 상식은 주말 풋볼 시합에서 자기가 뛰었다면 이겼을 거라며 이러쿵저러쿵 떠드는 월요일 아침 쿼터백이다. 하지만 그가 뛰는 일은 결코 없다. 그는 허리춤에 술통을 차고 관람석 저 높은 곳에 앉아 있을 뿐이다. 상식은 덧셈에 절대 실수를 저지르지 않는 회색 양복 차림의 좀팽이다. 하지만 그가 더하고 있는 돈은 누군가의 주머니에서 나온 것이다.

분기점에서 나는 협곡으로 내려가는 길을 탔고 곧 란초 데 스칸사도에 도착했다. 잭과 루실은 원래 자리를 지키고 있었다. 나는 가방을 내려놓고 카운터에 몸을 기댔다.

"내가 돈을 제대로 지불했던가요?"

"그럼요"

잭이 말했다.

"오늘 그 방에 다시 묵으러 오신 것 같은데요."

"가능하다면요."

"왜 저희에게 탐정이라고 말씀 안 하셨나요?"

"와우, 놀라운 질문이군요."

나는 잭을 향해 싱긋 웃었다.

"탐정이 누구에게 탐정이라고 말하고 다니던가요? TV 안보나요?"

"시간이 날 때만요. 여기서는 자주 못 보죠."

"TV에 나오는 탐정은 늘 알아볼 수 있지요. 절대 모자를 벗지 않잖아요. 래리 미첼에 관해 뭐 좀 아는 게 있나요?"

"전혀요."

잭은 딱 잘라 말했다.

"브랜든 씨의 친구라는 것 말고는요. 브랜든 씨는 이 호텔 주인이고요."

루실이 천진하게 끼어들었다.

"조 함스는 잘 만나셨어요?"

"네, 고마웠어요."

"그리고 또......?"

"어허, 입에 단추 채우시죠, 아가씨."

잭이 잘라 말했다. 잭은 내게 윙크를 하고 카운터 너머로 열쇠를 건네주었다.

"루실의 삶은 지루해요, 말로 씨. 이곳에 처박혀서 저와 전화교환대만 보고 살죠. 아, 그리고 코딱지만한 반지도 보긴 하는군요. 너무 작아서 선물하기도 부끄러웠지요. 하지만 남자가 할 수 있는 게 뭐 있겠습니까? 여자를 사랑한다면 그런 반지라도 손가락에 끼워주고 싶은 거죠."

루실은 왼손을 번쩍 들고 그 자그마한 다이아몬드가 반짝거릴 수 있게 손을 앞뒤로 돌렸다.

"전 이 반지가 싫어요."

루실이 말했다.

"햇살과 여름과 반짝이는 별빛과 둥그런 달이 싫은 것처럼요. 그만큼 전 이 반지가 싫답니다."

나는 열쇠를 받아서 가방을 들고 사무실을 나왔다. 조금만 더 있다간 나 혼자라도 사랑에 빠졌을 것이다. 심지어 나 자신에게 값싸고 자그마한 다이아몬드 반지를 선물했을지도 모른다.

15

카사 델 포니엔테에서 구내전화를 걸었지만 1224호는 응답이 없었다. 나는 데스크로 건너갔다. 고집스럽게 생긴 직원 한 명이 편지를 분류하고 있었다. 호텔 직원들은 언제 봐도 편지를 분류하고 있다.

"메이필드 양이 여기에서 묵고 있지요?"

내가 물었다.

직원은 상자에 편지 한 통을 넣고 나서야 내 말에 대답했다.

"그렇습니다. 성함이 어떻게 되시지요?"

"방은 압니다. 전화를 안 받아서요. 오늘 보셨나요?"

내가 뭘 한 것은 아니지만 그는 내게 조금 더 관심을 보였다.

"못 본 것 같습니다."

직원은 고개를 돌려 뒤를 흘끗 쳐다보았다.

"열쇠가 뽑혀 있네요. 메모라도 전해드릴까요?"

"좀 걱정이 돼서요. 어제 밤 몸이 안 좋았거든요. 방에 있는데 아파서 전화를 못 받는 걸 수도 있습니다. 전 메이필드 양 친구이고 이름은 말로라고 합니다."

직원은 나를 유심히 살펴보았다. 옆으로 길쭉한 눈매였다. 그는 스크린 뒤 현금출납 사무실 쪽으로 가서 누군가와 이야기를 나누었다. 그러고는 금세 다시 돌아와 미소를 지었다.

"메이필드 양은 괜찮으신 것 같습니다, 말로 씨. 오늘 아침 방에서 식사를 푸짐하게 주문하셨거든요. 점심도요. 확인해 보니 전화 통화도 몇 번 하셨던 걸로 나오네요."

"감사합니다."

내가 말했다.

"그럼 메모를 남겨 주시겠습니까? 제 이름이랑 나중에 다시 전화한다고 전해주십시오."

"메이필드 양은 호텔 근처나 해변에 계실지도 모르겠네요. 해변은 무척 따뜻한 데다 방파제를 쳐놓아서 안전하거든요."

직원은 뒤에 걸린 시계를 흘끗 쳐다보았다.

"만약 손님이 해변에 나가셨다면 오래 계시진 않을 겁니다. 지금부터는 쌀쌀해지기 시작하니까요."

"고맙습니다. 다시 오겠습니다."

중앙 라운지는 세 계단 위쪽 아치 너머에 있었다. 그곳엔 사람들이 앉아 있었다. 어느 호텔이나 로비를 빠지지 않고 차지하고 있는 그들은 대개 돈 많은 노인들로, 굶주린 눈으로 사람들을 구경하는 것이 직업인 사람들이었다. 그들은 인생을 그런 식으로 보내는 것이다. 자줏빛 파마 머리의 나이든 여자 두 명은 심각한 표정으로 특별히 설계된 초대형 카드 테이블 위에 마련된 거대한 직소 퍼즐을 맞추느라 끙끙대고 있었다. 그 너머로는 여자 두 명과 남자 두 명이 카나스타 게임에 열중하고 있었다. 그 중 한 여자는 손에 얼음을 들고 있었는데 그 양이 모하비 사막을 식힐 수 있을 정도였고 얼굴에 덕지덕지 발라놓은 화장은 증기선도 칠할 수 있을 정도였다. 두 여자 모두 담배를 끼운 길쭉한 담뱃대를 물고 있었다. 곁에 있는 남자들은 수표에 사인을 하느라 지쳐서인지 파리한 낯빛이었다. 그 너머 창밖에는 젊은 남녀 한 쌍이 앉아서 손을 맞잡고 있었다. 여자는 다이아몬드와 에메랄드를 박아 반짝거리는 결혼반지를 손끝으로 계속 만지작거렸다. 행복에 겨워 황홀한 표정이었다.

나는 바를 지나서 정원으로 나갔다. 절벽 꼭대기에 선을 그리듯 이어진 오솔길을 따라 어느 정도 걸으니 간밤에 베티 메이필드의 방에서 내려다봤던 지점이 나타났다. 그 급격한 경사 때문에 한눈에 알아볼 수 있었다.

아래로는 잔잔한 해변을 따라 곡선으로 쌓아둔 낮은 방파제가 90미터 정도 이어졌다. 절벽에서 계단을 통해 해변으로 내려갈 수도 있었다. 모래사장 위에는 사람들이 누워 있었다. 몇몇은 수영복을 입었고 몇몇은 수건을 깔고 앉아 있기만 했다. 아이들은 소리를 지르며 뛰어다녔다. 베티 메이필드는 보이지 않았다.

나는 호텔로 돌아가서 중앙 라운지에 자리를 잡았다.

담배를 한 대 핀 후 신문판매대로 가서 석간신문을 하나 사서 대충 훑어본 뒤 쓰레기통에 던져버렸다. 그 후엔 데스크 옆을 서성거리기도 했다. 내가 전한 메모는 여전히 1224호 사서함에 꽂혀 있었다. 구내전화로 가서 미첼에게 전화를 걸어보았다.

'죄송합니다. 미첼 씨는 전화를 받지 않으십니다.'는 응답이 돌아왔다.

그 순간 뒤에서 여자 목소리가 들렸다.

"직원이 그러는데 절 찾으셨다고요, 말로 씨."

그녀는 이른 아침에 핀 장미처럼 싱그러운 모습이었다. 짙은 녹색 바지에 새들 슈즈를 신고 있었다. 초록색 바람막이 점퍼 안에는 흰색 셔츠를 입고 페이즐리 무늬가 들어간 스카프를 늘어뜨리고 있었다. 머리에는 띠를 묶어 바람에 부푼 듯 볼륨을 주었다.

급사장이 2미터 밖에서 귀를 쫑긋 세우고 있었다.

"메이필드 양?"

내가 말했다.

"네, 제가 메이필드인데요."

"밖에 차를 세워놓았습니다. 집 보러 갈 시간 있으십니까?"

그녀는 손목시계를 보았다.

"그으럼요. 시간 괜찮아요. 옷을 갈아입어야 하지만, 음어, 그냥 가죠."

"이쪽으로 가시죠. 메이필드 양."

그녀는 내 옆으로 왔다. 우리는 라운지를 가로질러 걸어갔다. 이제 그곳에서는 제법 편안함마저 느껴졌다. 베티 메이필드는 두 개의 직소 퍼즐을 하는 노인들에 눈을 흘겼다.

"전 호텔이 싫어요. 십오 년 후에 와도 똑같은 자리에 똑같은 사람들이 앉아 있을 걸요."

"맞소, 메이필드 양. 당신 혹시 클라이드 움니라는 자를 알고 있소?"

그녀는 고개를 가로저었다.

"알아야 하는 사람인가요?"

"헬렌 버밀리아는? 로스 고블은?"

그녀는 다시 고개를 저었다.

"한잔 하겠소?"

"지금은 됐어요. 고마워요."

우리는 바에서 나와 인도를 따라 걸었다. 나는 그녀를 위해 올즈모빌의 문을 열어주었다. 차를 뺀 뒤에는 그랜드 가를 직진하여 언덕 쪽으로 차를 몰았다. 그녀는 테두리에 반짝거리는 장식이 있는 선글라스를 콧등으로 살짝 내렸다.

"여행자 수표를 봤어요."

그녀가 말했다.

"당신은 정말 희한한 탐정이에요."

나는 주머니에 손을 넣어서 수면제가 든 병을 꺼냈다.

"지난밤엔 좀 놀랐소. 알약 수를 세어 보았지만 원래 몇 개인지 모르겠더군. 당신은 두 알을 먹었다고 했지. 하지만 독하게 마음먹고 한 주먹 삼켰는지도 모르는 일이잖소."

그녀는 약병을 빼앗아 자신의 바람막이 점퍼 안으로 집어넣었다.

"술을 몇 잔 마셨어요. 술에 바르비투르 성분이라니 최악의 조합이잖아요. 거의 기절했죠 뭐. 그게 다였어요."

"내가 알 리 없었잖소. 죽으려면 최소한 수면제 서른다섯 알을 먹어야 하오. 하지만 약을 먹고도 몇 시간 후에나 죽을 수 있소. 안절부절 못하겠더군. 맥박과 숨소리는 괜찮은 것 같았지만 나중에는 달라질 수도 있으니까. 의사를 부르다면 설명할 게 많았을 것이고. 진짜 당신이 수면제를 잔뜩 먹었다면 어쩌다 죽지 않았더라도 강력반에서 속속들이 알아냈을 거요. 그 사람들은 모든 자살 시도를 죄다 조사하니까. 하지만 만약 내 추측이 잘못됐다면 당신은 오늘 나와 이렇게 차를 타고 있지 못했을 거요. 그랬다면 내가 어떻게 됐겠소?"

"그럴 수도 있었겠네요."

그녀가 말했다.

"그렇다고 끔찍이 걱정된다는 말은 못하겠네요. 당신이 말한 그 사람들은 누구죠?"

"클라이드 움니는 당신을 미행하라고 날 고용한 변호사요. 워싱턴에 있는 유력 로펌의 지시를 받았다더군. 헬렌 버밀리아는 움니의 비서. 로스 고블은 캔자스시티에서 온 탐정인데 미첼을 찾고 있다더군."

나는 그녀에게 한 명씩 설명해 주었다.

그녀의 표정이 돌처럼 굳었다.

"미첼이요? 그 사람이 왜 래리에게 관심을 갖죠?"

나는 4번 가와 그랜드 가가 만나는 모퉁이에 차를 멈췄다. 전동 휠체어를 탄 노인이 시속 6킬로미터로 좌회전을 하고 있었기 때문이었다.

"왜 그 사람이 래리 미첼을 찾느냐고요?"

그녀는 쓸쓸한 어조로 물었다.

"사람을 좀 그냥 내버려둘 수는 없는 건가요?

"다른 말은 마시오. 그냥 내가 답을 모르는 질문만 계속 던지시오. 내 열등감을 키우는 데 무척이나 도움이 되는군. 전에 내겐 이제 사건이 없다고 말한 적이 있을 거요. 그렇다면 내가 여기 왜 있겠소? 답은 간단하지. 오천 달러 수표를 다시 찾으러 온 거요."

"다음 모퉁이에서 좌회전이요. 언덕으로 올라가는 길이에

요. 저 위 경치가 끝내주거든요. 으리으리한 저택들도 많고
요."

"관심 없소."

내가 말했다.

"게다가 무척 조용해요."

그녀는 대시보드에 꺼있던 담뱃갑에서 담배 하나를 꺼내
불을 붙였다.

"이틀 동안 두 번째 담배라니."

내가 말했다.

"대단한 애연가시군. 어젯밤 당신의 담배도 세어봤소. 성
냥도. 당신의 가방을 뒤졌거든. 난 어젯밤처럼 거짓말에 낚
이면 샅샅이 뒤를 캐는 사람이라오. 의뢰인이 성가신 제 자
식을 내게 맡기고 기절했을 땐 더 그렇지."

그녀는 고개를 휙 돌려서 내게 눈을 흘겼다.

"수면제랑 술 때문이라니까요. 그냥 좀 붕 떠 있었던 거라
고요."

"란초 데스칸사도에서만 해도 말짱했잖소. 바늘 하나 들
어갈 틈도 없었다니까. 우리는 리오로 떠나서 호화로운 삶을
살 예정이었지. 물론 죄책감은 남았겠지만. 어쨌건 시체 하
나만 치우면 되는 거였지. 얼마나 실망했는지! 시체가 없다
니!"

그녀는 여전히 나를 흘겨보고 있었지만 난 운전에 집중해

야 했다. 잠깐 멈춰 섰다가 좌회전을 했다. 또 다른 막다른 길이었다. 오래된 전차 레일이 도로 위에 남아 있었다.

"저 앞 안내판에서 좌회전해서 올라가요. 저 앞에 있는 건 고등학교에요."

"총은 누가 쐈고 뭐에다 대고 쏜 거요?"

그녀는 손으로 관자놀이를 꾹꾹 눌렀다.

"아무래도…… 내가 쏜 것 같아요. 미쳤었나 봐요. 총은 어디 있죠?"

"그 총? 안전하게 보관 중이요. 당신의 꿈이 현실이 되는 경우를 대비해서 총을 꺼내 와야 할지도 모르겠군."

우리는 오르막을 달리고 있었다. 나는 기어를 3단으로 맞추었다. 그녀는 그 모습을 흥미롭게 쳐다보았다. 이어 연한 색 가죽 시트와 주변 기기들을 두리번거렸다.

"어떻게 이렇게 값비싼 차를 살 수 있었죠? 돈벌이도 시원찮으면서."

"요즘엔 비싸지 않은 차가 없소. 심지어 싸구려 차도 비싸지. 탐정이라면 빨리 달릴 수 있는 차를 사야하지 않겠소. 어딘가에서 탐정이라면 눈에 잘 띄지 않는 평범하고 짙은 색 차를 몰아야 한다는 글을 읽은 적이 있지. 아마 그 놈은 LA에 와 본 적이 없을 거요. LA에서 눈에 띄지 않으려면 핑크색 메르세데츠 벤츠에 지붕엔 일광욕실을 설치하고 잘 빠진 아가씨 세 명을 끼고 다녀야 한다는 걸 모르는 거지."

그녀는 킥킥 웃었다.

나는 하던 얘기를 좀 더 이어갔다.

"난 당신 제안에 혹했소. 진짜 리오에 가기를 꿈꿨는지도
모르지. 리오에서는 앞으로 이 차에 들여야 될 돈보다 더 비
싼 값에 팔아넘길 수도 있을 테니까. 화물선으로 내 차를 옮
기는 것도 그다지 돈이 많이 들지도 않고."

그녀는 한숨을 쉬었다.

"아, 제발 그것 가지고 이제 그만 놀려요. 오늘은 장난할
기분이 아녜요."

"당신의 남자친구를 봤소?"

그녀는 무척 침착하게 말했다.

"래리요?"

"다른 누가 있소?"

"글쎄요. 클라크 브랜든을 말한 걸 수도 있잖아요. 물론 그
사람이랑은 거의 모르는 사이지만. 래리는 어젯밤 상당히 취
했었고. 아뇨, 그 이후로는 못 봤어요. 뻗어 자고 있는지도
모르죠."

"전화를 받지 않소."

도로가 갈라졌다. 흰 선 하나가 왼쪽으로 꺾어졌다. 나는
계속 직진했다. 별다른 이유는 없었다. 우리는 오르막 비탈
길에 지어진 오래된 스페인 식 주택들과 그 건너편의 내리막
비탈길에 세워진 아주 현대적 양식의 주택들을 지나쳤다. 그

곳을 지나자 도로는 오른쪽으로 큰 각을 그리며 휘어졌다. 새로 포장한 도로 같았다. 마침내 땅 끝에 다다른 도로는 둥그렇게 원을 그리고 있었다. 원을 중심으로 거대한 저택 두 채가 마주보고 있었다. 모두 유리로 지은 것으로 바다를 향한 유리창은 전부 초록색이었다. 풍경은 입이 쩍 벌어질 정도였다. 삼 초 동안 눈을 뗄 수 없었다. 원을 빠져 나가는 커브에 차를 세운 뒤 시동을 껐다. 해발 300미터인 그곳에서는 도시 전체가 눈앞에 펼쳐져 있었다. 45도 각도로 찍은 항공사진을 보는 듯 했다.

"래리는 몸이 아플 수도 있소."

내가 말했다.

"외출을 했을 수도 있지. 아님 죽었는지도 모르겠군."

"내가 분명히……"

그녀는 몸을 떨기 시작했다. 나는 그녀의 손에서 담배꽁초를 빼앗아 재떨이에 버렸다. 자동차 창문을 닫고 팔을 그녀의 어깨에 두른 뒤 그녀의 머리를 내 어깨로 끌어당겼다. 그녀는 별다른 저항 없이 고개를 기댔다. 하지만 여전히 떨고 있었다.

"당신은 기댈 수 있는 사람이에요."

그녀가 말했다.

"그래도 날 닦달하지는 말아요."

"의자 앞 글러브박스를 열면 작은 술병이 있소. 목 좀 축이겠소?"

"네."

나는 술병을 꺼내서 한 손으로 병을 잡고 이빨로 금속 뚜껑을 풀었다. 그런 다음 무릎에 술병을 끼고 뚜껑을 열었다. 나는 술병을 그녀의 입술에 가져다 댔다. 그녀는 한 모금 넘기더니 몸서리를 쳤다. 나는 다시 병뚜껑을 닫고 제자리에 넣었다.

"술병에 입을 대고 마시는 건 정말 싫어요."

그녀가 말했다.

"흠, 고상한 일은 아니지. 베티, 난 당신과 사랑을 나누자는 게 아니오. 정말 걱정이 된다오. 해결해야 하는 일이 있소?"

그녀는 잠시 입을 닫았다. 곧 이어 고집스러운 어조로 말했다.

"예를 들면요? 수표는 다시 가져가요. 당신 거니까요. 내가 당신에게 줬잖아요."

"누구도 다른 사람에게 그런 식으로 오천 달러를 주진 않소. 말도 안 되잖소. 그게 바로 내가 LA에서 이곳까지 달려온 이유요. 난 오늘 아침 일찍 LA에 다녀왔소. 누구도 나 같은 인간에게 살갑게 굴거나 오십만 달러에 관해 말해 주거나 리오로 떠나서 근사한 집에서 호화로운 삶을 살자고 말하지 않소. 잔뜩 취했건 멀쩡한 정신이건 죽은 사람이 발코니에 누워 있는 꿈을 꿨으니 빨리 가서 시체를 바다로 내던지자고 하는 사람은 없소. 내가 당신 방에 가서 뭘 해주길 기대했소? 당신이 악몽을 꾸는 동안 곁에서 손을 잡아 주길 바란 거요?"

그녀는 기댔던 고개를 들고 차의 반대편 구석으로 몸을 기울였다.

"그래요. 난 거짓말쟁이에요. 늘 거짓말쟁이로 살아왔어요. 됐어요?"

그때 나는 백미러를 흘끗 쳐다보았다. 짙은 색 소형차가 굽은 도로 뒤쪽으로 접어들었다가 이내 멈추었다. 차에 누가 탔는지 뭐가 들었는지는 보이지 않았다. 그 차는 커브에서 오른쪽으로 꺾었다가 후진을 해서 차를 뺀 뒤 올라온 길로 급히 되돌아갔다. 누군가 길을 잘못 들었다가 막다른 길이라는 것을 본 것이다.

나는 말을 이었다.

"내가 그 빌어먹을 비상계단을 오르는 도중 당신은 수면제를 먹었고 그 다음엔 미친 듯이 졸려하더니 잠시 후엔 정말로 잠이 들었소. 좋소. 나는 발코니로 나가보았소. 시체는 없었소. 피도 없었소. 시체가 정말 발코니에 있었다면 난 어떻게 해서든 벽 너머로 넘겼을지도 모르오. 힘들긴 해도 불가능한 일은 아니니까. 하지만 조련된 코끼리 여섯 마리가 있어도 시체를 바다까지 내던질 수는 없소. 바다에서 울타리까지는 십 미터나 떨어져 있었고 시체를 울타리에 닿지 않게 멀리 던졌어야 했으니 말이오. 계산해보니 시체가 울타리에 닿지 않게 바다에 떨어지려면 족히 십오 미터 밖으로 던져야 하더군."

"그래서 내가 거짓말쟁이라고 했잖아요."

"하지만 당신은 왜 그랬는지 말해 주지 않았소. 우리 진지하게 얘기해 봅시다. 어떤 사람이 당신의 발코니에서 죽었소. 당신은 내게 뭘 기대했던 거요? 비상계단을 통해 그를 끌고 내려가서 가져온 차에 싣고 산 속 어딘가로 도망가서 묻어버리길 기대했소? 가끔씩은 다른 사람에게 비밀을 털어놓기도 해야 하오. 특히 방에 시체가 있을 때는 말이오."

"돈 받았잖아요."

그녀는 냉랭하게 말했다.

"그리고 나와 맞장구까지 쳤고요."

"미친 사람을 구별해내는 나만의 방식이지."

"찾아냈군요. 그럼 이제 만족하시죠."

"난 아무 것도 찾아내지 못했소. 심지어 당신이 누군지도 모르지 않소."

그녀는 발끈했다.

"내가 제 정신이 아니었다고 했잖아요."

그녀는 공격적으로 쏘아붙였다.

"걱정, 공포, 술, 수면제. 대체 당신은 왜 날 가만두지 못하는 거죠? 돈도 돌려준다니까요. 얼마나 더 원하는 건데요?"

"그걸 받으면 난 뭘 하지?"

"그냥 받아요."

그녀는 내 말을 잘랐다.

"그게 다예요. 받고 꺼져요. 저기 아주 멀리까지요."

"당신에겐 마음씨 좋은 변호사가 필요할 텐데."

"그 말은 이율배반이군요."

그녀가 비웃었다.

"마음씨 좋다면 변호사가 될 리 없으니까요."

"그럴 수도. 당신은 그와 관련된 고통스런 경험을 했나보군. 난 당신을 통해서든 다른 방식을 이용하든 결국에는 알아내게 될 거요. 진지하게 말하는 거요. 당신은 지금 곤경에 처해 있소. 미첼에게 정말 무슨 일이 생겼는지는 모르지만, 어쨌건 미첼에게 벌어진 일과는 관계없이 당신은 변호사를 선임해야 할 정도로 곤란한 상황에 빠져 있다오. 당신은 이름을 바꿨소. 이유가 있었겠지. 미첼은 당신에게 돈을 뜯어냈소. 그에게도 이유가 있었지. 워싱턴의 로펌이 당신을 찾고 있소. 그들도 이유가 있소. 로펌의 의뢰인이 당신을 찾아달라는 데도 이유가 있소."

나는 말을 멈추고 어둠이 깔리는 저녁 풍경을 배경으로 그녀를 바라보았다. 아래쪽으로는 바다가 청금석 파랑색으로 변하고 있었는데 어쩐지 버밀리아 양의 눈동자가 떠오르지는 않았다. 한 무리의 갈매기들이 상당히 잘 짜인 대형을 이

루고 남쪽으로 날아가고 있었지만 노스 아일랜드에서 흔히 보듯 흐트러짐 없는 모양은 아니었다. 저녁에 LA를 출발한 비행기들이 좌우측에 불빛을 켜고 해변을 따라 내려오다가 기체 아래쪽에 불빛을 반짝거리며 바다 위에서 린드버그 공항 쪽으로 천천히 커다랗게 선회했다.

"당신은 사기꾼 변호사와 한통속이에요."

그녀는 쌀쌀맞게 말하며 담배를 하나 더 꺼냈다.

"그 사람은 지독한 사기꾼은 아닌 것 같소. 노력이 지나칠 뿐이지. 하지만 그게 중요한 게 아니오. 당신은 소리 한 번 질러보지 못하고 변호사에게 돈만 뺏길 수도 있소. 문제는 특별권한이라는 거요. 나 같은 탐정에겐 없는 것이지. 하지만 변호사에겐 있소. 변호사가 자신을 선임한 의뢰인의 이익을 지키는 데 관심이 있다는 전제 하에서. 그 변호사가 의뢰인의 이익에 부합하는 일을 하도록 탐정을 고용한다면, 그 탐정에게도 특별권한이란 게 생기겠지. 그것이 탐정으로서 특별권한을 얻을 수 있는 유일한 방법이오."

"당신은 당신이 가진 특권으로 뭘 할 수 있는지 알죠. 특히 내 뒤를 밟으라고 당신을 고용한 사람이 변호사라면."

나는 그녀에게서 담배를 빼앗아 몇 모금 뻐끔거린 뒤에 다시 쥐어주었다.

"좋소, 베티. 당신에게 난 도움이 안 되는군. 도움을 주려고 노력했던 건 다 잊어주시오."

"듣던 중 반가운 소리네요. 나를 돕고 싶은 이유는 단지 내가 돈을 많이 줄 것 같기 때문일 테니까요. 당신도 그 사람들과 다를 바 없어요. 당신의 이 빌어먹을 담배도 다 필요 없다구요."

그녀는 담배를 창문 너머로 버렸다.

"호텔로 데려다줘요."

나는 차에서 내려서 담배를 꾹꾹 밟아 껐다.

"캘리포니아 언덕에서는 이런 짓은 금물이오. 아무리 불조심 캠페인이 끝났더라도."

나는 차에 다시 타서 열쇠를 꽂고 시동 버튼을 눌렀다. 차를 빼서 돌린 다음 도로가 갈라지는 커브까지 되돌아갔다. 흰 선이 꺾어지는 위쪽으로 소형차 한 대가 주차되어 있었다. 조명은 꺼진 상태였다. 빈 차일 수도 있었다.

나는 올즈모빌을 도로의 반대 방향으로 급하게 꺾으면서 조명을 상향등으로 바꿨다. 차가 돌면서 조명이 소형차를 훑었다. 운전자는 모자로 얼굴을 급히 가렸지만 안경과 넓적하고 퉁퉁한 얼굴과 바깥으로 삐져나온 귀를 감출 정도로 날렵하지는 못했다. 캔자스시티에서 온 로스 고블이었다.

나는 조명을 내리고 큰 커브를 그리는 긴 언덕을 내려왔다. 도로가 어디로 이어지는지는 몰랐다. 그저 그곳의 모든 길이 이내 바다로 이어진다는 것만 제외하면. 언덕을 내려오자 T자형 교차로가 나타났다. 나는 우회전을 했고 좁은 도로를 몇 블록 더 가서 대로에 다다랐을 때 다시 한 번 우회전을 했다. 다시 에스메랄다의 중심지로 되돌아가고 있었다.

호텔에 다다를 때까지 그녀는 한 마디도 하지 않았다. 차를 세우자마자 서둘러 차에서 뛰어내렸다.

"여기서 기다려요. 돈을 갖다 줄게요."

"우리 미행당했소."

내가 말했다.

"뭐라고요?"

순간 그녀는 얼어붙은 채 고개만 살짝 돌렸다.

"소형차요. 저 언덕 위에서 차를 돌리면서 라이트로 그를 훑었는데 당신은 못 봤군."

"누군데요?"

그녀의 목소리엔 초조함이 묻어났다.

"내가 어찌 알겠소? 그놈은 이곳부터 우리 뒤에 붙었을 거요. 그렇다면 다시 이곳으로 돌아올 테지. 경찰일 수도 있겠지?"

그녀는 그 자리에 못 박힌 채 나를 돌아보았다. 천천히 걸음을 뗐고 그런 다음엔 마치 내 얼굴을 손톱으로 할퀴어버리겠다는 듯 황급히 달려왔다. 그녀는 내 팔을 잡고 마구 흔들기 시작했다. 씩씩거리며 가쁜 숨을 쉬었다.

"날 여기서 빼내줘요. 날 데려가줘요. 제발 부탁이에요. 어디든요. 날 좀 숨겨줘요. 조금만이라도 평화를 줘요. 쫓기고 괴롭히고 협박받지 않는 곳으로 가요. 그 사람은 그렇게 하겠다고 얘기했어요. 나를 지구 끝까지라도 쫓아갈 거라고요. 태평양에서 가장 멀리 있는 섬 끝까지라도……"

"가장 높은 산의 산마루까지라도. 가장 외로운 사막의 심장부까지도."

내가 끼어들었다.

"누군지 모르겠지만 아주 구닥다리 책을 읽었군."

그녀는 내 팔에서 손을 떼고 옆구리에 축 늘어뜨렸다.

"당신은 악덕 사채업자만큼 피도 눈물도 없군요."

"난 당신을 아무 데도 데려갈 수 없소."

내가 말했다.

"당신을 삼켜버리고 있는 게 무엇이건 당신은 그대로 받아들이게 될 거요."

나는 돌아서서 차에 올라탔다. 뒤를 돌아봤을 때 그녀는 이미 호텔의 바를 반이나 종종걸음으로 걸어가고 있었다.

16

　내게 상식이란 게 있었다면 당장에 짐을 챙겨서 집으로 돌아가 그 여자에 관한 모든 것을 다 잊어버렸을 것이다. 그녀가 어느 연극의 어느 막에서 어떤 역할을 할 것인지 결정을 내릴 즈음 내가 할 수 있는 일이라곤 우체국을 서성거리다 잡혀가는 것 밖에 없을 터였다. 무언가 손을 쓰기엔 너무 늦게 될 것이었다.

　나는 기다리면서 담배 한 대를 폈다. 고블과 그의 지저분한 작은 고물차가 이제 모습을 드러내고 주차장으로 미끄러져 들어와야 했다. 고블은 다른 곳에서는 우리를 보지 못했을 것이고, 그는 많은 것을 알고 있었으므로 우리가 어딜 가는지 알아보려는 것 외에는 우리의 뒤를 밟을 만한 아무런 이유가 없었다.

고블은 나타나지 않았다. 나는 담배를 다 피운 뒤 차 밖으로 던지고 차를 돌렸다. 시내를 향하는 도로에서 빠져나오던 중 도로 건너편 연석에 세워 놓은 그의 차를 발견했다. 나는 계속 가다가 큰길에서 우회전을 한 뒤 고블이 열 받지 않고 내 뒤에 붙을 수 있도록 차를 천천히 몰았다. 2킬로미터쯤 가자 에피큐어라는 식당이 보였다. 낮은 지붕의 식당에는 차도와 구별되게 붉은 벽돌로 보호벽이 쳐져 있었고 바도 딸려 있었다. 출입구는 옆쪽이었다. 나는 차를 대고 안으로 들어갔다. 아직 손님은 아무도 없었다. 바텐더는 양복도 제대로 갖춰 입지 않은 매니저와 잡담 중이었다. 매니저는 예약 장부를 보관하는 선단 하나를 차지하고 있었다. 펼쳐진 예약 장부에는 느지막이 올 손님들의 이름이 적혀 있었다. 하지만 아직은 이른 시간이었다. 나는 테이블을 하나 잡을 수 있었다.

식당 내부는 촛불만 밝혀 어두컴컴했고 가운데 놓인 낮은 벽이 실내를 양쪽으로 가르고 있었다. 손님이 서른 명만 있어도 꽉 차 보일 것 같았다. 매니저는 나를 구석 좌석으로 안내하고 테이블 위에 있던 촛불에 불을 붙였다. 나는 더블 깁슨을 주문했다. 웨이터가 다가와 맞은편에 놓여 있던 식기들을 치워가려고 했다. 난 일행이 올 거니까 그냥 두라고 말했다. 이어 식당을 덮을 만큼 커다란 메뉴판을 살폈다. 메뉴판을 제대로 읽으려면 플래시를 켜야 할 정도였다. 들러본 식당 중 가장 어두운 곳이었다. 맞은편에 어머니가 앉아도 못 알아 볼 것 같았다.

긴슨이 나왔다. 잔의 모양이나 잔에 뭐가 들어 있는지는 대충 분간이 됐다. 한 모금 마셔보니 맛이 나쁘지는 않았다. 그때 고블이 유유히 들어와 맞은편 의자에 앉았다. 그는 하루 전의 모습과 별 다를 바 없었다. 나는 메뉴판을 계속 들여다보았다. 메뉴는 차라리 점자여야 했다.

고블은 내 앞에 있던 얼음물을 마셨다.

"그 여자랑은 잘 돼 가나?"

그가 태평하게 물었다.

"별 볼일 없소. 그건 왜 묻소?"

"그 언덕엔 뭐 하러 갔지?"

"진도 좀 나갈까 해서 가봤소. 그녀는 그럴 기분이 아니더군. 뭐가 궁금해서 그러시오? 미쳴이라는 자를 찾던 거 아닌가?"

"아주 재밌군. 미쳴이란 자라. 들어본 적도 없다고 네 입으로 말했던 것 같은데?"

"그 후에 듣게 됐지. 본 적도 있고. 만취했더군. 식당에서 쫓겨날 정도로 인사불성이 돼서."

"아주 재밌군."

고블은 피식 웃었다.

"그자의 이름을 어찌 알지?"

"누가 그를 부르는 것을 들었지. 그것도 아주 재미있겠군?"

그는 피식 웃었다.

"방해하지 말고 손 떼라고 했을 텐데. 난 너에 대해 좀 알아. 뒷조사를 좀 했지."

나는 담배에 불을 붙이고 연기를 고블의 얼굴에 쏘았다.

"가서 썩은 달걀이나 처먹어."

"거친 구석도 있네."

그가 피식 웃었다.

"이봐, 내가 왕년에 너보다 훨씬 덩치 큰 놈들의 팔 다리도 뽑아본 사람이야."

"두 명만 이름을 대보시지."

그가 탁자 위로 몸을 숙이려는 찰나 웨이터가 다가왔다.

"생수랑 버번 주쇼."

고블이 말했다.

"나무통에서 숙성된 것으로. 일반 위스키는 어림없어. 대충 속이려고 하지 말고. 그리고 생수 한 병도. 여기 수돗물은 형편없더군."

웨이터는 날 보며 기다렸다.

"이걸로 한 잔 더하겠소."

나는 잔을 밀어주며 말했다.

"오늘은 무슨 메뉴가 좋은가?"

고블이 물었다.

"귀찮게 이런 거나 보면서 고민하기 싫거든."

그는 메뉴판을 손으로 툭툭 치며 말했다.

"오늘의 특별요리는 미트 로프입니다."

웨이터가 날 선 말투로 응대했다.

"돼지고기말이에 으깬 감자란 말이지."

고블이 말했다.

"미트 로프 가져와바."

웨이터는 나를 쳐다보았다. 나도 미트 로프가 좋겠다고 말했다. 웨이터는 자리를 떴다. 고블은 웨이터가 자리를 떠나는 것을 확인하고 양쪽을 잽싸게 둘러보더니 다시 테이블 위로 몸을 숙였다.

"넌 운이 없어."

고블이 신나서 말했다.

"넌 이제 꼼짝없이 걸려들었어."

"거 참 슬프군."

내가 말했다.

"그런데 뭐에 걸렸다는 거지?"

"운이 정말 나쁘다고, 이 친구야. 아주 나빠. 조류에 문제가 있었지. 오리발을 신고 고무 마스크를 끼고 전복을 따러 간 어부가 바위 아래를 찔러봤거든."

"전복 따는 어부가 바위 아래를 찔렀다고?"

따끔따끔하고 차가운 뭔가가 내 등을 타고 기어 내려갔다.

웨이터가 술을 가지고 왔을 때 난 술을 손으로 낚아채지 않도록 인내심을 발휘해야 했다.

"아주 재미있어, 친구."

"또 한 번만 같은 말 해봐. 네 그 빌어먹을 안경을 날려줄 테니."

내가 으르렁거렸다.

고블은 잔을 들어 홀짝 마시더니 맛을 음미를 하며 고개를 끄덕였다.

"내가 여기 온 목적은 돈이야."

고블이 곰곰이 생각했다.

"말썽을 일으키려고 온 게 결코 아니라고. 말썽을 일으키면 돈은 날아가지. 손을 더럽히지 않아야 돈을 벌 수 있는 거라구. 알아들었어?"

"그렇다면 어느 쪽이건 네겐 새로운 경험이 되겠군."

내가 말했다.

"전복 따는 어부는 무슨 말이지?"

나는 흥분하지 않으려고 자제했지만 힘든 일이었다.

고블은 등받이에 몸을 기댔다. 나의 눈은 이제 어둠에 익숙해지고 있었다. 그의 퉁퉁한 얼굴이 즐거움으로 번득였다.

"농담이야. 난 전복 따는 어부는 만나본 적도 없어. 지난밤에야 전복을 어떻게 읽어야 하는지 알게 됐는데? 전복이 어떻게 생겼는지는 아직도 모르고. 아무튼 상황이 재밌게 흘러

가고 있어. 미첼을 찾을 수가 없으니 말이야."

"미첼은 호텔에 살아."

나는 술을 조금 더 마셨다. 덥석 뛰어들 타이밍이 아니었다.

"그자가 호텔에서 사는 건 나도 알아, 친구. 현재 행방을 모른다는 거지. 방에는 없더라고. 호텔 직원들은 그자를 못 봤다더군. 그런데 왠지 너와 그 여자가 뭔가를 알고 있다는 생각이 든단 말이야."

"그 여자는 나사가 하나 풀렸어."

내가 말했다.

"그 여자는 여기서 빼. 그리고 에스메랄다에서는 '없다'고 하지 않아. 그 캔자스시티 사투리는 이곳 공중도덕에 위배되는 거 몰라?"

"닥쳐, 이 자식아. 영어 말하는 방법 배우려고 내가 닳아빠진 캘리포니아 염탐꾼한테 온 줄 알아!"

고블은 고개를 돌려 소리쳤다.

"웨이터!"

손님 몇 명이 눈살을 찌푸리며 고블을 돌아보았다. 잠시 후 나타난 웨이터도 손님들과 똑같은 표정으로 서 있었다.

"한 잔 더."

고블은 잔을 손가락으로 툭 쳤다.

"굳이 소리까지 지르실 필요는 없습니다."

웨이터는 잔을 가져갔다.

"내가 서비스를 원할 땐 내가 원하는 대로 서비스를 하란 거야!"

고블이 웨이터의 뒤통수에 대고 소리쳤다.

"메탄올 맛도 부디 좋아하길 바라네."

나는 고블에게 말했다.

"잘 하면 우린 한몫 챙길 수도 있어."

고블은 무심하게 말했다.

"네게도 머리라는 게 있다면 말이야."

"그럴 수도 있겠지. 네게 매너란 것이 있고 키가 십오 센티미터 더 크고 얼굴도 다르고 이름도 다르고 개뿔도 없이 건방지게 굴지만 않는다면."

"집어치우고 미첼 얘기나 해봐."

고블은 잘라 말했다.

"더듬고 싶어서 언덕까지 태워간 그 아가씨 얘기도."

"미첼은 그 여자가 열차에서 만난 사람이야. 미첼은 자네가 내게 주는 효과를 그 여자에게 줬어. 어떻게든 반대로 피하고 싶은 불같은 욕망을 심어 준 거지."

시간 낭비였다. 그는 우리 고조할아버지만큼 꿈쩍도 안했다.

그는 피식 웃었다.

"그렇다면 그 여자에게 미첼은 그냥 열차에서 만난 사람이고 미첼이 어떤 놈인지 알고 나선 싫어졌단 거군. 그럼 그 여자가 미첼을 찬 건 널 위해선가? 네가 편하게 곁에 있으라고?"

웨이터가 음식을 가져왔다. 웨이터는 과장된 동작으로 음식을 내려놓았다. 야채, 샐러드, 냅킨 위의 따뜻한 빵이 차례로 놓였다.

"커피 드시겠습니까?"

나는 조금 나중에 먹겠다고 했다. 고블은 좋다고 하며 술은 어디 있냐고 물었다. 웨이터는 오는 중이라고 말했다. 말투를 봐서는 저속 화물칸에 실려 오고 있었다. 고블은 미트로프를 맛보더니 놀랍다는 표정을 지었다.

"이럴 수가. 맛있네. 손님이 하도 없어서 망한 가게인 줄 알았는데."

"시계를 보게."

내가 말했다.

"바빠지려면 아직 한참 멀었어. 여기가 그런 도시거든. 게다가 비수기고."

"느지막이 오는 게 좋겠군."

고블은 우적우적 씹으며 말했다.

"진짜 늦은 시간. 새벽 두 시나 세 시쯤 말이야. 사람들은 친구들을 불러내고, 넌 란초에 있을 시간이지, 친구?"

나는 아무 말도 안 하고 고블을 쳐다보았다.

"그림이라도 그려줘야 이해할래, 친구? 나는 사건을 맡으면 안 쉬고 일한다구."

나는 아무 말도 하지 않았다.

고블은 입을 닦았다.

"내가 그 바위 밑을 찔러본 어부 얘기를 하니까 몸이 뻣뻣해지던데. 내가 잘못 봤나?"

나는 대답하지 않았다.

"좋아. 계속 합죽이처럼 있던가."

고블은 피식 웃었다.

"어쩌면 우리가 좀 힘을 합쳐볼 수도 있다고 생각했지. 넌 체격도 좋고 주먹도 세잖아. 하지만 아는 건 쥐뿔도 없군. 내 일에 도움이 될 만한 게 하나도 없어. 우리 고향에선 탐정을 하려면 머리란 게 있어야 되는데 말이야. 여기서는 그냥 일광욕이나 하다가 잊지 않고 단추나 채우면 되나보지?"

"내게 조건을 제시해봐."

나는 어금니를 꽉 물고 말했다.

고블은 그렇게 쉴 새 없이 떠들면서도 음식을 빠르게 먹어 치웠다. 접시를 옆으로 밀어 놓고 커피를 좀 마시더니 조끼에서 이쑤시개를 꺼냈다.

"여기는 부자들의 도시야, 친구."

고블이 천천히 말을 이었다.

"공부를 좀 했어. 벼락치기로 좀 팠거든. 사람들이랑 얘기도 해봤지. 이 평온한 시골에서 몇 개 안되는 관광지인데도 쩐이 충분하지 않다더군. 에스메랄다에서는 소속이 있어야 돼. 나머지는 보잘 것 없는 사람들이야. 여기에 소속되고 초대를 받고 괜찮은 사람들과 친분을 맺으려면 계급이 필요하지. 여기 사는 사람 중에 캔자스시티에서 더러운 방식으로 돈을 벌어서 오백만 달러 갑부가 된 남자가 있어. 그 남자는 이곳에서 와서 부동산을 왕창 산 다음 작게 쪼개서 집들을 지었지. 그중엔 이 도시에서 제일 호화로운 집들도 있어. 하지만 사교모임인 비치클럽에 끼지는 못했어. 초대를 못 받았거든. 그래서 비치클럽을 돈으로 사버렸지. 사람들은 그 남자가 누군지 알아. 자금 모금을 할 때면 그 남자에게 무척 살갑게 군다더군. 그 남자는 대접을 받고 돈을 내는 셈이지. 선량하고 착실한 시민이야. 가끔 크게 파티를 열기도 하지만 찾아오는 손님들은 이곳 사람이 아니거나 이곳 사람이라고 해도 돈 냄새를 맡고 전전하는 거렁뱅이거나 쓸모없는 쓰레기들뿐이지. 여기 상류층 사람들? 그들에게 이 남자는 깜둥이 새끼나 다를 바 없어."

구구절절 일장연설을 하면서 고블은 가끔씩 나를 흘끗거리거나 방을 둘러보거나 의자에 편히 등을 기대서 이를 쑤셨다.

"가슴이 찢어졌겠군."

내가 말했다.

"그 남자가 어떻게 돈을 벌었는지 사람들은 어떻게 알았지?"

고블은 작은 탁자 위로 몸을 기울였다.

"재무부 고위 간부가 매년 봄마다 이곳으로 휴가를 오거든. 그러다 갑부 씨를 만났고 그에 대해 전부 알게 된 거야. 그러곤 말을 퍼트렸어. 그 남자가 속상하지 않을 것 같아? 돈을 벌어서 명성을 얻는 사람들을 모르는구만. 안으로는 피를 흘려, 이 친구야. 돈이 남아돌아도 살 수 없는 것을 알게 되면서 안은 썩어문드러지고 껍데기만 남게 된 거지."

"이런 얘기는 어떻게 알았지?"

"내가 좀 똑똑해. 수소문해서 알아내는 거지."

"한 가지는 몰랐군."

내가 말했다.

"그게 뭔데?"

"내가 네게 입을 열지 안 열지."

웨이터는 느지막이 고블이 주문한 술을 가지고 와서 접시를 치웠다. 그러고는 메뉴판을 건넸다.

"디저트는 안 먹어."

고블이 말했다.

"가봐."

웨이터가 이쑤시개를 보았다. 그는 손을 뻗어 고블의 손가락 사이에 껴있던 이쑤시개를 잽싸게 가로채갔다.

"이보세요, 화장실이라는 게 있습니다."

웨이터는 그렇게 말하고 재떨이에 이쑤시개를 버리고 재

떨이를 치웠다.

나는 웨이터에게 초콜렛 선디와 커피를 가져다 달라고 부탁했다.

"계산서는 이분께 주시고요."

"잘 알겠습니다."

웨이터가 말했다. 고블은 불쾌하다는 표정이었다. 웨이터가 자리를 떠났다. 나는 테이블 앞으로 몸을 숙여 나직하게 말했다.

"넌 내가 이틀 동안 만났던 사람 중 가장 거짓말을 잘 해. 그 중엔 아름다운 아가씨들도 있었지. 넌 지금 미쳴에 관심이 없어. 넌 어제까지 미쳴에 대해 들어본 적도 없어. 그러다 미쳴을 핑계거리로 이용해보겠다는 생각이 든 거야. 네가 여기 온 이유는 그 여자를 미행하는 것이고 누가 널 보냈는지도 알아. 널 고용한 사람이 아니라 널 고용하게 만든 사람 말이야. 난 그 여자가 왜 미행을 당하는지도 알고 미행을 당하지 않으려면 뭘 해야 하는지도 알아. 네 손에 좋은 패가 있다면 당장 그 패를 내려놓는 게 좋을 거야. 내일은 너무 늦을 테니까."

고블은 의자를 뒤로 밀어서 일어나더니 접어놓은 계산서를 테이블 위에 떨어뜨렸다. 그러고는 나를 싸늘하게 훑어보았다.

"뇌는 작으면서 입만 크군."

고블이 말했다.

"목요일이 재활용 캔 내놓는 날이니까 계산은 그때까지만 어떻게 미뤄 보던지. 넌 쥐뿔도 몰라, 친구. 넌 날 절대 못 이겨.

고블은 씩씩거리며 고개를 앞으로 쭉 내밀고 걸어갔다.

나는 고블이 떨어뜨린 꾸깃꾸깃한 계산서를 집어 들었다. 예상대로 1달러밖에 되지 않았다. 하지만 내리막에서도 시속 70킬로미터밖에 못 달리는 고물차를 모는 작자라면 화끈한 토요일 저녁 한 끼에 85센트밖에 안 하는 식당에서 밥을 먹지는 않으리라.

웨이터가 슬쩍 다가와 내게 영수증을 주었다. 나는 고블의 밥값도 지불하고 고블의 접시 위에 1달러 팁을 남겼다.

"감사합니다. 아까 그분이랑 친한 사이세요?"

웨이터가 말했다.

"'친한'을 강조하는군."

내가 말했다.

"형편없는 인간 같아서요."

웨이터가 아량을 베풀었다.

"에스메랄다의 특징이 하나 있다면 이 도시에서 일하는 사람들은 이 도시에서 살 만한 형편이 안 된다는 거죠."

식당을 나올 쯤에는 스무 명 정도의 손님들이 들어차 있었다. 그들의 목소리가 낮은 천장에서 튕겨 내려오기 시작했다.

17

주차장 진입로는 새벽 4시에 보았던 것과 똑같은 모습이었지만 커브를 돌자 물을 틀어놓은 소리가 들렸다. 유리로 둘러싸인 자그마한 사무실은 텅 비어 있었다. 어딘가에서 누군가 세차를 하고 있지만 주차 요원은 아닐 터였다. 나는 엘리베이터 로비로 이어지는 문으로 가서 문을 열어 놓았다. 지잉 하는 버저 소리가 뒤편 사무실에서 들려왔다. 문이 저절로 닫히게 놔두고는 밖에 서서 기다리는데 흰색 롱코트를 입은 깡마른 남자가 모퉁이를 돌아 나왔다. 안경을 쓰고 있었는데 피부는 식어 빠진 오트밀 색이었고 눈빛은 멍하고 피곤에 절어 있었다. 얼굴에서는 몽골 사람의 느낌도 들고 남쪽 국경의 사람이나 인디언 같은 느낌도 났는데 다시 보면 피부색이 좀 더 짙은 것 같기도 했다. 검은색 머리는 야윈 얼굴에 짝 달라붙어 있었다.

"차 빼시게요, 선생님? 성함이 어떻게 되시지요?"

"미첼 씨의 차가 주차돼 있습니까? 두 가지 색으로 된 지붕이 단단한 뷰익이요."

주차 요원은 곧바로 대답하지 않았다. 주차 요원이 잠들 것처럼 눈을 가늘게 떴다. 전에도 그 질문을 받은 적이 있으리라.

"미첼 씨는 오늘 아침 일찍 차를 가지고 나가셨습니다."

"아침 언제요?"

주차 요원은 호텔 이름을 다홍색으로 수놓은 주머니에 꽂혀 있던 연필을 꺼내서 잠시 쳐다보았다.

"일곱 시 바로 전에요. 제가 일곱 시에 퇴근했거든요."

"열두 시간 교대근무 하시나요? 지금은 일곱 시가 좀 지난 시간인데요."

주차 요원은 주머니에 연필을 도로 꽂았다.

"여덟 시간 교대근무지만 근무 시간대는 바뀝니다."

"그렇다면 지난밤에는 열한 시부터 일곱 시까지 근무했겠군요."

"맞습니다."

주차 요원은 내 어깨 너머 먼발치로 눈길을 돌렸다.

"전 이제 끝날 시간입니다."

나는 담뱃갑을 꺼내 그에게 한 개비 건넸다.

그는 고개를 가로저었다.

"담배는 사무실에서만 필 수 있습니다."

"아니면 패커드 세단 뒷좌석이겠지요."

주차 요원의 오른손이 칼자루를 쥐듯 살짝 안으로 말렸다.

"공급은 어떻게 받소? 필요한 게 있소?"

그는 나를 뚫어지게 쳐다보았다.

"'무슨 공급'이냐고 물어 보셔야지요."

내가 말했다.

그는 대답하지 않았다.

"그럼 내가 담배는 아니라고 했을 거요."

나는 신나게 말을 이었다.

"꿀 향이 나는 무언가라고요."

우리의 눈빛은 단단히 엮였다. 마침내 그가 부드럽게 물었다.

"마약 밀매자요?"

"오늘 아침 일곱 시까지 근무했다면 잘도 빠져나오셨군. 보아하니 몇 시간 동안 이 세상에 없었던 것처럼 보이던데. 에디 아카로처럼 머릿속에 시계라도 있으신가 보군."

"에디 아카로."

주차 요원이 따라 말했다.

"아, 그 말 타는 기수. 그 사람 머릿속에 시계가 있다던가요?"

"그렇다고 하더군요."

"거래를 해 볼까요."

주차 요원은 건성건성 말했다.

"얼마요?"

그때 사무실에서 버저 울리는 소리가 들렸다. 어렴풋이 엘리베이터가 내려오는 소리도 들려왔다. 문이 열리자 로비에서 손을 잡고 있던 연인이 내렸다. 여자는 이브닝드레스, 남자는 턱시도 차림이었다. 나란히 걷는 그 연인은 키스하다 들통난 아이들 같아 보였다. 주차 요원은 그 연인을 흘낏 본 후 나가서 자동차를 가지고 돌아왔다. 뽑은 지 얼마 안 된 미끈한 차체의 크라이슬러 컨버터블이었다. 여자가 이미 임신이라도 한 듯 남자는 여자를 조심스럽게 차에 태웠다. 주차 요원은 문을 잡아주며 기다렸다. 운전석으로 걸어온 남자는 주차 요원에게 고맙다고 인사한 뒤 차에 올라탔다.

"글래스룸까지는 먼가요?"

남자가 쭈뼛거리며 물었다.

"아닙니다, 손님."

주차 요원은 남자에게 길을 안내해 주었다.

남자는 웃으며 고맙다고 인사한 뒤 주머니에서 1달러를 꺼내 주차 요원에게 건넸다.

"호텔 정문까지 차를 가져오라고 하셔도 됩니다, 프레스톤 씨. 원하시는 건 시켜만 주십시오."

"아, 감사하지만 이 정도도 충분합니다."

남자가 서둘러 말했다. 그는 조심스럽게 진입로로 올랐다. 이내 그들이 탄 크라이슬러는 부릉거리는 소리를 남기고 떠나갔다.

"신혼부부군요."

내가 말했다.

"다정하네요. 다른 사람들의 시선을 부담스러워 하는군요."

주차 요원은 여전히 멍한 눈빛으로 다시 내 앞에 서 있었다.

"하지만 우리 사이에 다정할 건 없지요."

내가 이어 말했다.

"혹시 경찰이면 배지를 보여주십시오."

"내가 경찰일 것 같습니까?"

"꼬치꼬치 캐묻고 다니는 양반 같아서요."

그의 톤은 단조롭게 B플랫에 고정되어 있었다. 조니 원 노트 (노래를 무척 잘 부르지만 오로지 한 음계만 부를 줄 아는 조니라는 사람에 관한 내용을 노래한 1937년 곡).

"맞는 말입니다."

나는 맞장구쳤다.

"난 사립 탐정입니다. 누굴 미행하느라 간밤에 이곳에 왔었지요. 당신은 저쪽에 주차된 패커드 안에 있었고요."

나는 그쪽을 가리켰다.

"가서 차문을 열어보니 마리화나 냄새가 나더군요. 난 주차장에서 캐딜락을 네 대나 훔쳐갈 수도 있었고 당신은 영원히 침대에서 몸을 뒤집지 못 할 수도 있었지요. 그야 내 알 바 아니지만."

"오늘은 무슨 일인지나 말하십시오. 지난밤에 대해서 얘기하고 싶지는 않습니다."

"미첼이 직접 차를 몰고 떠났습니까?"

주차 요원이 고개를 끄덕였다.

"가방은?"

"아홉 개였습니다. 가방 싣는 걸 제가 도와드렸습니다. 그분은 체크아웃을 하셨고요. 이제 됐습니까?"

"프런트에 직접 확인했습니까?"

"그분은 계산을 하셨습니다. 돈도 다 내고 영수증도 받아 가셨더군요."

"그렇군. 가방이 그렇게 많았다면 당연히 벨보이도 함께 내려 왔겠지요?"

"엘리베이터 꼬마요. 벨보이는 일곱 시 반에 출근하니까요. 꼬마는 새벽 한 시에 출근하지요."

"어느 엘리베이터 꼬마?"

"멕시코 녀석인데 우린 치노라고 부르지요."

"당신은 멕시코인이 아닙니까?"

"저는 중국계지요. 하와이, 필리핀, 흑인의 피가 조금씩은

섞였고요. 저 같은 사람이 되는 건 질색이겠지요."

"질문 하나만 더 합시다. 당신은 어떻게 들통 나지 않았지요? 내 말은 마리화나 말이오."

주차 요원은 주변을 두리번거렸다.

"전 지독할 정도로 무기력해질 때만 핍니다. 그게 당신에게 무슨 상관인데요? 그 누군들 무슨 상관입니까? 어쩌다 들통이 나면 전 이 잘난 일자리도 잃게 되겠지요. 감방에 처박힐 수도 있고요. 어쩌면 평생 그 속에서 썩어야 될 수도 있습니다. 이제 됐습니까?"

주차 요원은 말이 너무 많았다. 신경이 불안한 사람들이 그런 식이다. 어떤 때는 한 마디만 말하다가 다음 순간에는 갑자기 폭포처럼 쏟아낸다. 주차 요원은 지친 목소리로 낮게 말을 이었다.

"전 누구한테 화가 난 게 아닙니다. 저도 사람입니다. 먹기도 하고 가끔은 잠도 자고요. 언제 한번 와서 제가 사는 꼴을 보십시오. 다 쓰러져가는 판잣집으로 와보시라고요. 폴톤스 래인이라는 좁은 골목에 있지요. 에스메랄다 공구상 바로 뒤편이요. 돼지우리 같은 변소를 쓰고 세수는 부엌 싱크대에서 하고 잠은 스프링이 삐걱거리는 침상에서 잡니다. 거기 있는 건 죄다 이십 년도 넘었습니다. 여기는 부자들의 도시입니다. 와서 좀 보십시오. 부자 동네에서 저 같은 놈이 어떻게 사는지."

"미첼과 관련해 당신이 한 얘기 중엔 한 가지 빠진 게 있군요."

내가 말했다.

"뭡니까?"

"진실."

"그런 건 침대 밑에서 한번 찾아보죠. 먼지가 묻었을지 모르겠네요."

위에서 진입로를 통해 차가 들어오는 요란한 소음이 들렸다. 주차 요원이 그곳으로 간 후 나는 문을 지나서 엘리베이터 종을 울렸다. 묘한 녀석이다. 저 주차 요원. 좀 흥미롭기도 하고 왠지 딱하기도 하다. 애처로운 자, 버림받은 자.

엘리베이터가 도착하는 데는 무척 오랜 시간이 걸렸지만 함께 기다리는 동료가 생겼다. 192센티미터에 잘생기고 건장한 남자, 클라크 브랜든이다. 가죽 바람막이 점퍼 안에 두툼한 파란색 목폴라 스웨터, 그 밑으로는 낡은 베드퍼드 골덴 반바지, 그리고 기술자나 조사관이 험한 지대를 다닐 때 신는 무릎까지 끈을 묶는 장화 차림이었다. 그는 마치 훈련 교관들의 우두머리 같아보였다. 한 시간 안에 브랜든은 연회복으로 갈아입고 글래스룸에서도 우두머리처럼 보일 것이었다. 아마 실제로도 그랬을 것이다. 넘치는 돈, 넘치는 건강, 이 둘 중 최상을 얻기 위한 넘치는 시간, 어딜 가건 그가 주인이리라.

브랜든은 나를 흘끗 쳐다보았고 엘리베이터가 왔을 때에는 내가 탈 때까지 기다려주었다. 엘리베이터 꼬마는 브랜든에게 정중히 경례를 했다. 브랜든은 고개를 끄덕했다. 우리는 로비에서 내렸다. 브랜든은 데스크로 가서 직원에게 얼굴 가득 미소를 지어보였다. 내가 처음 보는 직원은 브랜든에게 한 손 가득 편지를 건네주었다. 브랜든은 데스크 끝에 몸을 기대고 하나씩 그 봉투에서 편지를 꺼낸 뒤 봉투는 바로 옆에 있던 쓰레기통에 버렸다. 편지 대부분이 그 같은 과정을 거쳤다. 내 옆에는 여행 안내서를 올려놓은 선반이 있었다. 나는 안내서 하나를 집어 담배에 불은 붙인 뒤 들여다보았다.

편지 한 통이 브랜든의 관심을 끌었다. 그는 몇 번씩이나 그 편지를 읽었다. 호텔 종이에 손으로 적은 짧은 메모라는 것까지는 알 수 있었지만 그의 바로 뒤에서 어깨 너머로 보지 않는 이상 그것이 내가 볼 수 있는 한계였다. 브랜든은 그 편지를 쥐고 잠시 서 있었다. 그러다 쓰레기통에서 봉투를 다시 집어 들었다. 봉투를 유심히 살펴본 그는 주머니에 넣고 데스크로 갔다. 브랜든은 직원에게 그 봉투를 내밀었다.

"이걸 받았는데 누가 남겼는지 자네 아나? 누가 보낸 건지 모르겠군."

직원은 봉투를 보더니 고개를 끄덕였다.

"네, 브랜든 씨. 출근하자마자 어떤 남자분이 맡기셨습니다. 나이는 중년이었고, 안경을 낀 통통한 남자분이었습니다. 회색 정장에 탑코트를 걸치고 회색 중절모를 쓰고 계셨어요. 이곳에 사시는 분 같지는 않았습니다. 좀 허름해 보인다고 할까. 별 볼 일 없는 분 같았습니다."

"그 사람이 나를 보자던가?"

"아닙니다. 그냥 사장님 메일 박스에 그 편지를 넣어달라고만 부탁했습니다. 뭐가 잘못됐나요?"

"마약 중독자 같지는 않던가?"

직원을 고개를 저었다.

"제가 말씀드린 게 전부입니다. 별로 대단한 사람 같진 않았습니다."

브랜든은 빙긋이 웃었다.

"내게 오십 달러에 몰몬교의 주교를 해달라는군. 정신이 이상한 사람인 게 확실해."

브랜든은 봉투를 데스크에서 집어서 주머니에 넣었다. 뒤돌아 떠나는 듯하더니 한 마디 더 물었다.

"래리 미첼 봤나?"

"출근한 뒤로는 못 봤습니다, 사장님. 그런데 출근한 지 몇 시간 안 됐습니다."

"고맙네."

브랜든은 쭉 걸어가서 엘리베이터에 올라탔다. 아까와는 다른 엘리베이터였다. 엘리베이터 직원은 한가득 미소를 지으며 브랜든에게 뭐라고 말을 건넸다. 브랜든은 대답을 하거나 쳐다봐주지 않았다. 문을 닫는 직원의 표정에선 실망이 묻어났다. 브랜든은 심각한 표정을 짓고 있었다. 그런 표정을 하니 덜 잘생겨 보였다.

나는 선반에 다시 여행 안내서를 올려놓고 데스크로 이동했다. 직원은 무심하게 나를 쳐다보았다. 직원의 눈빛은 내가 그곳 손님이 아니라는 것을 되새겨 주었다.

"무슨 일이시죠?"

머리가 희끗희끗한 직원은 친근한 인상을 풍겼다.

"미첼 씨를 불러달라고 말씀드리려고 했는데, 어쩌다보니 말씀하시는 걸 듣게 됐습니다."

"구내전화는 저쪽입니다."

직원이 턱으로 위치를 가리켰다.

"교환원이 연결해드릴 겁니다."

"그렇지 않을 겁니다."

"무슨 말이시죠?"

나는 재킷을 들춰서 나의 안주머니를 보여주었다. 겨드랑이 아래쪽에서 총의 둥근 개머리판을 보게 된 직원의 눈빛은 그대로 얼어붙었다. 나는 안주머니에서 명함 한 장을 꺼냈다.

"내가 지배인을 직접 찾아가는 게 더 편하시겠소?"

직원은 명함을 보고는 시선을 위로 들었다.

"로비에 앉아 계십시오, 말로 씨."

"고맙소."

직원은 내가 데스크에서 몸을 다 돌리기도 전에 수화기를 들었다. 나는 아치를 지나 데스크가 보이는 자리에서 벽에 등을 기대어 앉았다. 그다지 오래 기다리지는 않았다.

지배인은 꼿꼿한 등에 강인한 인상이었지만, 햇빛을 한번도 보지 못한 것 같은 하얀 피부는 붉어졌다 창백해지기를 반복했다. 포마드를 발라 빗어 넘긴 머리는 금발이었지만 붉은 빛이 감돌았다. 지배인은 아치 아래 서서 라운지 안으로 시선을 서서히 들여놓았다. 그는 나를 특별히 주목하지는 않았지만 곧바로 내게로 다가와 옆 자리에 앉았다. 갈색 양복에 갈색과 노란색이 섞인 넥타이 차림이었다. 몸에 잘 맞는 옷이었다. 양 볼은 금발의 수염에 덮혀 있었다. 간간이 섞인 희끗희끗한 수염이 기품을 더해 주었다.

"자보넨이라고 합니다."

지배인은 나를 쳐다보지도 않고 말했다.

"당신 이름은 압니다. 명함이 제 주머니에 있습니다. 무슨 문제가 있습니까?"

"미첼이라는 남자를 찾고 있습니다. 래리 미첼이요."

"왜 그분을 찾으십니까?"

"일이 있어서요. 제가 그 사람을 찾으면 안 되는 이유라도 있습니까?"

"그건 아닙니다. 미첼 씨는 에스메랄다에 안 계십니다. 오늘 아침 일찍 떠나셨습니다."

"저도 그렇게 들었습니다. 그런데 이상한 점이 있지 뭡니까. 미첼은 어제 이곳에 도착했습니다. 수퍼치프 열차를 타고 LA에 도착한 뒤 차를 몰고 이곳까지 운전해 왔지요. 게다가 미첼은 빈털터리입니다. 저녁 식사비도 없어서 돈을 꿨지요. 저녁에는 글래스룸에서 어떤 여자와 함께 저녁을 먹었습니다. 그자는 무척 취해서, 아님 취한 척을 해서 돈도 내지 않고 나올 수 있었지요."

"호텔에서는 수표도 받습니다."

자보넨이 무심하게 말했다. 그는 눈을 반짝이며 라운지를 둘러보았다. 카나스타 게임을 하는 사람들 중 한 명이 총을 뽑아서 게임 파트너나 직소 퍼즐을 맞추며 머리를 쥐어뜯고 있는 여자에게 쏘기를 기다리는 것 같았다. 자보넨에겐 두 가지 표정이 있었다. 무뚝뚝한 표정과 더 무뚝뚝한 표정.

"미첼 씨는 에스메랄다에서 유명인사지요."

"좋은 일로 유명하진 않지요."

내가 말했다.

자보넨은 고개를 돌려 매서운 눈빛으로 나를 보았다.

"저는 이곳의 지배인입니다, 말로 씨. 보안 책임자이기도 하고요. 우리 호텔 손님의 평판에 관해 댁과 이러쿵저러쿵 떠들 수 없다는 말입니다."

"그러실 필요 없습니다. 저도 그 정도는 압니다. 제게도 소식통이 여럿 있거든요. 저는 미첼의 행동을 지켜봐 왔습니다. 간밤에 미첼은 누군가에게 돈을 뜯어냈습니다. 급히 이도시를 떠날 수 있을 만큼 많이요. 그런 뒤 가방을 다 싸서떠났다는 게 제가 아는 바입니다."

"이런 정보는 누구에게서 얻었습니까?"

지배인은 험상궂은 표정으로 추궁했다.

나는 즉각 대답하지 않고 험상궂은 표정을 지으려고 애썼다.

"여기에 덧붙여 제가 추측한 세 가지를 말씀드리죠."

내가 말했다.

"첫째, 간밤에 미첼의 침대는 이용되지 않았습니다. 둘째, 오늘 미첼의 방이 비어 있다는 것을 누군가 데스크에 보고했습니다. 셋째, 이 호텔의 야간 직원 중 한 명은 오늘 밤 출근하지 않을 겁니다. 미첼이 누구의 도움도 받지 않고 그 짐을다 싣고 나갈 수는 없었을 테니까요."

자보넨은 나를 쳐다보았다가 다시 눈으로 로비를 훑었다.

"당신이 명함에 있는 사람이란 걸 증명할 수 있습니까? 명함은 누구나 가져올 수 있잖습니까."

나는 지갑을 열어 탐정 면허 복사본을 건네주었다. 자보넨은 흘낏 보더니 내게 돌려주었다. 나는 다시 집어넣었다.

"우리 호텔은 돈을 내지 않고 몰래 빠져나가는 손님들을처리하는 나름의 규칙이 있습니다. 그런 사람들은 어느 호텔이건 있으니까요. 댁의 도움은 필요 없습니다. 그리고 로비에서 총을 보이는 일은 없었으면 좋겠군요. 우리 직원이 당신의 총을 봤습니다. 다른 사람도 봤을지 몰라요. 구 개월 전 이곳에서 권총강도 사건이 벌어진 적이 있습니다. 강도 중 한 녀석은 사망했지요. 제가 쏜 총에 맞아서요."

"신문에서 읽었습니다."

내가 말했다.

"며칠 동안 무서워 죽겠더군요."

"그게 다가 아닙니다. 그 이후 우리 호텔은 한 주 만에 사, 오천 달러나 손해를 봤습니다. 손님들이 우르르 나가버린 것이지요. 무슨 말인지 알겠습니까?

"총은 일부러 보여준 겁니다. 하루 종일 미첼을 바꿔달라고 했는데 하나같이 얼버무리더군요. 미첼이 체크아웃을 했다면 그렇다고 말하는 게 어렵습니까? 그가 돈도 내지 않고 튀었다고 말 못 할 이유는 없지요."

"아무도 미첼 씨가 돈을 안 내고 튀었다고 말하지 않았습니다, 말로 씨. 호텔비는 다 정산이 됐습니다. 자 이제 어떠십니까?"

"미첼이 체크아웃을 한 게 왜 비밀인지 의아하군요."

자보넨은 나를 혐오하듯 쏘아봤다.

"아무도 비밀이라고 한 적이 없습니다. 제대로 이해를 못 하시는군요. 저는 미첼 씨가 여행 중이라 이 도시에 없다고 말씀드렸습니다. 요금도 다 치렀다고 말씀드렸지요. 그분의 짐이 얼마나 많은지는 말하지 않았습니다. 미첼 씨가 갑자기 방을 비웠다고도 하지 않았고요. 미첼 씨가 전부 다 챙겨서 나갔다고도 말하지 않았습니다. 그런데 이걸로 무슨 말이 하고 싶은 겁니까?"

"미첼의 방값은 누가 지불했지요?"

자보넨의 얼굴이 약간 상기됐다.

"이보시오, 선생. 미첼 씨는 돈을 냈다고 말했소. 직접. 어젯밤에 전부 다. 게다가 일주일치를 미리 다 냈소. 난 지금 상당히 인내심을 발휘하고 있소. 자 이제 내게 말해보시오. 당신의 관점을 들어봅시다."

"관점 같은 건 없습니다. 자보넨 씨의 말이야말로 제게 특정한 관점을 갖게 하는군요. 미첼은 왜 일주일치를 미리 지불했을까요?"

자보넨은 아주 엷은 미소를 띠었다. 천냥 빚을 갚을 만한 미소였다.

"이보시오, 말로. 난 오 년간 군사 정보부에서 일했소. 사람을 파악할 줄 안단 말이오. 특히 우리가 얘기하는 그런 사람 말이오. 미첼 같은 사람은 미리 돈을 내야 우리가 마음이 편하오. 그래야 마음이 놓인다는 거요."

"이전에도 선불로 낸 적이 있습니까?"

"제기랄!"

"입조심 하십시오."

내가 말을 잘랐다.

"저쪽 지팡이를 짚고 있는 노신사가 자보넨 씨의 반응을 흥미 있게 지켜보고 있으니까요."

라운지 중간쯤 야위고 핏기 없는 노인이 푹신한 둥근 등받이가 있는 낮은 의자에 앉아 장갑을 낀 손으로 지팡이의 둥그런 손잡이를 잡고 있었다. 노신사는 눈도 깜빡하지 않고 우리를 유심히 쳐다보았다.

"아, 저분."

자보넨이 말했다.

"여기까지 못 보실 거요. 나이가 여든이시오."

자보넨은 일어서서 나를 똑바로 보았다.

"드디어 입을 다무셨군."

자보넨이 나지막이 말했다.

"댁은 사립 탐정이니 의뢰인의 지시 사항을 따라야겠지. 하지만 내 관심은 오로지 우리 호텔을 지키는 거요. 다음번엔 총은 집에 두고 오시오. 만약 질문이 있으면 내게 오시오. 프런트에 물어보지 말란 말이오. 말이 돌고 도는 것을 원치 않소. 만약 당신이 골치 아프게 들쑤시고 다닌다면 이곳 경찰이 그다지 친절한 사람들이 아니란 걸 알게 해 주겠소."

"가기 전에 바에서 술 한잔 대접해도 되겠습니까?"

"주머니 열 것 없소."

"군사 정보부에서 오 년이면 많은 경험을 했겠습니다."

나는 대단하다는 듯 자보넨을 올려다보았다.

"충분할 정도로."

자보넨은 가볍게 고개를 끄덕이고는 등을 꼿꼿하게 세우고 어깨는 쫙 피고 턱은 안쪽으로 집어넣고 아치를 지나 걸어갔다. 호리호리하고 강인하며 균형이 잘 잡힌 남자의 모습이었다. 훌륭한 수완가. 자보넨은 내게서 내 명함에 적혀 있던 정보를 한 방울도 남김없이 뽑아갔다.

그때 낮은 의자에 앉아 있던 노신사가 지팡이의 둥근 손잡이에서 손을 떼고 나를 향해 손가락을 까딱까딱 흔들었다. 나는 내 가슴을 가리키며 나를 부르는 게 맞느냐는 표정을 지었다. 노신사가 고개를 끄덕이기에 나는 그에게 갔다.

그는 분명 나이가 많았지만 비실비실하거나 칙칙한 모습과는 거리가 멀었다. 백발의 머리는 가지런히 가르마를 타서 빗어 넘겼고 혈관이 비치는 코는 길쭉하고 날렵했으며 약간 탁해지긴 했지만 푸른 눈동자에는 여전히 총기가 흘렀다. 다만 눈꺼풀은 지친 듯 늘어져 있었다. 한 쪽 귀에는 보청기가 끼워져 있었는데 그 플라스틱 버튼은 귀와 비슷한 회색이 살짝 도는 살구색이었다. 손에 낀 스웨이드 장갑은 뒤쪽으로 소매가 접혀 있었다. 광이 나는 검은 구두 위에는 회색 각반을 차고 있었다.

"의자에 앉게, 젊은이."

노신사의 목소리는 가늘고 메마른 것이 대나무 잎처럼 버석거렸다.

나는 옆에 앉았다. 노신사는 입가에 미소를 띤 채 나를 물 끄러미 바라보았다.

"우리의 훌륭한 자보넨은 군사 정보부에서 오 년을 일했 네. 그건 의심할 여지가 없어."

"네, 선생님. CIC(첩보부대) 같은 데였겠죠."

"군사 정보부란 표현에는 오류가 있지. 자네는 미첼이 어 떻게 호텔비를 지불했는지 궁금한가?"

나는 노신사를 바라보았다. 실은 보청기를 보았다. 노신사 는 자신의 가슴팍 주머니를 툭툭 쳤다.

"난 이런 것들이 생기기 훨씬 전에 귀머거리가 됐네. 장애 물 앞에서 머뭇거리는 말을 타고 사냥을 하다 그렇게 됐지. 누구 탓을 하겠나. 내가 너무 급하게 말을 들어 올렸어. 한창 혈기 왕성할 때였지. 그땐 보청기를 낀 내 모습을 참을 수가 없어서 입모양을 읽는 방법을 배웠네. 상당한 연습이 필요했 지."

"미첼에 대해서는 아십니까?"

"곧 그에 대한 얘기도 하게 될 걸세. 서두르지 말게."

노신사가 위를 쳐다보며 고개를 끄덕였다.

어떤 목소리가 들렸다.

"안녕하십니까. 클라렌든 선생님."

벨보이가 바에 가는 길에 인사를 건넸다. 클라렌든은 눈으로 벨보이의 뒤를 쫓았다.

"그런 자에게 신경 쓰지 말게."

클라렌든이 말했다.

"그자는 불한당이야. 난 전 세계 수많은 호텔의 로비, 라운지, 바, 현관, 테라스, 화려한 정원에서 아주 오랜 시간을 보냈네. 가족들도 모두 일찍 떠났어. 난 계속 쓸모없고 호기심만 많은 인간으로 남을 걸세. 들것이 나를 싣고 병원 어딘가 시설 좋고 환기 잘되는 구석방으로 데려갈 때까지는 말이야. 빳빳하게 다림질 한 하얀 옷을 입은 간호사들이 나를 보살피겠지. 침대는 위 아래로 접을 수 있을 걸세. 쟁반에는 지독하게 맛없는 병원식이 나오고. 내가 잠이 든다 싶으면 어느 때고 불쑥불쑥 찾아와 내 심장박동과 체온을 재겠지. 나는 그 자리에 누워 빳빳한 스커트가 부스럭거리는 소리와 신발 고무 밑창이 무균실 바닥에 부딪히는 소리를 듣고 의사들의 미소 속에서 고요한 공포를 보게 될 걸세. 얼마 지나면 의사들은 내 위에 산소 텐트를 치고 작고 하얀 침대 주변에 장막을 내리겠지. 아마 난 그것도 모른 채, 두 번은 갈 수 없지만 이 세상 사람이라면 누구나 가야하는 그 길을 건너게 될 테고 말이야."

클라렌든은 천천히 고개를 돌려 나를 쳐다보았다.

"내가 너무 말이 많은가보군. 자네 이름은?"

"필립 말로입니다."

"난 헨리 클라렌든 4세일세. 소위 상류층이라고 부르는 데속해 있지. 그로턴, 하버드, 하이델베르그, 소르본. 심지어 웁살라에서도 일 년을 살았네. 왜 그랬는지는 기억나지 않지만. 물론 한가한 인생에 나를 끼워 맞추려고 한 거겠지. 그래, 자네는 사립 탐정이라지. 자 보게. 이제 드디어 내가 아닌 다른 사람에 대한 얘기까지 건너 왔잖은가."

"그렇네요, 선생님."

"정보가 필요했다면 내게 왔어야지. 물론 그걸 몰랐겠지."

나는 고개를 저었다. 담배에 불을 붙이고 먼저 헨리 클라렌든 4세에게 담배를 권했다. 그는 모호한 고갯짓으로 거절했다.

"하지만 말로, 그 정도는 당연히 알았어야 했네. 전 세계고급 호텔 어딜 가던 느긋하게 앉아서 부엉이처럼 빤히 사람들만 구경하는 할 일 없는 늙은이들이 남자든 여자든 대여섯은 있을 걸세. 그런 늙은이들은 사람들을 구경하고 엿듣고 목소리을 비교하며 시시콜콜한 것까지 다 알게 된다네. 그것말고는 할 게 없거든. 호텔의 삶이란 이 세상에서 따분하기로는 둘째가라면 서러운 삶이네. 그리고 분명한 건 나 역시자넬 따분하게 만들고 있다는 거겠지."

"저는 미첼에 대해 듣고 싶습니다. 적어도 오늘 밤 안에는 말이죠. 클라렌든 씨."

"그렇게 될 걸세. 난 이기적이고 어리석고 여중생처럼 조잘조잘 대는 사람이니 이해해주게. 자네 저쪽에서 카나스타 게임을 하고 있는 짙은 머리의 반듯하게 생긴 여자 보이나? 보석을 주렁주렁 달고 두꺼운 금테 안경을 쓴 여자 말일세."

클라렌든은 손가락으로 가리키거나 심지어 그쪽에 눈길을 주지도 않았다. 하지만 나는 누굴 가리키는지 대번에 알아보았다. 여자는 과하게 치장했는데 약간은 비정해 보이기도 했다. 얼음을 들고 화장을 떡칠한 그 여자였다.

"마고 웨스트라는 여자일세. 이혼을 일곱 번이나 했지. 돈도 많고 얼굴도 반반하지만 남자를 붙잡아 두지는 못했어. 과하게 잘 해 주는 게 문제였지. 하지만 바보는 아니야. 미첼이랑 그렇게 즐기고 용돈도 주고 호텔비도 내줬지만 결혼만은 하지 않았으니 말일세. 저 여자와 미첼은 지난밤 한바탕 싸웠네. 내 생각엔 그러고도 저 여자가 호텔비를 내 준 것 같아. 전에도 자주 그런 적이 있었거든."

"미첼은 매달 토론토에 있는 아버지한테 돈을 받는 걸로 아는데요. 지난달엔 조금 모자랐던가 보죠?"

헨리 클라렌든 4세는 나를 비웃었다.

"이런 한심한 친구야. 미첼에겐 토론토에 사는 아버지가 없네. 매달 받는 용돈이라니. 그자는 여자에 빌붙어 사네. 그렇기 때문에 이런 호텔에서 살 수 있는 거야. 부유하지만 외로운 여자들이 이런 고급 호텔에는 늘 있으니까. 그런 여자들은 아주 아름답거나 어리지는 않아도 나름의 매력이 있지.

하지만 에스메랄다의 비수기, 그러니까 델마에서 경마 대회가 끝나는 시점부터 일월 중순까지는 그런 여자들이 별로 없어. 그러면 미첼을 여행을 떠나네. 돈이 많으면 마조르카에서 스위스까지, 돈이 없으면 플로리다나 카리브해의 섬 정도겠지. 올해에는 운이 안 따랐어. 그래서 미첼은 워싱턴까지밖에 못 갔을 거야."

클라렌든은 나를 눈으로 훑었다. 나는 그의 기준으로 봤을 때 수다스런 노신사의 이야기를 경청해주는 착한 젊은이가 되어 무표정한 얼굴로 앉아 있었다.

"좋습니다."

내가 말했다.

"그 여자분이 미첼의 호텔비를 내줬다고 하죠. 하지만 왜 일주일치를 미리 냈을까요?"

클라렌든은 장갑을 낀 한 손을 다른 쪽 손에 포개더니 지팡이를 앞으로 기울이며 몸도 따라 기울였다. 그러고는 카펫의 반복되는 무늬를 물끄러미 응시했다. 한참 후 클라렌든은 혀로 이빨을 찼다. 드디어 문제를 해결한 것이다. 클라렌든은 다시 몸을 똑바로 세웠다.

"아마 해직수당이었을 걸세."

클라렌든은 무심하게 말했다.

"더 이상 돌이킬 수 없는 로맨스의 최후 말이네. 웨스트 여사는, 영국인이 말하듯, 진저리가 난 거지. 어제는 미첼의 회사에 여자가 새로 왔더군. 질붉은 머리의 젊은 여자 말이네. 불이나 딸기 같은 빨강이 아니라 밤색 같은 붉은 머리였어. 그 둘의 관계는 어째 좀 특이하게 보이더군. 일종의 팽팽한 기 싸움을 하는 것 같았거든."

"미첼이 여자들을 협박하기도 했나요?"

클라렌든은 빙긋이 웃었다.

"미첼은 요람에 든 아기에게도 협박을 하는 자야. 여자에 빌붙어 사는 남자는 늘 여자를 협박하지. 협박이 통하건 말건. 미첼은 손이 닿는 곳에 돈이 보이면 도둑질도 서슴지 않네. 전에 마고 웨스트 이름의 수표 두 장을 위조했어. 그 일 때문에 둘은 끝났지. 마고 웨스트는 수표를 찾은 게 확실해. 하지만 그걸로 문제 삼지는 않을 거야."

"클라렌든 씨, 정말 궁금해서 묻는 건데 기분 나쁘게 듣지는 말아주십시오. 대체 이런 일을 다 어떻게 알게 된 거죠?"

"웨스트가 내게 말했지. 내 어깨에 기대어 울면서."

클라렌든은 그 질은 머리의 반듯하게 생긴 여자 쪽을 쳐다보았다.

"지금 웨스트의 모습은 내 얘기가 진실이란 것을 증명해주지 않는구만. 그렇지만 사실이라네."

"그리고 왜 그 얘기를 제게 해주시는 거죠?"

클라렌든의 얼굴에 핼쓱한 미소가 스쳐 갔다.

"돌려 말하지 않겠네. 난 마고 웨스트와 결혼하고 싶다네.

일상이 뒤바뀌겠지. 내 나이가 되면 아주 사소한 것에도 미소가 지어진다네. 벌새를 닮은 극락조화의 꽃잎이 열리는 그 기막힌 방식 같은 것 말일세. 왜 그 꽃봉오리는 자라다가 어느 한 시점이 되면 올바른 각을 찾아 방향을 틀까? 왜 그 꽃봉오리는 그렇게 서서히 열리고, 왜 그 꽃잎은 늘 정해진 순서대로 피어서 아직 열리지 않은 꽃봉오리의 날카로운 끝은 새의 부리 같아 보이고 그 파랗고 주황인 꽃잎들은 극락의 새 모양 같을까? 어떤 이상한 신이기에 단순한 세상을 창조할 수도 있을 텐데 그렇게 복잡한 세상을 만들었을까? 그 신은 전능한가? 어떻게 그럴 수 있지? 세상에는 고통이 끊이지 않고 그 대부분은 무고한 사람들이 받는다네. 왜 엄마 토끼는 자식들을 살리기 위해 족제비가 파놓은 굴에 빠져 목이 갈기갈기 찢기는 걸까? 왜? 이 주가 지나면 엄마 토끼는 제 자식을 알아보지도 못 해. 자네는 신을 믿는가, 젊은이?"

아주 길게 돌아간 길이었지만, 난 빠르게 지나가야 할 것 같았다.

"만약 전지전능한 신을 말씀하신 거라면, 그래서 현재가 그 신이 의도한 것이라고 한다면 저는 신을 믿지 않습니다."

"하지만 믿게 될 걸세, 말로. 그건 굉장한 안정감이야. 우리 모두는 그런 상태가 될 걸세. 결국 우린 죽어 흙으로 돌아가게 되니까. 아마 개인으로선 그것이 끝이겠지. 물론 아닐 수도 있네. 사후의 삶은 무척이나 어려운 문제야. 난 아무래도 천국에서 그다지 행복하지 않을 것 같아. 거기선 콩고 피그미 족이나 중국의 막노동자나 레반트의 카펫 행상인이나 심지어 할리우드 영화감독과 같이 살아야 할 것 아닌가. 나는 속물이네. 그런 것 같아. 물론 누가 대놓고 그렇게 얘기하면 기분이 나쁘겠지만. 나는 신이라고 불리는 흰 수염을 늘어뜨린 자애로운 존재가 천국을 다스리는 모습을 상상할 수 없다네. 그런 건 비성숙한 사람들이 생각해낸 어리석은 개념들이야. 물론 인간의 종교적 신념이 아무리 어리석더라도 그것에 대해 의구심을 품지 않을 수도 있겠지. 당연한 얘기지만 내겐 천국행을 보장받아야 한다고 할 만한 권리는 없네. 따분한 얘기지. 인정하네. 그런데 세례 받기 전에 죽은 아이가 청부 살인업자나 유대인 학살을 지시한 나치나 소련 공산당원들과 똑같이 타락한 자로 낙인찍혀 지옥에 갇힌다는 걸 어찌 상상할 수 있겠나? 정말 그런 거라면 보잘것 없는 존재의 숭고한 행동, 위대하고 이타적인 영웅심, 험난한 세상 속의 일상적인 용기가 숙명보다 고귀해야 한다는 건 또 얼마나 이상한 논리인가? 어떻게든 여기엔 합리적 설명이 필요하다네. 정의감이 단지 화학적 반응이라거나 남을 위해 목숨을 바친 사람이 단순히 행동 양식을 따르는 것이라는 말은 하지 말게. 신은 독을 먹고 광고판 뒤에서 경련을 일으키며 홀로 죽어가는 고양이를 보며 행복할까? 신은 적자생존의 법칙에 만족할까? 무엇에 적응하라는 거지? 아니, 전혀 아닐세. 신이 진정 말 그대로 전지전능하다면 굳이 우주 자체를 만드느라 애쓸 필요가 없었을 걸세. 실패의 가능성이 없으면 성공도 없고, 매개물의 저항 없이는 예술도 없다네. 어느 것도 뜻대로 되지 않아 신이 우울한 나날을 보내고 있고 신의 하루하루가 지겹도록 길다고 말한다면 그건 신성모독일까?"

"현자시군요, 클라렌든 씨. 선생님은 일상이 뒤바뀌는 것에 관해 말씀 중이셨습니다."

클라렌든은 희미하게 웃음을 지어보였다.

"자네는 내가 일장 연설을 하면서 길을 잃었다고 생각하는군. 아니, 난 길을 잃지 않았네. 웨스트 같은 여자의 패턴은 거의 한결 같지. 우아함을 가장한 제비나 근사한 구레나룻을 기른 탱고 댄서, 아름다운 금빛 근육을 기른 스키 강사, 프랑스나 이탈리아의 쇠락해가는 귀족, 중동의 초라한 군주들과 결혼하는 것으로 끝이 나는 거야. 점점 더 모자란 사람을 만나게 되는 거지. 심지어 극단적으로는 미첼 같은 놈과 결혼을 할지도 모를 일이고. 나와 결혼을 한다면 따분한 늙은이와 결혼하는 거겠지만, 적어도 신사 남편을 얻게 되는 거겠지."

"네."

클라렌든은 빙긋이 웃었다.

"자네의 한 음절은 헨리 클라렌든 4세가 넌덜머리난다는 말로 들리는군. 자네를 탓하지는 않네. 좋네, 말로. 왜 자네는 미첼에게 관심이 있나? 자네가 내게 말할 것 같지는 않지만."

"네, 말씀드릴 수 없습니다. 제 관심은 미첼이 이곳에 오자마자 바로 떠난 이유를 알아내는 겁니다. 누가 호텔비를 내주었고 왜 그랬는지. 웨스트 여사나 아니면 예를 들어 클라크 브랜든처럼 어느 돈 많은 친구가 미첼의 호텔비를 내주었다면 왜 일주일치를 미리 내야했는지가 궁금한 겁니다."

숱이 얼마 남지 않은 클라렌든의 속눈썹은 위로 말려 있었다.

"브랜든이라면 전화 한 통만으로도 쉽게 미첼의 외상거래를 보증해줄 수도 있었겠지. 웨스트 여사라면 미첼에게 돈을 줘서 직접 요금을 내도록 하길 원했을지도 모르겠군. 하지만 일주일치를 미리? 왜 자보넨은 자네에게 그렇게 말했을까? 자네는 그것을 어떻게 풀이하나?"

"호텔에서 미첼에 관한 뭔가를 숨기고 있습니다. 그 일이 밝혀지면 호텔에서 원치 않는 말이 돌 수도 있겠지요."

"이를테면?"

"말하자면 자살이나 살인 같은 얘기죠. 그냥 예를 들자면 말입니다. 대형 호텔에서 투숙객 한 명이 창밖으로 투신했을 때 사람들이 그 호텔을 기피하는 건 이미 잘 아시겠지요. 도심에 있건 외곽에 있건 유명한 특급 호텔이건 아니건 마찬가지입니다. 그리고 그곳이 상류층이 이용하는 호텔이라면 아무리 그 위에서 무슨 일이 벌어졌건 로비에서 경찰이 서성대는 모습을 보신 적은 없었을 겁니다."

클라렌든의 시선이 옆으로 흘렀고 나도 그의 시선을 쫓았다. 카나스타 게임이 끝나는 중이었다. 한껏 치장하고 얼음을 들고 있던 마고 웨스트는 어떤 남자와 함께 바가 있는 쪽으로 걸어가고 있었다. 담뱃대는 뱃머리에 달린 기움 돛대처럼 툭 튀어나왔다.

"그래서?"

"글쎄요."

나는 더 열심히 말했다.

"만약 미첼이 방을 빼지 않았다면, 그의 방이 어디건……"

"사 층 십팔 호네."

그가 조용히 말해 주었다.

"바다가 보이는 곳이지. 비수기엔 하루에 십사 달러, 성수기엔 십팔 달러야."

"돈 한 푼 없는 사람이 쓰기엔 과한 방이군요. 어쨌건 미첼이 그 방을 빼지 않았다고 가정해 보죠. 그렇다면 미첼에게 정말 무슨 일이 생겼건 아니건 미첼이 잠시 며칠 동안 떠나 있는 셈이겠지요. 오늘 아침 일곱 시에 차를 빼서 짐을 다 싣고요. 하지만 어제 밤늦게까지 고래처럼 술을 퍼마신 사람이 떠나기엔 말도 안 되는 시간입니다."

클라렌든은 뒤로 몸을 기대고 장갑 낀 양손을 밑으로 축 늘어뜨렸다. 그는 점점 피곤해지고 있었다.

"만약 그렇게 된 거라면, 호텔 입장에서는 미첼이 영원히 떠났다고 생각하도록 하는 걸 더 원하지 않을까? 그래야 자네가 미첼을 찾으러 다른 데로 갈 테니까. 그야 물론 자네가 정말 미첼을 찾고 있다면 말이야."

그의 흐릿한 눈빛과 내 눈이 마주쳤다. 그는 싱긋 웃었다.

"자네 말은 내게 그다지 와 닿지 않는군, 말로. 나는 말을 계속 하고 있지만 그저 내 목소리를 듣자고 하는 말은 아닐세. 어차피 내 목소리를 듣지도 못하긴 하지. 이야기를 나눔으로써 무례하게 보이지 않고도 사람들을 유심히 관찰할 수 있는 기회가 생기는 거야. 나는 자네를 관찰했네. 내 직감에 따르면, 물론 직감이란 단어가 맞는지는 모르겠지만, 미첼에 대한 자네의 관심은 아주 지엽적이야. 그렇지 않다면 그렇게 공개하고 다닐 리 없잖은가."

"음, 그럴 수도 있죠."

내가 말했다. 그것은 한 단락의 명쾌한 산문을 위한 자리였다. 헨리 클라렌든 4세는 고맙게 여겼을는지도 모른다. 내 겐 그 이상 할 말이 없었다.

"이제 가보게."

그가 말했다.

"피곤하군. 방에 올라가서 좀 누워야겠어. 만나서 반가웠네. 말로."

그는 천천히 일어나 지팡이에 의지해서 몸을 쭉 폈다. 힘들어 보였다. 나도 그를 따라 일어났다.

"나는 악수하지 않아."

그가 말했다.

"내 손은 못생긴데다 아프기까지 하거든. 그래서 장갑을 끼고 다니지. 잘 가게. 자넬 다시 못 보게 되더라도 행운을 빌겠네."

그는 고개를 빳빳이 들고 천천히 걸음을 옮겼다. 걷는 것이 그에게는 전혀 즐거운 일이 아님을 알 수 있었다. 로비에서 아치까지 난 두 계단을 한 걸음에 한 계단씩 내려갔고 중간에 한 번 쉬기도 했다. 늘 오른발이 먼저 나갔다. 지팡이는 그의 왼쪽을 꿋꿋이 받쳐주었다. 아치를 지난 그는 엘리베이터를 향해 걸어갔다. 난 헨리 클라렌든 4세는 정말 점잖은 사람이라고 결론지었다.

나는 바 안쪽으로 걸어갔다. 침침한 호박색 조명 아래서 마고 웨스트 여사가 카나스타 게임을 하던 남자와 같이 있었다. 웨이터는 둘 앞에 술을 내려놓는 중이었다. 나는 별다른 관심을 주지는 않았다. 그 너머로 벽에 붙은 작은 전화 부스에는 내가 좀 더 잘 아는 사람이 있었기 때문이었다. 그것도 혼자서.

그녀는 아까와 같은 차림이었다. 머리띠를 빼서 머리를 길게 늘어뜨려져 있었다.

나는 자리에 앉았다. 웨이터가 왔고 난 주문을 했다. 웨이터는 떠났다. 눈에 보이지 않는 레코드플레이어에서 음악이 낮게 흘러 나왔다.

그녀는 살짝 미소를 띠고 있었다.

"미안해요. 이성을 잃었었나봐요."

그녀가 말했다.

"제가 무례했어요."

"괜찮소. 원인 제공은 나요."

"여기에서 날 찾던 중이었어요?"

"꼭 그렇지는 않소."

"당신....... 아, 잊을 뻔 했네요."

그녀는 가방을 집어서 무릎에 올려놓았다. 가방 속을 더듬거리던 그녀는 이내 테이블 너머로 자그마한 무언가를 건넸다. 그녀의 손으로 가려질 만큼 작은 것은 아니었는데, 여행자 수표 지갑이었다.

"내가 약속했잖아요."

"됐소."

"어서 받아요. 바보같이 굴지 말고! 웨이터가 보는 거 싫어요."

나는 폴더를 받아서 주머니에 밀어 넣었다. 그런 뒤 재킷 안쪽 주머니에서 간이 영수증 책자를 꺼냈다. 나는 영수증 원본과 부본을 채워 넣었다.

'캘리포니아 주 에스메랄다 카사 델 포니엔테 호텔에서 베티 메이필드가 아메리칸 익스프레스 컴퍼니의 백 달러 여행자 수표로 오천 달러를 지급하고 서명함. 비용 산정 전까지 상기 금액은 베티 메이필드의 자산으로 인정하며 본인은 고용 계약을 인정하고 서명함.'

나는 이 복잡한 절차에 사인하고 책자를 들어서 그녀에게 보여주었다.

"읽어보고 왼쪽 아래에 서명하시오."

그녀는 책자를 받아들고 불빛에 가까이 가져갔다.

"정말 피곤한 스타일이네요. 도대체 뭘 스프링에 껴두고 싶은 거예요?"

"내가 합법적이고, 당신도 그렇게 생각한다는 것."

그녀는 내가 건넨 펜을 받아서 사인을 한 뒤 나에게 돌려주었다. 나는 원본을 뜯어서 그녀에게 준 다음 영수증 책자를 주머니에 집어넣었다.

웨이터가 와서 내가 주문한 술을 내려놓았다. 베티가 고개를 가로 젓자 웨이터는 곧장 자리를 떴다.

"왜 내게 래리를 찾았냐고 묻지 않지?"

"좋아요. 래리를 찾았나요? 말로 씨?"

"아니. 미첼은 급하게 호텔을 떠났소. 미첼의 방은 사 층, 당신과 같은 라인에 있소. 당신 방에서 거의 바로 아래쪽일 거요. 미첼은 아홉 개나 되는 가방을 자신의 뷰익에 다 실었소. 이곳을 관리하는 자보넨이라는 사람은, 자기 말로는 호텔 부지배인이자 보안 담당자라고 하던데, 만족한 표정으로 미첼이 호텔비를 정산했고 그것도 일주일치를 미리 냈다고 하더군. 아무 걱정도 없어 보였소. 날 좀 싫어할 뿐."

"누군들 좋아하나요?"

"당신이 좋아하잖소. 오천 달러 어치."

"이런, 당신 정말 바보 아녜요? 미첼이 돌아올 것 같아요?"

"미첼이 일주일치를 미리 냈다고 말했잖소."

그녀는 조용히 술 한 모금을 마셨다.

"네 그랬죠. 하지만 그게 다른 의미일 수도 있죠."

"물론이지. 예를 들면 반칙투구랄까. 미첼이 아니라 다른 누군가 미첼의 요금을 냈다는 의미일 수도 있어. 그 다른 누군가는 뭔가를 처리하기 위한 시간을 벌어야 했던 거지. 지난밤 당신의 발코니에 있던 시체를 치운다던가 하는 그런 일 말이야. 물론 시체가 있을 때 얘기지만."

"아, 제발 그만해요!"

그녀는 술잔을 비우고 담배를 끈 뒤 일어나 계산서를 내게 남기고 떠났다. 나는 돈을 내고 로비를 지나갔다. 그래야 할 만한 별다른 이유는 없었다. 그저 직관적으로 그랬을 것이다. 그때 고블이 엘리베이터에 오르는 모습이 보였다. 제법 긴장한 표정인 것 같았다. 고블은 돌아서면서 나와 눈이 마주친 것 같았지만 날 알아봤다는 내색을 하지는 않았다. 그를 태운 엘리베이터는 올라갔다.

나는 호텔 밖으로 가서 차를 몰고 란초 데스칸사도로 돌아갔다. 소파에 누워 잠을 청했다. 하루 동안 많은 일이 있었다. 휴식을 취하고 머리를 좀 식히면 내가 뭘 하고 있는지 희미하게라도 알게 될 것도 같았다.

18

한 시간 뒤 나는 공구상 앞에 차를 대고 있었다. 에스메랄다에서 유일한 공구상은 아니었지만 폴톤스래인이라는 골목을 등지고 있는 공구상은 이곳뿐이었다. 나는 동쪽으로 걸으며 상점 수를 세어보았다. 모퉁이까지 있는 일곱 군데 상점들은 모두 크롬 테를 두르고 반짝이는 유리진열장을 가지고 있었다. 진열장 안쪽으로는 스카프와 장갑, 모조 보석들로 치장한 마네킹들이 조명 아래 서 있었다. 가격표는 보이지 않았다. 나는 모퉁이를 돌아 남쪽으로 향했다. 무성한 유칼립투스 나무들이 보도 밖까지 가지를 뻗치고 있었다. 가지를 낮게 드리운 나무들의 몸통은 단단하고 묵직했다. 키만 껑충하고 연약한 LA의 나무들과는 달랐다. 폴톤스래인의 반대편 모퉁이에는 자동차 대리점이 있었다. 나는 높고 단조로운 담을 따라 걸으며 고장 난 고물 자동차, 산더미처럼 쌓인 상자, 쓰레기 드럼통들, 먼지투성이인 주차장을 보았다. 우아한 전면의 뒤뜰은 그런 모습이었다. 나는 건물의 수를 셌다. 찾기는 쉬웠다. 물어볼 필요도 없었다. 작은 판잣집의 조그만 유리창에서 불빛이 흘러나오고 있었다. 아주 오래 전에는 누군가의 아담한 집이었으리라. 나무 현관의 난간은 부서져 있었다. 한때는 페인트칠도 되어 있었겠지만 가게들이 판잣집을 삼켜버리기 전 아주 먼 옛날 옛적의 일이리라. 한때는 정원까지 있었을지도 모른다. 지붕의 널빤지는 뒤틀려 있었다. 현관은 꼬질꼬질한 누런색이었다. 굳게 닫힌 창문은 물청소가 필요해 보였다. 창문 안쪽으로 구닥다리 롤러 블라인드 같은 게 걸려 있었다. 현관까지는 두 계단을 올라야 했지만 발판은 하나뿐이었다. 오두막 뒤쪽, 공구상의 화물 승강구 쪽으로는 옥외변소로 쓰였을 법한 구조물이 놓여 있었다. 수도관은 끊어져 있었다. 부자의 땅에서 벌어지는 부자의 개량 사업. 단 한 채만 남은 빈민굴.

나는 발판이 떨어져나간 계단을 올라 문을 두드렸다. 초인종은 없었다. 응답도 없었다. 손잡이를 열어보았다. 문은 잠겨 있지 않았다. 문을 밀어 열고 안으로 들어갔다. 감이 왔다. 그 안에서 끔찍한 것을 발견하게 되리라.

고개가 구부러진 낡은 스탠드는 종이로 만든 전등갓이 씌워져 있었는데 그 안에서 전구가 희미한 빛을 내뿜고 있었다. 소파 위에는 더러운 담요가 올려져 있었다. 닳아빠진 등나무 의자, 흔들의자, 찌든 때로 얼룩진 식탁보를 쓴 테이블도 보였다. 테이블 위로는 커피 잔, 스페인어 신문 〈렐 디아리오〉 한 부, 담배꽁초가 담긴 소스 그릇, 더러운 접시, 음악이 흘러나오는 꼬마 라디오가 너저분하게 흐트러져 있었다. 음악이 끝나자 남자가 스페인어로 광고를 빠르게 지껄이기 시작했다. 나는 라디오를 껐다. 깃털처럼 정적이 내려앉았다. 곧 째깍거리는 알람시계 소리가 반쯤 열린 문 너머에서 들려왔다. 이어 작은 쇠사슬이 찰카당거리는 소리. 푸드덕거리는 소리, 갈라진 목소리로 빠르게 반복되는 '퀴엔 에스(누구세요)? 퀴엔 에스(누구세요)? 퀴엔 에스(누구세요)?' 하는 소리, 화난 원숭이가 빽빽거리는 것 같은 소리도 이어졌다. 그리고 다시 정적이 찾아왔다.

한쪽 구석에 놓인 새장 안에서 앵무새 한 마리가 둥그렇고 사나운 눈으로 나를 쳐다보고 있었다. 앵무새는 횃대에서 가장 끝까지 옆걸음질을 쳤다.

"아미고"

내가 말했다.

앵무새는 빽빽거리며 정신 나간 웃음소리를 냈다.

"말조심해, 친구."

내가 말했다.

이번엔 횃대의 반대 방향으로 옆걸음질 친 앵무새는 하얀 컵에 부리를 박았다가 부리에 묻은 오트밀을 거만하게 흔들어 털었다. 다른 컵엔 물이 있었다. 물은 오트밀과 뒤섞여 있었다.

"길이 제대로 들지 않은 것 같군."

내가 말했다.

앵무새는 나를 노려보면서 서성거렸다. 고개를 돌리고도 반대편 눈으로 나를 빤히 쳐다보았다. 그러고는 앞으로 몸을 기울여 꼬리 깃털을 푸드덕거리더니 내가 옳다는 것을 증명했다.

'네시오(멍청아)!' 앵무새가 소리쳤다. '푸에라(꺼져)!'

어딘가 균열이 생긴 수도관에서 물방울이 똑똑 새고 있었다. 시계는 째깍거렸다. 앵무새가 증폭된 째깍거리는 소리를 따라했다.

내가 말했다.

"귀여운 앵무새야."

'히조 데 라 칭가다(야 이 갈보년아).' 앵무새가 답했다.

나는 콧방귀를 뀌고 반쯤 열려 있던 문을 열었다. 주방으로 쓰이는 곳이었다. 바닥에 깔린 리놀륨 장판은 닳고 달아 싱크대 앞에서는 밑바닥을 드러냈다. 녹슨 화구가 세 개인 가스스토브, 그릇과 알람시계가 올려진 선반, 구석에는 리벳을 박아 만든 온수통이 있었다. 온수통은 안전밸브가 없어서 폭발할 수 있는 구형이었다. 좁은 뒷문은 열쇠로 잠겨 있었으며 하나밖에 없는 창문 역시 잠겨 있었다. 천장에는 전구가 대롱대롱 매달려 있었다. 벽이 갈라진 천장은 지붕에서 물이 샌 자국 때문에 얼룩덜룩했다. 앵무새는 내 뒤에서 이유 없이 횃대 위를 이리 저리 움직이며 가끔씩 따분하다 싶으면 빽빽 소리를 질렀다.

아연으로 만든 그릇 건조대 위에는 짧은 검은색 고무 튜브와 유리로 된 밀대가 끝까지 닿아 있는 정맥 주사기가 있었다. 싱크대 안에는 길고 가느다란 텅 빈 유리관 세 통과 작은 코르크 마개와 함께 놓여 있었다. 전에도 그런 관을 본 적이 있었다.

나는 뒷문을 열고 밖으로 나가서 외부 화장실로 향했다. 비스듬하게 경사진 지붕은 높은 부분이 2.5미터, 낮은 부분이 1.8미터 정도였다. 문은 밖으로 열게 돼 있었는데, 내부가 어찌나 좁은지 안으로는 열 수도 없었다. 자물쇠가 채워져 있었지만 낡은 것이었다. 조금 힘을 쓰자 금세 내게 항복했다.

남자의 발가락은 끝이 긁힌 채 바닥에 닿을락 말락 했다. 5~10센티미터 정도밖에 가늠할 수 없는 어둠 속에서 그의 머리는 천장을 향해 젖혀져 있었다. 그는 전선이었을 법한 검은 줄에 목을 매고 있었다. 발가락은 마치 까치발로 서려고 했던 것처럼 바닥을 향해 있었다. 카키색 청바지의 너덜너덜 해진 밑단은 접혀서 발목 아래까지 내려와 있었다. 나는 그를 만져 보았다. 줄을 잘라 그를 내린다고 해도 소용없을 만큼 이미 차갑게 식어 있었다.

남자는 단단히 다짐을 했으리라. 부엌 싱크대 앞에 선 그는 고무줄로 팔을 묶고 주먹을 쥐었다 폈다 해서 혈관이 올라오게 한 뒤 정맥에 모르핀 진통제를 주사기 가득 찔러 넣었다. 유리관이 세 통이나 비어 있었기 때문에 그 중 하나쯤은 가득 찼으리라 추측하는 것이 합당했다. 그만하면 충분한 양이다. 그런 뒤 그는 주사기를 바닥에 내려놓고 고무줄을 풀었다. 약물이 혈관으로 바로 흘러가기까지 오랜 시간이 걸리지 않았을 것이다. 그는 외부 화장실로 가서 의자 위에 올라섰고 천장에 줄을 묶은 뒤 목을 매달았다. 그 즈음엔 어지러웠으리라. 그는 발끝으로 서 있을 수 있었지만 무릎이 힘없이 늘어질 때까지, 줄에 자신의 체중이 전부 실릴 때까지 기다렸을 것이다. 그 후엔 아무 것도 몰랐으리라. 이미 잠들었을 것이므로.

나는 그를 뒤로 한 채 문을 닫았다. 다시 그 판잣집으로 들어가지는 않았다. 폴톤스래인, 그 고급스러운 주택가를 향해 나가자 판잣집에 있던 앵무새가 내 소리를 들었는지 빽빽거렸다. '퀸엔 에스(누구세요)? 퀸엔 에스(누구세요)? 퀸엔 에스(누구세요)?'

누구냐고? 아무도 아냐, 친구. 밤에 축구 한 게임 할까 해서.

나는 유유히 걸어서 그곳을 벗어났다.

215

19

나는 느릿느릿 정처 없이 걸었지만 결국 어디에 다다르게
될지 알고 있었다. 늘 그랬듯 카사 델 포니엔테다. 나는 그랜
드 가에 세워놓았던 차에 올라탄 뒤 몇 블록을 헤매듯 돌다
가 마침내 평소처럼 바 입구 근처에 차를 댔다. 차에서 내려
내 옆에 세워져 있던 차를 보았다. 고블의 짙은 색 소형 고물
차였다. 고블은 반창고처럼 떨어지지 않는다.

다른 때 같았으면 고블이 무엇 때문에 그렇게 바쁘게 헤
매고 다니는 건지 알아내려고 머리를 쥐어짰을 테지만 지금
은 그보다 심각한 문제가 있었다. 경찰서에 가서 남자가 목
을 매달았다고 신고해야 했다. 하지만 무슨 말을 해야 할지
생각이 나지 않았다. 왜 그 사람의 집에 갔지? 만약 그의 말
이 사실이었다면 그는 미첼이 오늘 아침 일찍 호텔을 떠나는

모습을 봤기 때문이죠. 그게 왜 중요하지? 제가 미첼을 찾고 있었으니까요. 그와 마음을 터놓고 얘기를 하고 싶었거든요. 무슨 얘길 하고 싶었지? 여기부터는 베티 메이필드의 이야기를 꺼내지 않으면 대답을 할 수가 없다. 그녀가 누구인지, 어디에서 왔는지, 이름은 왜 바꿨는지, 워싱턴이건 버지니아건 어디서건 무슨 일이 벌어졌기에 도망을 다녀야 하는지.

주머니엔 여행자 수표 5천 달러가 있었지만 그녀는 나의 정식 의뢰인이 아니었다. 나는 완전히 이러지도 저러지도 못하는 신세였다.

절벽 가장자리까지 걸어가서 부서지는 파도 소리를 들었다. 눈에 보이는 것은 파도가 동굴 위로 부서지면서 언뜻언뜻 비치는 어슴푸레한 빛뿐이었다. 동굴 속의 파도는 부서지지 않고 백화점의 매장 관리자처럼 정중히 안으로 밀려들어갔다. 곧 달이 밝게 뜨겠지만 아직은 모습을 보이지 않았다.

누군가 멀지 않은 곳에서 나와 똑같은 것을 하고 있었다. 여자였다. 일단 그녀가 움직이길 기다려 보았다. 그녀의 움직임을 보면 내가 아는 사람인지 아닌지 판단할 수 있을 터였다. 두 개의 지문이 완벽히 일치할 수 없듯이 두 명의 사람이 완벽히 똑같이 움직이지는 않는 법이다.

나는 담배에 불을 붙이면서 라이터 불꽃을 굳이 가리지 않았다. 여자가 내 옆으로 왔다.

"이제 내 주변 좀 그만 맴 돌 때도 되지 않았어요?"

"당신은 내 의뢰인이요. 당신을 보호하려는 거요. 내가 일흔 살이 되면 누군가는 다른 이유를 말해 주겠지."

"당신에게 날 지켜달라고 부탁한 적 없어요. 당신에게 의뢰한 적도 없어요. 집이란 게 있으면 이제 좀 가는 게 어때요? 사람 그만 들들 볶고요."

"당신은 오천 달러를 낸 의뢰인이요. 나는 그만한 대가를 해야 하오. 아무리 그게 가만히 수염이나 기르는 일이라도."

"고집불통이네요. 당신에게 돈을 준 건 날 좀 내버려두라는 뜻이었어요. 정말 고집불통이에요. 내가 이제껏 만난 사람 중 가장 말이 안 통해요. 진짜 거머리 같은 자식들도 있었는데 더 하네요."

"리오의 그 높고 화려한 집은 어떻게 된거요? 나는 실크 파자마 차림으로 라운지에 걸어가 당신의 길고 탐스러운 머릿결을 어루만지고 집사는 억지 미소를 지으며 영화배우 주변에서 나풀거리는 게이 미용사처럼 섬세한 손동작으로 웨지우드 도자기와 조지 왕조 시대의 은을 진열할 그 집 말이오."

"아, 닥쳐요!"

"확고한 제안 아니었나? 응? 그저 지나가는 변덕, 아니 그것도 아니지. 내 수면 시간을 산산히 부수고 있지도 않은 시체를 찾아 허겁지겁 달려가게 하려는 수작이었나?"

"남한테 콧구멍 쑤시기 당해본 적 있어요?"

"자주. 가끔은 잘 피했고."

나는 그녀를 확 끌어안았다. 그녀는 내게서 벗어나려고 했지만 손톱은 세우지 않았다. 나는 그녀의 정수리에 입을 맞췄다. 느닷없이 그녀가 내게 매달리며 얼굴을 위로 들었다.

"좋아요. 키스해요. 그래야 만족이 된다면 해요. 침대가 있는 곳이었으면 더 좋았겠다고 생각하고 있죠?"

"난 짐승이 아니오."

"웃기지 말아요. 추잡하고 천박한 탐정이죠. 키스해요."

나는 그녀에게 키스했다. 그리고 입술을 포갠 채 말했다.

"오늘 그가 목을 맸소."

그녀는 거칠게 나를 밀어냈다.

"누구요?"

목소리는 들릴락말락 했다.

"야간 주차 요원 말이오. 당신은 그 사람을 본 적 없을 거요. 그는 대마초와 마리화나 중독이었어. 하지만 오늘밤엔 모르핀을 잔뜩 주입하고 폴톤스래인에 있는 자신의 판잣집 화장실에서 스스로 목을 맸소. 그랜드 가 뒷골목이오."

그녀는 부들부들 떨면서 쓰러지지 않으려는 듯 내게 매달려 있었다. 뭔가 말하려고 했지만 꺽꺽 거릴 뿐 목소리가 나오지 않았다.

"그가 바로 내게 미첼이 아홉 개 짐가방을 다 싸들고 이른 아침에 떠났다고 말한 사람이오. 그의 말을 믿어야 할지 확신할 수 없었지. 그는 내게 어디 사는지 말해 주었고 그래서 난 얘기를 더 하기 위해 오늘 저녁 그곳을 찾아갔소. 이제 난 경찰서에 신고를 해야 하오. 그런데 미첼에 관해, 그리고 결국엔 당신에 관해 얘기하지 않고 무슨 말을 하겠소?"

"제발, 제발...... 제발 나는 빼줘요."

그녀가 애원했다.

"돈은 더 줄게요. 원하는 만큼 다 줄게요."

"맙소사. 당신은 이미 내가 갖고 있기에도 벅찰 만큼 주었소. 내가 원하는 건 돈이 아니오. 내가 대체 뭘 하고 있는 건지 왜 이러고 있는 건지 알고 싶은 것뿐이오. 직업윤리에 대해 들어본 적 있을 거요. 티끌만큼이지만 내게도 아직 직업윤리란 게 남아 있소. 당신은 내 의뢰인이잖소?"

"그래요, 포기할게요. 당신의 의뢰인들 모두 결국은 당신에게 두 손 두 발 들었겠죠."

"천혀. 시달린 건 나였지."

나는 주머니에서 여행자수표 폴더를 꺼내 펜에 달린 플래시로 비춘 상태로 다섯 장을 뜯어냈다. 그 다음 폴더를 닫고 그녀에게 건네주었다.

"오백 달러만 받겠소. 이제 합법적 수준이군. 자, 어떤 상황인지 말해보시오."

"싫어요. 그 주차 요원에 관해 당신이 꼭 신고하지 않아도 되잖아요."

"아니. 신고할 거요. 지금 바로 경찰서에 가야 하오. 그래야 하오. 그런데 내겐 경찰을 삼 분 안에 뚜껑 열리지 않게 할 만큼의 얘깃거리가 없소. 어서 이 빌어먹을 수표를 받으시오. 한 번만 더 그 수표를 들이밀면 엉덩이를 때려주겠소."

그녀는 폴더를 받더니 수표를 다 찢어서 캄캄한 호텔 쪽으로 날려버렸다. 어이없는 상황에 머리가 띵했다. 얼마나 그렇게 서있었는지 모르겠지만 결국 수표 다섯 장을 주머니에 집어넣은 뒤 비척대며 차로 돌아가 내가 가야한다고 믿었던 곳으로 출발했다.

20

작은 모텔을 운영하는 프레드 포프라는 사람이 내게 에스메랄다에 대한 자신의 인상을 얘기해준 적이 있다. 나이도 많고 말도 많은 사람이었는데 그의 말은 들을 만한 값어치가 있었다. 가끔은 전혀 예상치 못했던 사람이 꽤 쓸모 있는 정보를 한두 개 떨어뜨리곤 한다.

"나는 여기에서 삼십 년간 살았다네."

포프가 말했다.

"여기 처음 왔을 땐 건성 천식을 앓고 있었어. 이제는 습성 천식이 됐지. 그때는 시내가 어찌나 조용한지 개들은 그랜드 가에 누워서 잠을 잤고 그러면 운전하던 사람들은 차를 세운 뒤, 물론 그러려면 차가 있어야 했지만, 내려서 개들을 도로 밖으로 밀어놔야 했지. 그 똥개들은 비웃을 뿐이었어. 일요일이면 이미 무덤에 묻힌 것 같은 느낌마저 들었네. 모든 게 은행 금고처럼 굳게 닫혀 있었거든. 그랜드 가를 걸어 다녀도 영안실 시체만큼 할 일이 없었지. 담배 한 갑 파는 곳이 없었으니까. 어찌나 적막한지 쥐가 수염 빗는 소리까지 들렸다니까. 나와 마누라는, 마누라는 이미 십오 년 전에 죽었지만, 절벽을 따라 난 길가에 있던 우리 집에서 크리비지 게임을 하면서 뭐 재미난 일이 벌어지지 않는지 귀를 쫑긋 세우고 기다리곤 했어. 늙은 영감이 지팡이를 두드리면서 산책이라도 하지 않나 하는 거야. 헬위그 가(家)가 그걸 원한 건지 아니면 헬위그가 악의적으로 그렇게 해놓은 건지는 나도 몰라. 그 몇 년 동안 헬위그는 여기에서 살지 않았어. 헬위그는 농기계 사업의 거물이었지."

"무엇보다 현명한 사람이었군요. 에스메랄다 같은 곳이 가치 있는 투자처가 될 거란 사실을 제때 알았으니까요."

내가 말했다.

"그럴지도."

프레드 포프는 말했다.

"어쨌건, 헬위그가 얼추 이 도시를 만들었다 해도 과언은 아니야. 그리고 얼마 후 여기에 와서 살았어. 저 언덕 위에 기와지붕을 얹은 거대한 스투코 회벽집 중 한 곳에서 말이야. 으리으리한 집이었지. 정원엔 테라스와 널따란 잔디밭과 꽃을 피우는 관목들이 있었고 철제 정문은 이탈리아에서 수

입한 거라더군. 애리조나에서 공수한 자연석 산책길도 만들었고 정원은 무려 여섯 개나 있었어. 그리고 시야에 이웃이 보이지 않을 정도로 땅도 무척 넓었지. 헬위그는 매일 밀주를 두 병씩 마셨는데 듣기로는 무척이나 골치 아픈 손님이었다더군. 하나 있는 딸 이름은 패트리샤 헬위그. 그 딸은 천사같이 예뻤는데 지금도 미모는 변치 않았지."

"당시 에스메랄다는 이제 막 사람들이 들어차기 시작하는 때였어. 처음엔 나이든 부부들이 많았는데 늙고 지친 남자들이 죽어나가면서 장례 사업이 대박 났고 그들의 과부 덕에 자리를 잡게 되었지. 그 망할 여자들은 오래도 살더군. 내 마누라는 일찍 갔는데."

포프는 잠시 쉬었다가 바깥을 바라보며 말을 이었다.

"그 당시 샌디에이고에서 이곳까지 전차가 뚫렸는데도 에스메랄다는 여전히 조용했어. 지나칠 정도로. 에스메랄다에서는 새로 태어나는 아이가 거의 없었어. 임신 자체가 뭔가 야한 일이라는 인식이 있었지. 그러다 전쟁이 터지면서 모든 게 달라졌어. 이제는 땀 흘리는 사내들이며 리바이스와 지저분한 셔츠를 입은 거친 학생들이며 예술가나 골프장 취객뿐 아니라 싸구려 하이볼 잔을 팔 달러 오십 센트에 파는 작은 선물 가게들도 생겼지. 음식점이랑 주류 판매점도 생겼지만 아직 광고판이나 도박장이나 드라이브인 식당은 없었어. 작년에는 공원에 십 센트를 넣고 풍경을 구경할 수 있는 망

원경을 설치하려고 했었지. 에스메랄다 의회가 비명 지르는 소리를 들어봤어야 해. 당연히 계획은 무산됐지만 그곳은 더 이상 새들의 쉼터가 아니지. 에스메랄다에는 비버리힐즈만큼 훌륭한 가게들이 있어. 그리고 패트리샤는 에스메랄다에 도움이 되기 위해 비버같이 일만 하면서 일생을 바쳤어. 헬위그는 오 년 전에 죽었지. 의사들은 그에게 술을 줄이라고, 안 그러면 일 년도 못 살 거라고 경고했어. 헬위그는 의사들에게 욕을 한 바탕 퍼부은 뒤 아침이건 점심이건 밤이건 원할 때 술을 마시지 못할 거라면 아예 술을 입에 대지 않겠다며 술을 한 잔이라도 마시면 자기가 사람도 아니라고 공언했지. 헬위그는 술을 딱 끊었어. 그리고 일 년도 못 살다 갔어."

"의사들은 그 일로 평판이 나빠졌고, 늘 그런 식이잖아, 헬위그 양도 그 일로 이름이 오르내렸지. 어쨌건 의사들은 병원에서 쫓겨났고 에스메랄다에서도 떠나게 됐네. 그랬어도 아주 큰 영향은 없었어. 아직도 여기엔 의사가 육십 명이나 되니까. 에스메랄다는 헬위그 가를 비롯해서 그 외 몇몇 집안이 꽉 잡고 있는데 그들도 이렇게 저렇게 따지면 다 한 가족이야. 일부는 돈이 많고 일부는 일을 하지. 헬위그 양은 대부분 사람들보다 일을 열심히 하는 것 같아. 벌써 여든 여섯이나 됐지만 수탕나귀만큼 튼튼하지. 담뱃잎을 씹지도 술을 마시지도 않아. 욕을 하지도 화장을 하지도 않지. 헬위그 양은 에스메랄다에 병원, 사립학교, 도서관, 미술관, 공공 테니스 코트장을 만들어줬지. 그밖에 뭘 했는지 신은 다 알고 계신다네. 그리고 아직도 삼십 년 된 롤스로이스를 몰고 다니는데 차 소리는 스위스 시계 저리가라야. 여기 시장(市長)은 헬위그네 집에서 두 집 떨어진 데 살아. 두 집 다 언덕에 있어. 아마 헬위그 양이 시청을 지어서 시에 일 달러에 팔았을 걸. 참 대단한 여자야. 물론 이제 이곳에도 유대인이 살 긴하지. 말 나온 김에 하나만 말할까? 유대인은 손해 보는 거래는 절대 안 하고 잠깐 멍 때리면 코를 베어간다고 하잖나. 그건 다 뻥이야. 유대인은 거래를 즐기는 것뿐이야. 겉으로는 좀 거칠게 보이지만 사업을 좋아하는 것일 뿐 안을 들여다보면 유대인 사업가는 함께 일하기 정말 좋은 사람들이지. 인간적이고 말이야. 만약 다 벗겨 먹는 냉혈한을 찾는다면 뼈만 남기고 다 벗긴 뒤 서비스 요금까지 붙일 인간들도 한 무더기나 있어. 자네 이빨에 낀 마지막 한 푼까지 싹 뽑아가고는 마치 자네가 그들에게서 훔쳐갔던 돈이라는 듯이 쳐다볼 걸."

21

경찰서는 헬위그와 오커트의 모퉁이에 세워진 기다란 현대식 건물이었다. 나는 차를 대고 경찰서로 들어가면서도 어떻게 이야기를 풀어야 할지 몰랐지만 반드시 이야기를 해야 한다는 사실만은 알고 있었다.

사무실은 작았지만 무척 깔끔했다. 책상에 앉아 있던 당직 경관의 셔츠에는 칼날 같은 두 줄의 주름이 서 있었고 유니폼은 마치 10분 전 다린 것 같아 보였다. 벽에 줄줄이 걸린 스피커 여섯 대는 카운티 전역에서 경찰관과 보안관의 보고를 불러들이고 있었다. 비스듬한 명패 앞면은 당직 경찰관의 이름을 그리델이라고 소개했다. 그는 그곳의 분위기에서 느껴지듯 봉사할 준비가 돼 있다는 눈빛으로 나를 쳐다보았다.

"뭘 도와드릴까요, 선생님?"

경관의 목소리는 차분하고 유쾌했지만 그의 모습에서는 최우수 경찰관에게 볼 수 있는 군기가 배어 있었다.

"사람이 죽어서 신고하려고요. 폴톤스래인에 있는 작은 판잣집에서 어떤 남자가 외부 화장실 같은 데서 목을 맸습니다. 그랜드 가 공구상 뒤쪽 작은 골목입니다. 죽어 있더군요. 어떻게 손 써볼 기회도 없었습니다."

"성함이?"

경관은 이미 자판을 누르고 있었다.

"필립 말로입니다. LA에서 온 사립 탐정이지요."

"그 집 주소를 압니까?"

"주소는 보지 못했습니다. 하지만 에스메랄다 공구상 바로 뒤편입니다."

"앰뷸런스 출동. 긴급 상황."

경관이 마이크에 대고 말했다.

"에스메랄다 공구상 뒤 오두막에서 자살 신고. 집 뒤쪽 화장실에서 목을 맨 것으로 추정."

경관이 나를 올려다보았다.

"이름을 아십니까?"

나는 고개를 저었다.

"하지만 카사 델 포니엔테의 야간 주차 요원이었던 건 압니다."

그는 장부 한 권을 휘리릭 넘겼다.

"그 사람 우리도 압니다. 마리화나 전과가 있지요. 어떻게 그 일자리를 잡았는지 모르겠지만 아마 잘렸을 수도 있겠군 요. 여기서 그런 일자리는 없어서 못하니까요."

껑충한 경사 한 명이 화강암처럼 굳은 얼굴로 사무실에 들어와 나를 흘끗 보고 다시 나갔다. 차가 출발하는 소리가 들렸다.

당직 경관은 작은 구내전화에 버튼을 눌렀다.

"서장님, 근무 중인 그리넬입니다. 필립 말로라는 분이 폴톤스래인에서 사망 사건이 발생했다고 신고해서 지금 앰뷸 런스가 출동 중입니다. 그린 경사가 가고 있습니다. 주변에 순찰차도 두 대 있습니다."

경관은 잠시 듣다가 곧 나를 쳐다보았다.

"알레산드로 서장님이 말씀을 나누자고 하십니다, 말로 씨. 복도를 따라가다 오른쪽 맨 끝 방입니다."

경관은 다시 마이크에 대고 말을 했고 나는 방을 나왔다.

오른쪽 끝 방의 문에는 이름이 두 개 붙어 있었다. 알레산드로 서장이라는 명판은 나무 위에 고정돼 있었고 그린 경사라는 이름이 적힌 판자는 뗄 수 있는 것이었다. 이미 반쯤 열려있던 문에 노크한 뒤 안으로 들어갔다.

책상에 앉아 있던 남자는 당직 경관만큼 말쑥한 차림이었다. 그는 돋보기로 명함을 유심히 살피는 중이었다. 옆에 놓인 테이프 녹음기에서는 잡음이 섞인 거슬리는 소리로 어떤 끔찍한 사건에 대한 설명이 흘러나오고 있었다. 190센티미터는 될 법한 서장은 머리색이 짙고 숱이 많았으며 피부는 깨끗한 올리브빛이었다. 책상 위에는 유니폼 모자가 올려져 있었다. 서장은 나를 올려다보고는 녹음기를 끄고 명함과 돋보기도 내려놓았다.

"앉으시오, 말로 씨."

나는 앉았다. 서장은 잠시 아무 말 없이 나를 쳐다보았다. 그의 갈색 눈은 제법 순해 보였지만 입은 순하지 않았다.

"카사에서 자보넨 소령을 만난 걸로 알고 있소."

"그분을 뵀습니다, 서장님. 그런데 서장님과 제가 그렇게 친하진 않을 텐데요."

서장은 희미하게 미소를 보였다.

"앞으로도 그렇게 될 거라고 기대하긴 힘들겠지. 자보넨 소령은 호텔에서 꼬치꼬치 캐묻고 다니는 사립 탐정을 좋아하지 않소. 그 사람은 첩보부대에서 근무했었소. 우린 여전히 자보넨을 소령이라고 부르지. 여긴 내가 가 본 곳 중에서도 드럽게 예의를 차리는 곳이거든. 우리도 드럽게 순한 축에 들지만, 그래도 경찰은 경찰 아니겠소. 자 이제 카페리노 장에 대해 얘기를 해봅시다."

"그게 그 사람의 이름이군요. 몰랐습니다."

"그렇소. 우리는 장을 알고 있소. 에스메랄다에서 뭘 하고 있던 중이었는지 여쭤도 되겠소?"

"LA의 클라이드 움니라는 변호사가 절 고용했습니다. 수퍼치프 열차에 타서 어떤 사람이 어딘가에 짐을 풀 때까지 미행하라는 것이었죠. 이유는 듣지 못했지만 움니 씨는 워싱턴 유력 로펌의 의뢰를 받았다고 했습니다. 그분도 이유는 모르더군요. 저는 임무를 처리했습니다. 미행 대상을 방해하지 않는 한 미행이 불법은 아니니까요. 제가 쫓던 사람은 에스메랄다에서 내렸습니다. 저는 LA로 가서 사건의 배경에 대해 알아보려고 했습니다. 하지만 실패했고, 그래서 적당히 이백오십 달러만 받았고 나머지 경비는 직접 처리했습니다. 움니 씨는 그런 저를 탐탁치 않아했고요."

서장은 고개를 끄덕였다.

"당신 얘기는 당신이 이곳에 온 이유나 카페리노 장과 어떻게 엮이게 되었는지에 대한 설명이 되지 않는군. 그리고 이제 움니 씨의 고용이 종결됐으니 다른 변호사에게 고용된 게 아니라면 당신에겐 특별권한도 없소?."

"숨 쉴 틈을 주지 않는군요, 서장님. 미행을 하다 보니 제가 쫓던 사람이 래리 미첼이란 자에게 협박을 받고 있거나 협박을 받기 직전에 있다는 것을 알게 됐습니다. 미첼은 카사에 살고 있거나 살았었고요. 저는 미첼과 접촉해보려고 하던 중에 자보넨과 이 카페리노 장이라는 사람에게 정보를 좀 얻게 됐습니다. 자보넨은 미첼이 체크아웃을 했고 호텔비도 일주일치를 미리 지불했다고 했습니다. 장은 미첼이 가방 아흡 개를 들고 오늘 아침 일곱 시에 떠났다고 했고요. 그런데 장의 태도에는 뭔가 수상쩍은 점이 있었습니다. 그래서 얘기를 좀 더 나눠보려고 했던 겁니다."

"장이 어디에 사는지는 어떻게 알았소?"

"장이 말해 줬습니다. 냉소적인 사람이더군요. 자기는 부자 사유지에 사는데 그것도 이제 안 될 것 같다며 화가 나 있었지요."

"그 얘기론 부족하오, 말로."

"좋습니다. 제 생각에도 그렇군요. 장은 마리화나를 피웠습니다. 처음엔 마약 거래상인 척 다가갔습니다. 이 일을 하다보면 가끔씩 진지한 연기가 필요하기도 하니까요."

"낫군. 그래도 부족해. 당신의 의뢰인은 누구지? 의뢰인이 있다면 말이네."

"비밀로 해주시겠습니까?"

"상황에 따라. 우린 협박당하는 사람들이 법정에 나오지 않는 이상 절대 이름을 공개하지 않네. 하지만 그 사람이 범죄를 저질렀거나 기소를 당했거나 기소를 피하려고 주를 옮겨 온 거라면 그 여자의 소재와 현재 그 여자가 무슨 이름을 쓰고 다니는지 신고하는 건 법을 집행하는 경찰로서 내 의무라고 할 수 있지."

"그 여자요? 벌써 알고 계셨군요. 그렇다면 왜 제게 물으신 겁니까? 저는 그 여자가 도망치는 이유도 모릅니다. 제게 말해주지 않더군요. 제가 아는 것이라곤 그 여자는 곤경에 처해서 두려움에 떨고 있고, 미첼은 그 여자를 꼼짝 못하게 할 뭔가를 잘 알고 있다는 겁니다."

서장은 유연하게 손동작으로 서랍에서 담배를 더듬어 찾았다. 담배를 입에 물었지만 불은 붙이지는 않았다.

서장은 나를 다시 한 번 뚫어져라 응시했다.

"좋소, 말로. 우리는 당장 개입하지는 않겠소. 하지만 뭔가를 알게 된다면 이곳이야 말로 당신이 정보를 가져와야 할 곳이오."

나는 자리에서 일어섰다. 서장도 일어서서 악수를 청했다.

"우린 난폭한 사람들이 아니오. 할 일을 하는 것뿐이지. 자보넨에겐 너무 적대적으로 굴지 마시오. 그 호텔 사장이 이곳에 엄청난 돈을 끌어대는 사람이라오."

"감사합니다, 서장님. 말 잘 듣는 꼬마가 되어 보도록 노력하겠습니다. 자보넨에게도요."

나는 복도를 되돌아 걸어 나왔다. 아까 보았던 경관이 책상에 앉아 내게 고개를 까딱했다. 밖으로 나오니 해가 뉘엿뉘엿 지고 있었다. 나는 차에 탄 후 핸들을 꽉 움켜쥐었다. 나는 내게 살아 있을 권리가 있다는 듯 대하는 경찰은 전혀 익숙하지 않았다. 그렇게 앉아 있는데 당직 경관이 문 밖으로 고개를 삐죽 내밀더니 알레산드로 서장이 다시 보길 청한다고 말했다. 다시 알레산드로 서장의 사무실로 돌아갔을 때 서장은 통화 중이었다. 서장은 내게 방문객용 의자에 앉으라는 고갯짓을 한 뒤 계속 수화기를 귀에 대고 기자들이 쓰는 듯한 집약된 메모를 빠르게 적어 내려갔다. 잠시 후 서장이 말했다.

"고맙네. 다시 연락하지."

서장은 몸을 뒤로 기대고 책상을 손으로 툭툭 치며 인상을 찌푸렸다.

"에스콘디도에 있는 보안관 지서에서 신고가 들어왔네. 미첼의 자동차가 발견됐다는 거야. 버려진 것 같다는데, 당신이 알면 좋을 것 같아서."

"감사합니다, 서장님. 그곳이 어디죠?"

"여기에서 삼십이 킬로미터 떨어진 곳인데 395번 고속도로로 이어지는 국도요. 하지만 395번 고속도로를 타려고 보통 이용하는 길은 아니오. 로스세나스퀴토스 협곡이라고 불리는 곳이지. 오로지 돌과 황무지와 말라버린 강바닥만 남았는데 나도 아는 곳이네. 오늘 아침 게이츠라는 목장주가 벽을 쌓을 자연석을 구하러 작은 트럭을 몰고 그곳을 지나면서 두 가지 색으로 된 지붕이 딱딱한 뷰익 한 대가 길가에 주차돼 있는 것을 봤다는군. 사고가 난 차가 아니라는 것만 보고 별 것 아니리라 생각했고. 누가 차를 댔겠거니 생각했다는거지."

"오후 한 네 시 쯤 게이츠가 자연석을 싣고 돌아가는 길에 뷰익이 그 자리에 있는 걸 또 보게 된 거지. 이번에는 트럭에서 내려 살펴봤다네. 열쇠도 뽑혀 있고 문은 잠그지도 않은 채였지. 사고를 당한 흔적도 없었고. 그래도 게이츠는 자동차 번호와 이름과 자동차 등록증에 적힌 주소를 옮겨 적었다네. 그러고는 트럭에 다시 오른 뒤 에스콘디도에 있는 보안관 지서에 전화를 한 거야. 당연히 보안관들이야 로스 페나스퀴토스 협곡을 알고 있었고, 그 중 하나가 그곳에 가서 차를 살펴보았지. 먼지 하나 없이 깨끗했다더군. 어떻게 해서 트렁크도 열었는데 타이어 여분과 몇 가지 도구만 들었을 뿐 비어있는 상태였고. 이후 지서로 돌아와서 우리에게 보고를 한 거라네. 좀 전에 그 보안관과 통화한 거였지."

나는 담배에 불을 붙여 알레산드로 서장에게 권했다. 서장은 고개를 저었다.

"떠오르는 게 있소, 말로?"

"서장님이 저보다 많이 아실텐데요."

"어쨌건 들어봅시다."

"만약 미첼이 실종되어야 하는 이유가 있고 자신을 태워서 떠나줄 친구가 있었다면, 물론 이곳에서 미첼이 친구가 있다는 얘기를 들어본 사람은 없지만, 미첼은 차를 어느 차고에 숨겨놨을 겁니다. 이에 대해 의문을 제기하는 사람은 없을 겁니다. 왜 하필 차고냐고 궁금해 할 필요도 없지요. 그저 차만 숨기면 되는 거니까요. 미첼의 가방은 그 친구의 자동차에 있어야 하고요."

"그래서?"

"친구는 없었습니다. 미첼은 사람들이 잘 가지도 않는 외 딴 도로에서 짐 가방 아홉 개를 들고 흔적도 없이 사라져버 린 겁니다."

"계속 해보시오."

서장은 목소리를 낮게 깔았다. 날이 서 있었다. 나는 일어 섰다.

"저를 겁주지는 마십시오, 알레산드로 서장님. 전 아무 잘 못도 없습니다. 지금까지 서장님은 저를 인간적으로 대해 주 셨지요. 부디 제가 미첼의 실종과 관련 있을 거란 상상은 하 지 마십시오. 미첼이 내 의뢰인의 무슨 약점을 쥐고 있었는 지 전 몰랐습니다. 지금도 모르고요. 제가 아는 건 그저 그 여자가 혼자 두려움에 떨고 있는 불행한 사람이라는 겁니다. 제가 그 이유를 알아내면, 어떻게 해서 간신히 알아내게 되 면 서장님께 알려드리겠습니다. 하지만 그러지 않을 수도 있 습니다. 만약 제가 알려드리지 않는다면 그 책을 제게 던지 셔도 좋습니다. 그런 일이야 처음 겪는 것도 아니니까요. 적 어도 저는 의뢰인을 배신하진 않습니다. 아무리 그 상대가 마음씨 좋은 경찰이라도 말입니다."

"그렇게 되지 않길 바라겠소. 말로."

"저도 같은 마음입니다. 서장님. 그리고 인간적으로 대해

주셔서 감사합니다."

나는 밖으로 나와 복도를 따라 걷다가 책상 앞에 앉은 당직 경관에게 까딱 인사를 한 뒤 다시 차에 올라탔다. 20년은 늙은 것 같았다.

나는 알았다. 틀림없이 알레산드로 서장도 알았다. 미첼은 죽었다. 미첼은 차를 몰고 로스 페나스퀴토스 협곡으로 가지 않았다. 누군가 죽은 미첼을 뒷좌석 바닥에 실어서 그곳으로 데려갔다.

다른 식으로 해석할 가능성은 없었다. 통계적으로 따지건 이론적으로 따지건 또는 정황 증거에 근거해 따지건 확실히 사실인 것들이 있는 법이다. 그리고 사실일 수밖에 없어서, 다른 식으로는 전혀 말이 되지 않기 때문에 사실인 것들도 있다.

22

그건 마치 한밤중의 갑작스러운 비명소리와 같다. 하지만 소리는 없다. 그리고 그건 대개 밤에 찾아온다. 암흑의 시간은 위험한 시간인 탓이다. 물론 환한 대낮에 찾아올 때도 있다. 아무런 이유 없이 불현듯 뭔가를 깨닫게 되는 그 낯설고도 명확한 순간 말이다. 이번에는 오랜 시간 진 빠지는 긴장을 겪지 않고도 투우사가 '진실의 순간'이라고 부르는 그 갑작스런 확신이 찾아왔다.

이유는 없었다. 특별한 이유는 전혀 없었다. 하지만 나는 란초 데스칸사도 입구의 건너편에 차를 세웠다. 그런 뒤 조명과 시동을 껐다. 비탈 아래로 50미터 정도 떠밀려갔을 때 사이드 브레이크를 세게 당겼다.

차에서 내려서 접수실로 걸어갔다. 야간 벨을 비추는 작은 불빛만 있을 뿐 사무실은 닫혀 있었다. 10시 30분경이었다. 나는 뒤쪽 주변을 걷고 나무들 사이를 비집고 다녔다. 그러다 자동차 두 대를 발견했다. 한 대는 주차권 판매기의 5센트 동전만큼 흔해빠진 헤르츠의 렌터카였다. 허리를 숙이자 번호판이 보였다. 그 옆에 있는 차는 고블의 짙은 색 고물차였다. 카사 델 포니엔테 옆에 주차돼 있던 걸 본 지 얼마 안 된 것 같았지만, 이제 그 차는 이곳에 있었다.

나는 나무들 사이를 지나 마침내 내 방 아래에 도착했다. 어둡고 고요했다. 아주 조심스럽게 계단 몇 개를 올라 문에 귀를 갖다 댔다. 잠시 아무 소리도 들리지 않았다. 그때 목이 막힌 채 흐느끼는 소리가 들렸다. 여자가 아니라 남자의 흐느낌이었다. 아주 희미하게 낄낄거리는 저음의 웃음소리가 이어졌다. 그 뒤 강력한 일격이 있었던 것 같았다. 이어지는 정적.

나는 계단을 다시 내려가 나무들을 지나 차로 갔다. 트렁크 문을 열고 타이어 레버를 집어 들었다. 그런 뒤 아까처럼 더 이상 조심하는 것은 불가능할 정도로 조심스럽게 방으로 되돌아갔다. 다시 문에 귀를 댔다. 고요했다. 아무 소리도 없다. 밤중의 고요. 나는 주머니에서 플래시를 꺼내 창문을 한 번 비춰보았고 그 다음엔 문에서 저 멀리까지 훑었다. 몇 분 동안 아무 반응도 없었다. 그러다 문이 살짝 열렸다.

나는 어깨로 문을 밀치고 들어갔다. 뒤로 휘청했던 남자는 웃음을 터뜨렸다. 희미한 불빛 속에서 그의 손에 든 총이 반짝하고 빛을 반사했다. 나는 그의 손목을 타이어 레버로 후려쳤다. 그는 비명을 질렀다. 다른 손목도 내려쳤다. 총이 바닥으로 떨어지는 소리가 났다.

나는 문으로 돌아가서 불을 켠 다음 발로 문을 쾅 차서 닫았다.

그의 빨간 머리에 얼굴은 창백하고 눈은 거슴츠레했다. 얼굴은 고통으로 일그러졌지만 눈만은 여전했다. 고통에 겨워하면서도 그는 여전히 난폭했다.

"이 새끼, 넌 죽은 목숨이야."

그가 말했다.

내가 말했다.

"니 목숨은 벌써 끝났지. 저리 비켜."

그는 간신히 웃었다.

"다리는 아직 남았군. 무릎 꿇고 천천히 엎드려. 머리도 그 자리에 달려 있길 원하면 들지 말고."

그는 내게 침을 뱉으려 하다가 사래에 걸렸다. 그는 천천히 무릎을 꿇었다. 두 팔로 바닥을 짚고 신음을 내뱉었다. 사내는 순식간에 쭈그러들었다. 이런 부류는 속임수를 써서 이길 것 같은 패를 들었을 때 미친 듯이 난폭해진다. 그러나 다른 사람의 패는 전혀 읽지 못한다.

고블은 침대에 누워 있었다. 얼굴은 긁히고 멍든 상처들로 만신창이였다. 코도 뭉개져 있었다. 정신이 반쯤 나간 상태에서 목이 막힌 듯 거친 숨을 쉬었다.

빨간 머리는 여전히 정신을 못 차렸고 총은 그 옆 바닥에 놓여 있었다. 나는 낑낑대며 그의 벨트를 풀러 그의 발목을 묶었다. 그런 다음 그를 뒤집어서 주머니를 뒤졌다. 지갑에는 690달러, 리차드 하베스트라는 이름의 운전면허, 샌디에이고의 작은 호텔 주소가 들어 있었다. 작은 수첩에는 약 스무 곳이나 되는 은행들의 수표들과 신용카드 몇 장이 들어 있었다. 그러나 총기 허가증은 없었다.

그렇게 눕혀놓은 뒤 나는 사무실로 내려갔다. 야간 벨을 눌렀다. 계속 눌렀다. 잠시 후 한 사람이 어둠 속에서 나왔다. 잠옷 위에 가운을 두른 잭이었다. 내 손에는 여전히 타이어 레버가 쥐어져 있었다.

그는 깜짝 놀랐다.

"무슨 일 있으세요, 말로 씨?"

"아니오. 내 방에서 불량배 하나가 날 죽이려고 기다린 것뿐이에요. 다른 한 명은 곤죽이 되도록 맞아 내 침대 위에 있고요. 별 거 아닙니다. 여기에선 지극히 평범한 일이겠지요."

"경찰서에 연락하겠습니다."

"그렇게까지 해 준다면 눈물 나게 고맙겠군요, 잭. 보면 알겠지만 난 아직 살아 있어요. 이제 어떻게 처리해야하는지 알지요? 동물병원 주인에게 저놈을 보내주세요."

241

잭은 사무실 문을 열고 안으로 들어갔다. 그가 경찰에 신고하는 것을 듣고 나서 방으로 돌아갔다. 빨간 머리는 뱃심이 좋았다. 어느새 일어나 벽에 기대 앉아 있었다. 눈은 여전히 흐리멍덩했고 입술을 일그러뜨리며 히죽거렸다. 나는 침대로 가보았다. 고블이 눈을 떴다.

"난 실패했어."

고블이 낮게 말했다.

"난 내 생각만큼 뛰어나지 못했어. 아니 퇴출감이지."

"경찰이 오고 있네. 어떻게 된 거지?"

"내가 자초한 셈이지. 넋두리는 안 하겠네. 이자는 암살자야. 내가 운이 좋았지. 아직 숨이 붙어 있으니까. 날 운전해서 이곳으로 오게 했어. 그런 다음 나를 때려눕히고 포박한 다음 잠시 어딜 다녀오더군."

"누군가 저자를 태워갔던 것이 분명해, 고블. 네 차 옆에 렌터카가 한 대 있더군. 만약 저자가 카사로 가서 그 차를 빌려온 거라면 카사까지는 어떻게 갔겠나?"

고블은 천천히 고개를 돌려 나를 쳐다보았다.

"난 내가 똑똑한 물건인 줄 알았네. 아니라는 걸 알게 됐군. 어서 캔자스시티로 돌아가고 싶은 마음뿐이야. 평범한 사람은 비범한 사람을 이길 수 없군. 절대. 자네가 내 목숨을 살렸어."

그때 경찰이 왔다.

순찰차를 몰던 순경 두 명이 먼저 도착했다. 늘 단정한 유니폼을 입고 근엄한 표정을 잃지 않는 차가운 인상의 근사한 사나이들이었다. 곧 이어 도착한 몸집 크고 괄괄한 성격의 경관은 자신을 홀츠마인더 경사라고 소개했다. 경관은 빨간 머리를 보더니 침대로 갔다.

"병원에 전화해."

경사가 뒤쪽에 대고 급하게 말했다.

순경 한 명이 차로 달려갔다. 경사는 허리를 굽혀 고블을 살폈다.

"어떻게 된 겁니까?"

"빨간 머리에게 맞았습니다. 내 돈도 훔쳐갔어요. 카사에서 내게 총을 겨누어서 차를 몰게 한 뒤 여기로 끌고 왔습니다. 그런 다음에 두들겨 패더군요."

"이유는요?"

고블은 앓는 소리를 내고는 베개에 머리를 푹 떨어뜨렸다. 고블은 다시 기절했거나 기절한 척 했다. 경사는 허리를 펴고 나에게 다가왔다.

"당신 이야기도 들어봅시다."

"전 얘기할 게 없습니다, 경사님. 저기 침대 위에 누워 있는 사람과 오늘 저녁식사를 같이 했습니다. 우린 두어 번 만난 적이 있었지요. 저 사람은 캔자스시티에서 온 사립 탐정이라더군요. 그가 이곳에서 뭘 하고 있던 건지는 저도 모릅니다."

"그럼 이 사람은?"

경사는 느릿하게 빨간 머리 쪽을 가리켰다. 빨간 머리는 여전히 억지로 웃고 있어 입에 경련이라도 난 것 같았다.

"저자는 처음 봤습니다. 총을 들고 저를 기다리고 있었다는 것 외에는 저자에 관해 아는 게 전혀 없습니다."

"손에 든 타이어 레버는 당신 겁니까?"

"네, 경사님."

나갔던 순경이 방에 들어와 경사에게 고갯짓을 했다.

"구급차를 불렀습니다."

"타이어 레버를 쥐고 있었다고?"

경사가 냉정하게 물었다.

"왜죠?"

"누군가 날 여기에서 기다리고 있을 것 같다는 직감이 들었다고 하겠습니다."

"직감이 아니라 이미 알고 있었다고 하시죠. 그것도 훨씬 더 많은 걸 알고 있었다고."

"절 거짓말쟁이로 몰지 않기로 하시죠. 경사님이 무슨 말을 하고 있는지 알 때까지만이라도요. 그리고 작대기를 세 개 달았다고 빌어먹을 그렇게 거칠게 나오지도 마시죠. 그리고 좀 더 얘기 하자면 이자는 암살자일지도 모릅니다. 하지만 손목이 두 개나 부러졌지요. 무슨 뜻인지 아십니까, 경사님? 다신 총을 다루지 못할 테니 암살자로 살 수는 없을 거란 얘깁니다."

"그렇다면 당신을 상해죄로 고발해야겠군요."

"원하신다면요, 경사님"

그때 앰뷸런스가 도착했다. 응급대원들은 고블을 먼저 데리고 나갔고 같이 온 의사는 빨간 머리의 양 손목에는 임시 부목을 댔다. 빨간 머리의 발목을 묶었던 허리띠도 풀었다. 빨간 머리는 나를 보고 웃음을 터뜨렸다.

"친구, 다음번엔 뭔가 참신한 것을 기대하겠어. 그래도 괜찮았어. 제법이었어."

빨간 머리가 나갔다. 앰뷸런스 문이 철컥 닫히자 곧 부릉거리는 차 소리도 잦아들었다. 경사는 모자를 벗고 앉아서 이마에 땀을 훔치고 있었다.

"다시 얘기해봅시다."

경사가 차분하게 말했다.

"처음부터 말입니다. 우리가 서로를 싫어하지 않고 서로 이해하는 것처럼 말이오. 할 수 있겠소?"

"그럼요. 경사님. 가능합니다. 기회를 주셔서 감사하군요."

23

결국 난 경찰서에 또 가게 됐다. 알레산드로 서장은 없었다. 홀츠마인더 경사의 진술서에 사인해야 했다.

"타이어 레버라고?"

신난다는 말투였다.

"선생, 당신 큰일 날 뻔 했군요. 그걸 휘두르는 동안 총을 네 발이나 맞았을 수도 있었어요."

"제 생각은 다릅니다, 경사님. 저는 문으로 그자를 세게 받았어요. 그리고 온힘을 다해 레버를 휘두르지도 않았습니다. 아마 그자는 절 쏘아서는 안 됐을지도 모릅니다. 아무래도 단독으로 저지른 일 같지는 않거든요."

그렇게 시간이 흐른 뒤 나는 풀려났다. 잠을 자는 것 외에 다른 것을 하기에는 너무 늦은 시간이었다. 누군가와 얘기를 하기에도 너무 늦은 시간이었다. 그럼에도 불구하고 나는 전화사무소로 가서 번듯한 전화 부스 한 곳에 들어가 카사 델 포니엔테로 전화를 걸었다.

"메이필드 양 부탁합니다. 베티 메이필드 양이요. 1224호입니다."

"이 시간엔 전화를 연결해드릴 수 없습니다."

"왜죠? 손목이라도 부러졌소?"

오늘 밤 난 무척 거칠다.

"긴급한 일이 아닌데도 이 시간에 내가 전화했을 것 같소?"

그는 전화를 연결해주었고 베티는 잠에 취한 목소리로 전화를 받았다.

"말로요. 문제가 생겼소. 내가 그리고 갈까? 아니면 당신이 내 방으로 오겠소?"

"뭔데요? 무슨 일인데요?"

"이번 한 번만이라도 알았다고 하시오. 주차장으로 태우러 가겠소."

"옷 좀 입고요. 잠깐만 시간을 줘요."

나는 차에 탄 뒤 카사로 몰았다. 담배 세 개비를 연달아 피우니 술 생각이 더 간절해졌다. 그때 그녀가 서둘러 뛰어오더니 군소리 없이 차에 올라탔다.

"대체 이게 무슨 일인지 모르겠네요."

그녀가 입을 열었다. 하지만 나는 그녀의 말을 가로막았다.

"당신이야말로 그걸 아는 유일한 사람이오. 오늘밤 당신은 내게 말하게 될 거요. 그리고 더 이상 화낼 생각 마시오. 다시는 통하지 않을 테니까."

나는 급히 차를 출발시켜 고요한 도로를 질주했다. 내리막에서는 더 속도를 내서 란초 데스칸사도에 도착한 후 나무 아래 주차했다. 그녀는 한 마디도 없이 차에서 내렸다. 나는 방문을 열고 불을 켰다.

"술?"

"좋아요."

"졸리시오?"

"수면제 얘기라면 오늘은 아녜요. 클라크랑 밖에 나가서 샴페인을 좀 많이 마셨어요. 그래야 잠이 오거든요."

나는 술을 두 잔 타서 그녀에게 한 잔을 주었다. 그런 뒤 의자에 몸을 묻고 고개를 뒤로 기댔다.

"실례하겠소."

내가 말했다.

"좀 피곤해서. 나도 이삼 일에 한 번 씩은 앉아야 한다오. 극복하고 싶은 내 약점이기도 한데 지금은 예전처럼 젊지 않거든. 미첼이 죽었소."

그녀의 숨이 목까지 찼고 손은 부들부들 떨고 있었다. 얼굴은 창백해졌을지도 몰랐다. 그것까지는 구분이 안 됐다.

"죽어요?"

그녀가 소곤거렸다.

"죽어?"

"아, 거짓말은 그만. 링컨의 말마따나 당신은 모든 탐정을 얼마간 속일 수 있고, 일부 탐정을 영원히 속일 수도 있겠지만, 절대……"

"닥쳐요! 그만 좀 닥쳐요! 대체 당신이 뭔데 이래요?"

"당신에게 도움이 되려고 무척이나 열심히 노력하는 사람. 경험이 풍부하고, 당신이 곤경에 빠져있다는 사실을 충분히 이해하는 사람. 그리고 당신이 곤경에서 벗어나도록 돕고 싶지만 당신으로부터 아무런 도움도 받지 못하는 사람."

"미첼이 죽다니."

그녀는 낮은 목소리로 목이 메인 듯 말했다.

"그렇게 못되게 굴려던 건 아니었는데. 어디에서 죽었어요?"

"미첼의 차가 당신이 모를 만한 곳에 버려진 채 발견됐소. 이곳에서 삼십이 킬로미터 정도 떨어진 인적 드문 도로에서 말이오. 로스 페냐스퀴토스 협곡이라는 곳인데 황무지라더군. 미첼의 차에는 가방이고 뭐고 아무것도 없었소. 사람들이 잘 가지 않는 도로변에 빈 차만 세워져 있었소."

그녀는 술잔을 내려다보더니 크게 한 모금 마셨다.

"미첼이 죽었다면서요."

"몇 주나 된 것 같긴 한데 어쨌건 몇 시간 전에 내게 찾아와서 리오의 고급 아파트 어쩌고저쩌고 하면서 그 시체를 치워달라고 한 건 당신이었소."

"하지만 없었어요. 내 말은, 그러니까 그냥 꿈을 꿨던 게 분명해요……"

"이보시오, 당신은 새벽 세 시에 넋이 나간 얼굴로 나를 찾아왔소. 미첼이 어디에 있는지, 당신의 그 작은 발코니 의자 위에 어떤 자세로 누워 있었는지까지 상세하게 설명했소. 나는 당신과 그 호텔까지 가서 촉각을 무한대로 곤두세우면서 비상계단을 올랐소. 미첼은 없었고 어느새 당신은 작은 수면제에 폭 안겨서 그 작은 침대에서 뻗었었지."

"당신이나 잘해요."

그녀가 나를 몰아세웠다.

"그럼 당신이 날 안아주지 그랬어요? 그랬다면 난 수면제에 안기지 않았어도 되지 않았을까요?"

"괜찮다면 한 번에 하나씩만 얘기해봅시다. 자 일단, 당신이 이곳에 찾아와 했던 말은 전부 진실이었소. 미첼이 발코니에서 죽었다는 말. 하지만 당신이 여기에서 날 홀리고 멍청이로 만드는 동안 누군가 미첼의 시체를 치웠소. 누군가 미첼의 시체를 미첼의 차에 실어 놓고 짐을 다 챙겨서 들고 내려갔소. 이걸 다 하는 데는 시간이 필요하오. 시간만 필요한 것은 아니지. 무척이나 대단한 명분도 필요하오. 그런 짓

250

을 누가 할 것 같소? 발코니에 시체가 있다고 신고하는 사소한 곤란에서 당신을 구제하기 위해서 말이오."

"제발 닥쳐요!"

그녀는 남은 술을 전부 마시고 잔을 옆으로 치웠다.

"피곤해요. 침대에 좀 누워도 돼요?"

"옷을 벗을 거라면 그러지 마시오."

"그래요. 옷을 벗을 거예요. 그게 당신이 결국 바라는 거 아닌가요?"

"그 침대가 마음에 들지 않을 거요. 고블이 오늘 리차드 하베스트라는 청부살인업자에게 그 침대에서 죽도록 맞았거든. 정말 무자비하게 맞았소. 당신도 고블을 기억하지? 왜 전날 그 언덕에서 작은 고물차를 타고 우릴 쫓아다니던 그 퉁퉁한 남자 말이오."

"전 고블이라는 사람 몰라요. 리차드 하베스트라는 사람도 모르고요. 당신은 이런 걸 어떻게 알았죠? 그 사람들은 왜 여기 당신 방에 있었던 거죠?"

"암살자는 날 기다렸소. 미첼의 자동차가 버려진 채 발견됐다는 얘길 듣고 난 어떤 직감이 왔지. 일반인이건 비범한 사람이건 다들 직감이란 게 있잖소. 나라고 왜 없겠소? 중요한 건 직감에 따라 언제 행동해야 할지 아는 거지. 오늘 밤엔 내가 운이 좋았소, 아니 어젯밤. 나는 직감에 따라 행동했소. 암살자는 총을 들었지만 내겐 타이어 레버가 있었지."

"어쩜 그리 강하고 무적의 사나이신지."

그녀는 비꼬듯 말했다.

"난 좀 누울게요. 옷은 지금 벗을까요?"

나는 그녀에게 다가가서 그녀를 잡고 일으켜 세워 흔들었다.

"정신 차려요, 베티. 당신의 하얗고 아름다운 몸을 탐한다면 그건 내 의뢰인이 아니었을 때일 거요. 당신이 두려워하는 것의 정체를 알고 싶소. 내가 그걸 모르면 대체 뭘 도와줄 수 있겠소? 내게 말해줄 수 있는 건 당신뿐이오."

그녀는 내 팔에 안겨 흐느끼기 시작했다.

여자들은 방패가 될 만한 게 거의 없지만 이미 가지고 있는 것들로 기적을 행하는 것만은 분명하다.

나는 그녀를 와락 끌어안았다.

"우시오. 그래요. 이렇게 울고 흐느끼시오, 베티. 괜찮소. 난 인내심이 강하다오. 만약 인내심이 약했다면. 빌어먹을 내가 인내심만 약했어도……"

그것이 내 인내심의 끝이었다. 나는 떨고 있는 그녀를 꽉 안았다. 이내 그녀는 고개를 위로 들더니 내 입술이 닿을 때까지 내 머리를 끌어당겼다.

"다른 여자가 있나요?"

입을 맞댄 채 그녀는 부드럽게 물었다.

"있었지."

"정말 특별한 여자는?"

"한때, 아주 잠깐. 하지만 이제는 아주 오래된 얘기라오."

"날 안아요. 난 당신 거예요. 오롯이 당신 거예요. 안아줘요."

24

문을 두드리는 소리가 날 깨웠다. 게슴츠레 눈을 떴다. 베티가 나를 꽉 안고 있어서 움직일 수가 없었다. 나는 그녀의 팔을 조심스럽게 걷어낸 뒤에야 풀려날 수 있었다. 그녀는 깊이 잠들어 있었다.

침대에서 나온 나는 가운을 걸치고 문으로 나갔다. 문을 열지는 않았다.

"무슨 일입니까? 자던 중이었는데요."

"알레산드로 서장님께서 지금 당장 경찰서에서 만나뵙자십니다. 문 좀 열어보십시오."

"미안하지만 지금은 안 됩니다. 면도도 안 했고 샤워도 해야 하고요."

"문 좀 여세요. 그린 경사입니다."

"미안합니다, 경사님. 지금은 안 됩니다. 될 수 있는 대로 빨리 챙겨서 가겠습니다."

"방 안에 우라질 뭐가 있기에 그러시오?"

"경사님, 지나친 질문은 삼가십시오. 곧 가겠습니다."

그의 발자국 소리가 복도를 따라 멀어지고 있었다. 누군가 웃는 소리도 들렸다. 누군가는 이렇게 말했다.

"이 친구 정말 부자군. 이런 친구는 쉬는 날에 뭐할까 궁금해지는데."

경찰차가 떠나는 소리가 들렸다. 나는 욕실로 들어가 샤워를 하고 수염을 밀고 옷을 챙겨 입었다. 베티는 베개와 하나가 되어 있었다. 나는 간단한 쪽지를 써서 내 베개 위에 올려두었다. '경찰이 잠깐 보자고 해서 나가 보겠소. 내 차 어디 있는지 알죠? 열쇠도 같이 두겠소.'

나는 살금살금 나가서 문을 잠근 뒤 헤르츠 렌터카를 찾았다. 자동차 열쇠는 차 안에 있을 것이다. 리차드 하베스트와 같은 자들은 굳이 자동차 열쇠를 챙기지 않는다. 어느 차에서나 쓸 수 있는 열쇠 뭉치를 가지고 다니기 때문이다.

알레산드로 서장은 하루 전과 털 끝 하나 달라지지 않은 모습이었다. 그는 언제고 변함없는 모습일 터였다. 서장의 옆에는 누가 있었다. 돌처럼 굳은 얼굴에 눈매가 험악한 노인이었다.

알레산드로 서장은 아까 앉았던 의자에 앉으라는 고갯짓

을 했다. 유니폼 차림의 경찰이 들어와서 내 앞에 커피를 놓았다. 그는 내게 다 안다는 듯 음흉한 미소를 남기며 밖으로 나갔다.

"이분은 노스캐롤라이나 주 웨스트필드에서 오신 헨리 쿰버랜드 씨라네, 말로. 어떻게 이곳까지 오는 길을 알아냈는지 모르지만 어쨌든 여기까지 찾아 오셨어. 이분은 베티 메이필드가 아들을 살해했다고 말씀하시는군."

나는 잠자코 있었다. 뭐라 할 말이 없었다. 대신 커피를 조금 마셨다. 너무 뜨겁지만 않았다면 훌륭한 커피였다.

"저희에게 좀 더 부연해주시겠습니까, 쿰버랜드 씨?"

"이 사람은 누군가?"

쿰버랜드의 목소리는 그의 생김새만큼 날카로웠다.

"필립 말로라는 사립 탐정입니다. LA에서 활동하고 있지요. 베티 메이필드에게 의뢰를 받아 이곳에 와 있습니다. 말로보다는 쿰버랜드 씨께서 메이필드 양에 대해 훨씬 나쁜 인상을 가지고 계신 듯 합니다만."

"전 메이필드에 대한 특별한 인상은 없습니다, 서장님."

내가 말했다.

"가끔 짬을 내서 메이필드를 만나러 가는 거지요. 그럼 안정이 되거든요."

"살인자에게서 안정감을 느낀다?"

쿰버랜드가 내게 소리쳤다.

"글쎄요. 메이필드가 살인자라는 건 몰랐군요, 쿰버랜드 씨. 처음 들어보는 얘기네요. 좀 더 설명해주시겠습니까?"

"지가 베티 메이필드라고 하는, 그건 처녀 때 이름이지, 그년은 내 며느리였네. 내 아들 리 쿰버랜드의 아내 말이야. 나는 그 결혼을 승낙한 적이 없어. 전쟁에 나갔던 녀석이 아내랍시고 데려온 거지. 내 아들은 전쟁 중 목을 다쳐서 척추를 보호하려면 늘 보호대를 차고 있어야 했지. 그런데 어느 날 밤 그년이 내 아들의 보호대를 빼앗아 놀린 게지. 내 아들은 그년한테 달려들었어. 아들 녀석은 집에 온 뒤로 술을 많이 마셨고 그래서 다투는 중이었지. 내 아들은 발을 헛디뎌서 침대 너머로 고꾸라졌네. 방에 들어가니 그년이 내 아들 목에 다시 보호대를 끼우려고 낑낑거리고 있더군. 내 아들은 이미 죽어 있는데."

나는 알레산드로 서장을 보았다.

"녹음되고 있습니까, 서장님?"

서장은 고개를 끄덕였다.

"전부."

"좋습니다, 쿰버랜드 씨. 계속하십시오. 믿어보죠."

"당연히 그래야지. 웨스트필드에서 내 영향력은 따라올 자가 없어. 은행과 내로라하는 신문사까지 대부분의 산업이 내 손안에 있지. 웨스트필드 사람들은 다 내 편이라고 할 수 있네. 며느리년은 체포됐고 살인 혐의로 재판을 받았고 배심원들은 당연히 유죄를 선고했네."

"배심원은 전부 웨스트필드 주민들이었습니까, 쿰버랜드 씨?"

"그렇네. 아니어야 할 필요 있나?"

"저는 잘 모르겠네요, 선생님. 한 사람이 지배하는 도시라는 말처럼 들립니다만."

"건방떨지마, 젊은이."

"죄송합니다, 선생님. 얘기 다 하셨습니까?"

"그런데 노스캐롤라이나 주에는 이상한 법이 있네. 일부 다른 주도 그렇다고 알고 있지만. 보통 피고측 변호사가 자동적으로 무죄 지시평결을 신청하면 그건 자동적으로 거부가 되지. 그런데 우리 주에서는 배심원 유죄 선고 후에 판사가 평결을 뒤집을 수가 있어. 판사는 망령든 늙은이었어. 그놈의 판사가 평결을 뒤집어버린 거야. 배심원이 유죄 평결을 하자 판사는 배심원들에게 내 아들이 술에 취해 분노한 상태에서 아내를 겁주려고 목에서 보호대를 뺐을 가능성을 놓쳤다고 일장 연설을 했지. 다툼이 격렬해지면 무슨 일이건 일어날 수 있는데, 배심원들이 그 며느리년이 말한 자기는 내 아들 목에 다시 보호대를 채워주려고 했다는, 상황이 사실일 가능성을 배제했다고 말이야. 판사는 결국 평결을 뒤집고 피고를 풀어줬네. 난 그년에게 내 아들을 죽였으니 지구상에서 도망갈 곳은 없다는 사실을 분명히 알게 해주겠다고 했어.

그게 내가 여기까지 온 이유네."

나는 서장을 쳐다보았다. 서장은 어느 것에도 눈길을 주지 않았다. 나는 말했다.

"쿰버랜드 씨가 사적으로 어떤 판결을 했건 제가 베티 메이필드라고 알고 있는 그 리 쿰버랜드 여사는 재판을 받고 무죄로 풀려났습니다. 그런데 여전히 살인자라고 부르고 계시는군요. 그건 명예훼손입니다. 합의하려면 백만 달러는 가져오셔야 할 겁니다."

쿰버랜드는 기괴한 웃음소리를 냈다.

"코딱지만한 동네에서 별것도 아닌 자가 당돌하군."

쿰버랜드의 웃음 소리는 비명에 가까웠다.

"우리 동네였다면 너 같은 놈은 부랑자로 벌써 감방에 처박혔을 거야."

"백만 달러에 이십오만 달러를 추가해야겠군요."

내가 말했다.

"저는 선생의 며느리만한 가치는 없으니까요."

쿰버랜드는 알레산드로 서장에게 화살을 돌렸다.

"뭐 이런 곳이 다 있나? 당신들 죄다 집단 사기꾼이야?"

쿰버랜드가 쩌렁쩌렁 울리도록 호통 쳤다.

"지금 경찰에게 말하고 있다는 거 잊지 마십시오, 쿰버랜드 씨."

"니들이 경찰이건 뭐건 내가 신경이나 쓸 줄 알아!"

쿰버랜드는 노여움에 가득 차 있었다.

"죄다 사기꾼 경찰들이구만."

"저런. 꽤 혹할 만한 생각이었는데요. 우리 경찰들을 사기 꾼이라고 부르기 전까지는."

알레산드로 서장은 이런 상황을 즐기는 듯했다. 그는 담배에 불을 붙인 뒤 뿜어내는 연기 뒤에서 미소를 지었다.

"진정하시죠, 쿰버랜드 씨. 심장병이 있으시잖습니까. 예후도 좋지 않고요. 흥분은 피하셔야지요. 한때 의학을 전공했었지요. 하지만 어쩌다보니 이렇게 경찰이 됐군요. 전쟁 때문이었던 것 같습니다."

쿰버랜드는 일어섰다. 입가에 거품을 물었다. 목이 거의 막혀 있었다.

"내 말이 아직 끝나지도 않았네."

쿰버랜드는 으르렁거렸다.

알레산드로는 고개를 끄덕였다.

"경찰 업무 중 재밌는 건 그 어떤 이야기건 끝까지 듣지 못하는 것이지요. 하나같이 허술하게 끝나버리니까요. 제가 뭘 하길 바라십니까? 재판에서 무죄 선고를 받은 여자를 데려다 체포라도 할까요? 당신이 웨스트필드의 거물이라는 이유로?"

"난 그년이 마음 편히 사는 꼴은 절대 못 봐."

쿰버랜드는 길길이 날뛰었다.

"지구 끝까지 그년을 쫓아다닐 걸세. 세상사람 전부가 그년의 정체를 알게 만들 거란 말이네!"

"베티의 정체가 뭔데요, 쿰버랜드 씨?

"내 아들을 죽이고 멍청한 판사한테 무죄로 석방된 살인범. 그게 바로 그년의 정체지 뭐겠나!"

키가 190센티미터나 되는 서장이 자리에서 일어섰다.

"이보쇼, 나가시오."

서장이 차갑게 말했다.

"정말 뚜껑 열리게 하는군. 여기서 별의별 놈들을 다 만나봤소. 대개는 가난하고 생각이 모자란 어린놈들이었지. 이렇게 지체 높은 양반이 열다섯 살 비행 청소년처럼 미련하고 철없이 구는 꼴은 또 처음 보는군. 노스캐롤라이나 주 웨스트필드가 당신 건지는 모르겠지만, 아니 당신 혼자 그렇게 생각할는지는 모르겠지만, 이 동네에서는 담배꽁초 하나도 당신 게 아니오. 공무방해죄로 끌어내기 전에 썩 나가시오."

쿰버랜드는 다리에 힘이 풀려 간신히 문으로 걸어가서 문고리를 돌렸다. 문은 이미 활짝 열려 있었다. 알레산드로는 쿰버랜드가 나가는 모습을 본 뒤 천천히 자리에 앉았다.

"거침없으시군요. 서장님."

"씁쓸하군. 저런 인간이 내 말 한마디라도 귀담아 들을런지…… 아, 이거 참나!"

"그럴 사람은 아니었습니다. 이제 가 봐도 되겠습니까?"

"가보시오. 고블은 고발하지 않을 거요. 오늘 캔자스시티로 떠난다더군. 우린 리차드 하베스트라는 자를 좀 더 조사해 볼 예정이지. 하지만 그게 무슨 소용이겠나? 그 자를 잠깐 치워놓을 수는 있어도 그런 일을 할 놈은 쌔고 쌨을 텐데."

"베티 메이필드는 어떻게 돕죠?"

"당신이 어느 정도는 도와줬을 거란 생각이 어렴풋이 드는군."

서장의 표정은 진지했다.

"미첼에게 무슨 일이 일어난 건지까지는 아닙니다."

나도 서장만큼 진지한 표정을 지었다.

"내가 아는 건 미첼이 사라졌다는 것뿐이오. 그게 경찰이 조사할 일은 아니지."

나는 자리에서 일어섰다. 우리는 서로 눈빛을 주고받았다. 나는 밖으로 나왔다.

25

그녀는 여전히 자고 있었다. 내가 들어가도 그녀는 깨지 않았다. 그녀는 조용하게 평화로운 표정을 지으며 어린아이처럼 쿨쿨 잤다. 나는 잠시 그녀를 바라보다가 담배에 불을 붙인 뒤 부엌으로 갔다. 근사한 여과지에 -그래봤자 호텔에서 비치해둔 단돈 10센트짜리지만- 커피를 담고 나서 그녀에게 돌아가 침대에 걸터앉았다. 내가 남긴 메모는 여전히 차 열쇠와 함께 배게 위에 올려져 있었다.

살살 흔들어 깨우자 그녀는 눈을 뜨고 깜빡깜빡 했다.

"몇 시에요?"

그녀는 아무 것도 걸치지 않은 팔을 축 늘어뜨렸다.

"맙소사, 세상모르고 잤어요."

"이제 옷을 입을 시간이군. 커피를 내리고 있소. 잠시 경찰

263

서에 갔다 왔소. 요청이 있어서. 당신의 시아버지가 에스메랄다에 왔소, 쿰버랜드 부인."

그녀는 튕기듯 몸을 일으켜 숨을 멈추고 나를 응시했다.

"그 사람은 알레산드로 서장에게 대번에 쫓겨났소. 그자는 이제 당신을 건드리지 못할 거요. 당신이 그토록 두려워했던 이유가 그거였소?"

"그분이 말했나요? 웨스트필드에서 일어났던 일을 다 말했어요?"

"그 사람이 에스메랄다에 온 이유가 그거였소. 혼자 목이 멜 정도로 방방 뛰더군. 그러나 그게 뭐 어떻단 말이오? 당신이 그런 게 아니잖소. 당신이 그랬소?"

"내가 안 그랬어요."

그녀의 눈이 나를 향해 불을 뿜었다.

"당신이 그랬다고 한들 이제 와서 그게 뭐가 중요하겠소. 물론 지난밤을 생각하며 내가 이렇게 행복해할 일은 없었겠지. 미첼은 어떻게 알게 된 거요?"

"어쩌다 그 부근에 있었나 봐요. 세상에, 몇 주 동안 신문은 그 얘기로 도배됐었죠. 나를 알아보는 건 어렵지 않았을 거예요. 이곳 신문에 나지는 않았나요?"

"법의 비정상적인 시각에 관한 것이었다면 당연히 다뤘어야겠지. 혹 그랬더라도 난 몰랐소. 커피가 이제 준비됐을 거요. 마시겠소?"

"블랙으로요."

"잘 됐군. 크림과 설탕 둘 다 없거든. 엘레노어 킹이라고 하지 않은 이유는 뭐였지? 아니, 대답할 필요 없소. 내가 생각이 짧았군. 그 쿰버랜드 노인은 당신의 처녀 때 이름을 알았을 테니까."

나는 부엌으로 가서 커피메이커 뚜껑을 열고 컵에 커피를 따라서 그녀에게 가져다 주었다. 나도 커피를 한 잔 들고 의자에 앉았다. 그녀와 눈이 마주쳤을 때 우리는 다시 어색한 사이가 되었다.

그녀는 자신의 컵을 옆으로 밀어놓았다.

"맛 좋은데요. 나 옷 입는 동안 고개 좀 돌려줄래요?"

"물론."

나는 테이블에 놓여 있던 책을 들고 읽는 척 흉내만 냈다. 몸에 고문당한 상처가 있는 여인이 나체로 샤워기 고정대에 목을 매달고 있는 자극적인 장면을 떠올리는 어떤 사립 탐정에 관한 내용이었다. 그때 베티는 욕실에 있었다. 나는 책을 휴지통에 버렸다. 그러다 사랑을 나눌 수 있는 여자는 두 부류가 있다는 생각을 하게 됐다. 자신을 철저히 유기하여 스스로를 남김없이 바친 나머지 자신의 육체에 대해서는 눈곱만큼도 생각하지 않는 여자. 그리고 남들의 눈을 의식하여 늘 약간은 숨기고 싶어 하는 여자. 문득 아나톨 프랑스의 소설에서 자꾸만 스타킹을 벗겠다고 고집하는 여자가 떠올랐

265

다. 스타킹을 신고 있으면 창녀가 된 것 같은 느낌이 들었던 것이다. 그녀가 옳았다.

욕실에서 나온 베티는 방금 피어난 장미 같았다. 화장은 빈틈없었고 눈은 반짝반짝 빛났고 마지막 머리카락 한 가닥까지 제 자리에 있었다.

"호텔까지 데려다줄래요? 클라크랑 얘기를 해야겠어요."

"그를 사랑하게 됐소?"

"당신을 사랑하게 된 것 같은데요."

"그건 지난밤 당신이 내뱉은 탄성이었지."

내가 말했다.

"그것보다 더 많은 의미를 두진 맙시다. 부엌에 커피가 좀 남았소."

"전 됐어요. 아침 먹을 때까진 그만 마실래요. 사랑에 빠져 본 적이 있었나요? 매년 매월 매일을 함께 있고 싶은 여자 말예요."

"출발합시다."

"이렇게 뻣뻣한 사람이 어떻게 그렇게 친절할 수 있죠?"

그녀는 놀랍다는 듯 물었다.

"내가 뻣뻣하지 않았다면 살아 있지 못했을 거요. 친절하지 않다면 살아 있을 자격이 없을 테고."

그녀가 코트 걸치는 것을 도와준 뒤 우리는 차로 나갔다. 호텔로 돌아가는 동안 아무 말도 하지 않았다. 호텔에 도착해서 이제는 익숙한 주차장에 차를 댄 뒤 나는 주머니에서 접힌 다섯 장의 여행자 수표를 꺼내서 그녀에게 건네주었다.

"이걸 주고받는 건 이번이 마지막이길 바라오."

내가 말했다.

"너덜너덜해지고 있으니까."

그녀는 수표를 쳐다볼 뿐 받지 않았다.

"당신이 받아야 할 서비스 비용인 것 같은데요."

그녀는 제법 사납게 말했다.

"고집부리지 마시오, 베티. 내가 그 돈을 받지 않으리란 것을 잘 알잖소."

"지난밤 일 때문에요?"

"그렇지 않았더라도 그냥 그 돈을 받을 수 없소. 그게 다요. 당신을 위해 한 일이 아무 것도 없소. 당신은 이제 뭘 할 거요? 어디로 갈 거지? 당신은 이제 안전하잖소."

"모르겠어요. 이제 생각해봐야죠."

"브랜든을 사랑하게 됐소?"

"그럴지도 모르죠."

"브랜든은 더러운 방식으로 돈을 모은 자요. 고블을 쫓아버리기 위해 암살자까지 고용했소. 그 암살자는 나도 죽이려고 했고. 그런데 그런 자를 사랑할 수 있소?"

"여자는 그저 남자를 사랑하죠. 남자가 어떤 사람이라 사랑하는 건 아녜요. 그리고 정말 그 사람이 의도한 게 아닐 수도 있잖아요."

"잘 가요, 베티. 나름 노력했지만 통하지는 않는군."

그녀는 천천히 손을 내밀어 수표를 받았다.

"당신은 정상이 아닌 것 같아요. 내가 만나 본 사람 중 가장 이상한 사람이에요."

차에서 내린 그녀는 늘 그렇듯 빠른 걸음으로 멀어져갔다.

26

나는 그녀가 로비를 지나서 방까지 올라갈 시간을 둔 뒤
혼자 로비로 들어가서 구내전화로 클라크 브랜든을 연결해
달라고 했다. 자보넨이 지나가며 나를 면밀히 살폈지만 말을
걸지는 않았다.

남자가 받았다. 틀림없이 그였다.

"브랜든 씨, 절 모르실 겁니다. 다만 우린 어제 아침 엘리
베이터를 함께 탄 적이 있지요. 저는 필립 말로라고 합니다.
LA에서 온 사립 탐정이지요. 메이필드 양의 친구이기도 하
고요. 시간이 되신다면 잠시 이야기를 나누고 싶습니다."

"말로 씨에 관한 이야기는 들은 것 같군요. 그렇지만 지금
은 나가봐야 합니다. 오늘 저녁 여섯 시에 술 한잔 어떠십니
까?"

"LA로 돌아가 봐야 합니다, 브랜든 씨. 오래 붙잡아 두진 않겠습니다."

"어쩔 수 없지요."

불평 섞인 말투였다.

"올라오시오."

브랜든이 문을 열었다. 키 크고 거구인데다 다부진 근육에 몸 상태도 좋았다. 딱딱하지도 않았고 그렇다고 부드럽지도 않았다. 그는 악수를 청하지 않았다. 그는 문 옆으로 비껴 섰고 나는 안으로 들어섰다.

"여기엔 혼자 계시지요, 브랜든 씨?"

"물론입니다. 왜 그러십니까?"

"제가 하는 말을 다른 사람이 듣지 않았으면 해서요."

"어서 얘기해 보십시오."

브랜든은 의자에 앉아서 다리 받침대에 다리를 올렸다. 그러고는 끝에 금색 테를 두른 담배에 금색 라이터로 불을 붙였다. 유난스럽긴.

"저는 LA의 변호사로부터 메이필드 양을 미행해서 숙소를 알아내서 보고하라는 지시를 받고 이곳에 왔습니다. 처음엔 그래야 하는 이유를 몰랐는데 변호사도 이유는 모르고 그저 워싱턴에 있는 유력 로펌을 대리하는 거라고만 했습니다."

"그래서 당신이 그녀를 미행했군요. 그래서요?"

"그녀는 래리 미첼과 연락을 했고, 아니면 미첼이 그녀에게 연락을 했는데, 미첼은 그녀에게 일종의 올가미를 씌웠습니다."

"그자는 더러 많은 여자들에게 그런 짓을 하지요."

브랜든은 냉담하게 대꾸했다.

"그게 미첼의 전공이거든요."

"더 이상은 아니지요. 안 그렇습니까?"

브랜든은 무표정으로 차갑게 나를 응시했다.

"무슨 의미입니까?"

"미첼은 더 이상 아무 것도 못할 겁니다. 더 이상 살아 있지 않으니까요."

"미첼은 호텔에서 나가 차를 타고 떠난 걸로 알고 있는데. 나랑 무슨 상관이죠?"

"미첼이 살아 있지 않다는 걸 어떻게 알았냐고 묻지 않으시는군요."

"이보시오. 말로."

브랜든은 경멸하듯 담뱃재를 털었다.

"내가 전혀 관심이 없다면 어떻소. 관심이 갈 만한 얘기를 하시오. 그러지 않을 거면 나가시오."

"나 역시 얽히게 됐지요. 물론 얽힌다는 게 맞는 표현인지는 모르겠군요. 캔자스시티에서 온 사립 탐정이라고 밝히며 진짠지 가짠지 모를 명함을 내밀던 고블이란 자와 함께요. 고블은 나를 무척이나 귀찮게 했습니다. 계속 내 뒤를 밟

앉거든요. 고블은 미첼에 대해서도 끊임없이 말했습니다. 대체 고블이 누굴 쫓는 건지 알 수 없었습니다. 그러던 중 당신은 호텔 데스크에서 익명의 편지를 한 통 받습니다. 당신이 그 편지를 거듭 읽는 것을 봤습니다. 당신은 직원에게 편지를 남긴 사람이 누군지 물었지요. 직원은 누구인지 몰랐고요. 당신은 휴지통에서 빈 봉투까지 다시 집어 들었습니다. 그 후 엘리베이터에 탄 당신의 표정은 썩 좋지 않았고요."

브랜든은 불편한 기색을 보이기 시작했다. 목소리는 아까보다 좀 더 날카로워졌다.

"남의 사생활에 지나치게 참견하시는군, 탐정 양반. 그런 생각 안 해봤소?"

"우스운 질문이군요. 그렇지 않고 내가 어떻게 먹고 살 수 있겠소?"

"걸어 나갈 수 있을 때 나가는 게 좋을 거요."

내가 그를 비웃자 그는 완전히 열을 받았다. 벌떡 일어나서 내가 앉아 있는 곳으로 성큼성큼 걸어왔다.

"잘 들어, 이 자식아. 내가 이 도시에서 어떤 사람인 줄 알아? 너 같은 탐정 조무래기한테 말려들 사람이 아니야. 꺼져!"

"나머지가 궁금하지 않나?"

"꺼지라고!"

나는 일어섰다.

"유감이군. 사적으로 당신과 이 문제를 해결할 준비가 되어 있었는데 말이야. 내가 당신의 약점을 잡아보려고 하는 거라는 생각은 마시게. 고블처럼 말이야. 난 그런 짓은 안 하니까. 하지만 내 얘기를 듣지도 않고 날 쫓아낸다면 나야 알레산드로 서장에게 가는 수밖에 없군. 서장은 내 말을 들어줄 테니."

그는 서서 한동안 나를 노려보았다. 이내 그의 얼굴에 호기심이 어린 미소가 번지기 시작했다.

"서장이 네 얘기를 들어준다고 해. 그래서 뭐? 내 전화 한 통에 서장의 목이 달려 있다구."

"아니, 그렇지 않을 거야. 알레산드로 서장을 건드리진 못할 걸. 서장은 쉽게 물러서는 사람이 아냐. 오늘 아침에는 헨리 쿰버랜드에게도 사납게 달려들더군. 헨리 쿰버랜드는 시간과 장소를 불문하고 자신에게 대드는 사람에 익숙한 양반이 아닌데 말이야. 서장은 경멸적인 말 몇 마디로 쿰버랜드를 완전히 두 동강 냈지. 당신이 서장을 물러나게 할 수 있다고 생각하나? 그런 날을 보려면 장수하셔야겠군."

"세상에."

브랜든은 여전히 미소를 띠우고 있었다.

"예전엔 너 같은 녀석들을 잘 알았지. 이곳에서 오래 살다 보니 너 같은 사람이 있다는 사실조차 잊어버렸지 뭐야. 좋아. 들어보지."

브랜든은 앉았던 의자로 돌아가서 담배 케이스에서 금색 테를 두른 담배를 꺼내어 불을 붙여 내게 내밀었다.

　"한 대 피겠나?"

　"아니, 괜찮소. 리차드 하베스트라는 자, 그자는 완전 실수였네. 그 일을 맡기엔 적합지 않았어."

　"부족하고 말고, 말로. 전혀 아니었어. 단지 싸구려 사디스트였거든. 현실 감각을 잃은 결과야. 판단력이 흐려졌어. 그자는 고블에게 손가락 하나도 대지 않고 고블을 기절시켰을지도 몰라. 그 다음 고블을 자네 방으로 끌고 가서...... 이게 무슨 웃긴 꼴인가! 웬 애송이란 말이야! 이제 그자의 꼴을 봐. 더 이상 아무짝에도 쓸모가 없어. 앞으로는 연필이나 팔라고 해. 한잔 하겠나?"

　"우리가 그 정도 사이는 아닌 것 같은데, 브랜든. 마저 얘기하겠네. 한밤중에, 내가 베티 메이필드와 만났던 날 밤, 그리고 자네가 글래스룸에서 미첼을 쫓아냈던 날, 보태자면 아주 멋지게, 베티는 날 만나러 란초 데스칸사도로 찾아왔네. 자네가 가진 부동산 중 하나일 거야. 베티는 미첼이 자기 방 발코니 의자 위에 죽어 있다고 했어. 내게 그 일만 도와주면 크게 보답한다고 했지. 나는 이곳으로 왔지만 발코니에 시체는 없었어. 다음 날 아침 야간 주차 요원은 미첼이 가방 아홉 개를 전부 싣고 차를 몰고 떠났다더군. 호텔비도 다 정산했고. 그것도 일주일치나 미리 냈다더군. 바로 그날 미첼의 차는 로스 페냐스퀴토스 협곡에서 발견됐지. 차 안에는 가방도 미첼도 없었지."

브랜든은 나를 강렬하게 노려보면서도 아무 말도 하지 않았다.

"왜 베티 메이필드는 뭐가 두려운 건지 내게 말하길 힘들어 했을까? 그건 노스캐롤라이나 주 웨스트필드에서 살인으로 유죄 선고를 받은 적이 있어서였어. 그 후 그 주에서 판결을 뒤집을 권한이 있고 그 권한을 사용한 판사에 의해 무죄가 됐지. 하지만 헨리 쿰버랜드, 그러니까 베티의 시아버지는 베티가 아들을 죽였다며 베티에게 어딜 가든 쫓아다니면서 절대 편히 살지 못하게 할 거라고 경고했어. 그런데 이번엔 자기 방 발코니에서 죽은 남자를 보게 된 거야. 경찰이 조사에 나서면 자신의 과거가 다 알려질 거라 생각했겠지. 베티는 두렵고 혼란스러웠지. 두 번이나 운이 좋으리라고 생각할 수 없었을 거야. 무엇보다 그녀에게 유죄 선고를 내린 건 배심원이었으니까."

브랜든은 부드럽게 말했다. .

"미첼은 목이 부러졌어. 내 방 테라스에서 추락했거든. 베티가 미첼의 목을 부러뜨릴 수는 없지. 이쪽으로 와보게. 보여 주지."

우리는 햇빛이 들어오는 널따란 테라스로 나갔다. 브랜든은 벽까지 터벅터벅 걸어갔고 나는 벽 아래를 내려다보았다.

베티 메이필드의 발코니에 놓여 있던 의자가 바로 보였다.

"이 벽은 그다지 높지 않군."

내가 말했다.

"안전하지 못하군."

"그건 맞아."

브랜든이 침착하게 말을 이었다.

"미첼이 이렇게 서 있다고 생각해봐."

브랜든이 벽을 등지고 서자 벽은 허벅지 중간까지밖에 올라오지 않았다. 미첼의 키도 그에 비해 만만치 않게 컸다.

"미첼이 베티를 안고 싶어서 가까이 오라면서 못살게 굴자 베티는 미첼을 힘껏 밀어버렸고 미첼은 뒤로 넘어간 거야. 그렇게 추락해서, 순전히 우연히, 목이 부러지게 된 거지. 베티의 남편도 꼭 그렇게 죽었고 말이야. 베티가 공포에 떨었던 게 그녀 탓일까?"

"누굴 탓하자는 게 아니오, 브랜든. 그게 자네라도."

브랜든은 벽에서 몇 걸음 떨어져 먼 바다를 내다보며 잠시 침묵했다. 잠시 후 그는 돌아섰다.

"무슨 일을 저질렀건."

내가 말했다.

"당신이 미첼의 시체를 치워버렸다는 것만 제외하면."

"자 그래, 도대체 내가 어떻게 시체를 치울 수 있었지?"

"자네는 낚시꾼이었지. 이 방 바로 여기에 길고 튼튼한 끈이 있었던 게 틀림없어. 자네는 힘도 무척 세잖나. 베티의 발코니로 내려갈 수 있었을 거고 그 끈을 미첼의 양팔에 묶었을 거야. 그런 다음엔 끈을 천천히 내려서 미첼을 관목 뒤쪽 바닥까지 내려놓은 거지. 이미 미첼의 주머니에서 방 열쇠는 꺼낸 자네는 미첼의 방으로 가서 모든 짐을 싼 뒤 주차장까지 내려갔을 거야. 엘리베이터를 이용했을 수도 있고 비상계단을 통했을 수도 있겠지. 아마 세 번은 왕복해야 했을 거야. 자네에겐 그리 버거운 일도 아니었지. 그 뒤 자네는 미첼의 차를 주차장에서 빼냈어. 야간 주차 요원이 마약중독자이고 자네에게 걸렸다는 사실을 알게 된 이상 그가 입을 다물거란 사실은 이미 알고 있었지. 그땐 자정을 지난 한밤중이었어. 물론 주차 요원은 시간도 거짓으로 말했지. 자네는 미첼의 차를 몰고 미첼의 시체가 놓여있는 근처까지 가서 미첼을 차 안에 밀어 넣은 뒤 로스 페나스퀴토스 협곡까지 데려간 거야."

브랜든은 쓴웃음을 지었다.

"그렇다면 난 차와 시체와 가방 아홉 개와 함께 로스 페나스퀴토스 협곡에 있어야 하는 거 아닌가? 난 어떻게 그곳에서 나왔는데?"

"헬리콥터."

"그건 누가 몰지?"

"당신. 아직 헬리콥터에 대해서는 점검을 하지 않지만 점

점 더 수가 많아지고 있으니까 앞으로는 달라질 거야. 자네
는 사람을 시켜 로스 페나스퀴토스 협곡으로 헬리콥터를 한
대 보내게 했고, 미리 약속을 해뒀겠지, 다른 누군가에겐 헬
리콥터를 몰고 온 파일럿을 태우러 가게 했을 테지. 자네 같
은 위치에 있는 사람이 뭔들 못하겠나, 브랜든."

"그 다음은?"

"자네는 미첼의 시체와 가방들을 헬리콥터에 싣고 바다로
가서 물 위 가까이에 떠 있도록 조작해 놓은 뒤에 시체와 가
방들을 바다에 던졌어. 그런 다음 유유히 헬리콥터가 원래
있던 곳으로 몰고 온 거야. 깔끔하게 잘 계획된 작전이었어."

브랜든은 요란하게 웃었다. 지나칠 정도로 요란하게. 그
웃음은 억지로 내는 소리였다.

"방금 만난 여자를 위해 그런 짓까지 벌일 정도로 내가 멍
청해 보이나?"

"흠, 다시 생각해봐, 브랜든. 그 일은 자널 위한 거였잖아.
자네는 고블을 잊었군. 고블은 캔자스시티에서 왔네. 자네
는?"

"나도 그렇다면?"

"얘기 끝이지. 고블은 이곳에 그냥 드라이브를 하러 온 게
아니었어. 그리고 고블은 미첼을 쫓던 게 아니야. 둘은 미리
알고 있었던 사이였지. 그러다 자기들끼리 금광이 있다는 것
을 알게 된 거야. 그 금광은 바로 자네지. 하지만 미첼이 죽

자 고블은 혼자 해보려고 했는데 결국 호랑이와 싸우는 쥐 꼴이 되고 말았어. 미첼이 어떻게 자네 테라스에서 추락한 건지 설명하고 싶은가? 자네의 과거에 대해 조사를 원하는가? 경찰이 미첼을 테라스 밖으로 던진 것이 자네라고 생각할 것이란 사실보다 분명한 게 있을까? 그리고 아무리 경찰이 증거를 찾지 못한다고 해도 에스메랄다에서 자네 처지는 어떻게 될까?"

느린 걸음으로 테라스 양쪽을 오가던 그는 내 앞에 멈췄다. 그의 얼굴엔 아무런 표정도 쓰여 있지 않았다.

"난 자네를 죽일 수도 있었어, 말로. 하지만 이곳에서 몇 년씩이나 살다보니 이상하게도 더 이상 그런 부류의 인간이 되지 못할 것 같군. 자네가 날 이겼어. 자네를 죽이는 것 말고 난 아무 것도 할 수 있는 게 없어. 미첼은 가장 천박한 부류의 사람이었지. 여자나 협박하며 살았으니까. 자네가 한 말이 다 맞을 수도 있어. 그렇다해도 내가 한 짓을 후회하지는 않아. 그리고 이것도 가능하잖나. 믿어보게. 내가 위험을 무릅쓰고 베티 메이필드를 위해 그랬을지도 모르잖는가. 자네가 믿으리라고 기대하진 않겠어. 하지만 가능한 일이지. 자 이제 거래를 하자구. 얼마면 되나?"

"무엇에 대한 대가지?"

"경찰서에 가지 않는 조건."

"난 이미 얼마인지 말했네. 돈은 필요 없다고. 단지 사실을 알고 싶었을 뿐이야. 내 말이 거의 맞았나?"

"완전히 맞았네, 말로. 정확히 맞아떨어졌어. 경찰이 날 잡아갈 수도 있어."

"그럴 수도 있지. 자 이제 난 빠져주겠네. 아까 말했듯 난 LA로 돌아가고 싶어. 누가 내게 싸구려 일을 맡길지도 모르잖나. 나도 살아야하니까."

"나와 악수 하겠나?"

"아니. 자넨 암살자를 고용했어. 그걸로 자넨 내가 악수를 나눌 사람들에서 제외됐어. 직감이 없었다면 지금 난 시체가 됐을지도 몰라."

"난 그에게 누굴 죽이라고 하진 않았네."

"그를 고용한 건 자네지. 잘 있게."

27

엘리베이터에서 내리자 자보넨은 나를 기다리고 있었던
듯했다.

"바에 가시죠."

자보넨이 말했다.

"얘길 좀 나누고 싶습니다."

우리는 바로 들어갔다. 아주 조용한 시간대였다. 우리는
구석 자리를 잡았다. 자보넨은 낮은 목소리로 말했다.

"제가 나쁜 놈이라고 생각하시죠?"

"아뇨. 당신도 일이 있고 저도 일이 있습니다. 다만 제 일
이 당신 일에 걸리적거린 거죠. 당신은 나를 믿지 않았습니
다. 그렇다고 해서 나쁜 놈이 되지는 않지요."

"전 우리 호텔을 지키려고 하는 겁니다. 당신이 지키려는

것은 뭡니까?"

"저도 모릅니다. 가끔 알게 될 때면 어떻게 지켜야하는지를 모르죠. 저는 늘 더듬거리고 고생을 사서 합니다. 무능할 때도 많고요."

"그렇다고 들었습니다. 알레산드로 서장한테요. 질문이 너무 개인적이라 죄송하지만, 이런 일에 보통 얼마를 받으십니까?"

"글쎄요. 이번 일은 보통 하던 일은 아니었지요, 소령님. 사실 이 일로 한 푼도 못 벌었습니다."

"우리 호텔에서 오천 달러를 드리겠습니다. 호텔의 이익을 지켜주신 대가입니다."

"호텔이라면 클라크 브랜든 씨를 말하는 거겠군요."

"그렇겠죠. 그분이 사장님이시니까요."

"듣기 좋은 말이군요. 오천 달러라. 정말 듣기 좋아요. LA로 가는 길에도 계속 듣고 싶군요."

나는 자리에서 일어섰다.

"수표를 어디로 보내드리면 되죠, 말로 씨?"

"경찰구제기금이 좋겠군요. 경찰들은 박봉에 시달리니까요. 경찰들이 힘들 때 돈을 빌리는 곳이 경찰구제기금입니다. 좋습니다. 경찰구제기금에서 당신에게 무척 고마워하겠군요."

"당신이 받지 않고요?"

"자보넨 씨는 첩보부대 소령이셨죠. 그동안 뇌물을 받을 기회가 많았을 겁니다. 하지만 아직도 일을 하시지 않습니까. 그만 일어나야겠군요."

"이보시오, 말로. 어리석게 굴지 마시오. 내 이 말은 꼭 전하고……"

"됐습니다, 자보넨 씨. 저 말고도 당신 얘길 들어줄 사람이 있잖습니까. 행운을 빕니다."

나는 바에서 걸어 나와서 차에 올라탔다. 데스칸사도에 가서 짐을 싼 뒤 호텔비를 내려고 사무실에 들렀다. 잭과 루실은 그 자리에 있었다. 루실이 나를 보고 미소를 지었다.

잭이 말했다.

"요금은 받지 않겠습니다, 말로 씨. 받지 말라는 지시를 받았거든요. 지난밤에 대해 사과드리는 거라고 생각해주십시오. 물론 충분하진 않겠지만요."

"방값이 얼마죠?"

"비싸진 않습니다. 이십오 달러겠지요."

나는 돈을 카운터에 올려두었다. 잭은 돈을 보고 인상을 찌푸렸다.

"요금은 내지 마시라니까요, 말로 씨."

"왜 그래야 하죠? 방은 내가 썼습니다."

"브랜든 씨가……"

"어떤 사람들은 가르쳐도 소용이 없다오, 안 그렇습니까?

두 분을 만나게 돼서 참 즐거웠어요. 영수증은 주세요. 세금 공제가 되거든요."

28

LA로 가면서 시속 140킬로미터를 넘지는 않았다. 글쎄, 물론 아마도 가끔 몇 초는 160킬로미터를 찍었을지도 모르겠다. 유카 애비뉴로 도착한 나는 차고에 올즈모빌을 박아둔 뒤 메일함에 손을 집어넣었다. 여느 때처럼 아무 것도 없었다. 나는 삼나무 계단을 오르는 긴 비행을 거쳐 방에 도착했다. 모든 것은 그대로였다. 방은 답답했고 음습하고 온기가 없었다. 늘 그랬지. 창문 두 개를 열고 부엌에서 술을 한 잔 섞었다. 그런 뒤 소파에 앉아서 물끄러미 벽을 바라보았다. 내가 어디에 가건 무엇을 하건 여기는 내가 돌아오게 될 곳이다. 텅 빈 벽과 무의미한 방과 무의미한 집.

나는 입에 대지 않은 술을 그대로 간이 테이블에 내려놓았다. 이런 기분에 술은 약이 되지 않는다. 그 누구로부터 아무

것도 기대하지 않는 강철 같은 내면이 아니고선 그 어떤 것도 약이 되지 않는다.

전화기가 울리기 시작했다. 수화기를 집어 들고 맥 빠진 목소리로 말했다.

"말로입니다."

"필립 말로 씨 되시나요?"

"네."

"파리에서 연락이 왔습니다, 말로 씨. 곧 다시 전화 드리겠습니다."

천천히 수화기를 내려놓는데 손이 약간 떨리는 것 같았다. 운전을 너무 빨리 했거나 잠이 모자라서겠지.

전화는 15분 만에 다시 걸려왔다.

"파리에 계신 발신자께서 기다리고 있습니다. 전화 받기가 곤란하시면 교환원에게 말씀해주십시오."

"저 린다에요. 린다 로링이요. 기억하시죠. 저에요. 저 기억 안 나요?"

"내가 어찌 잊겠소?"

"어떻게 지내요?"

"피곤하지. 늘 그렇잖소. 무척 힘든 사건 하나를 마쳤소. 당신은 어떻소?"

"외로워요. 당신이 그리워서요. 당신을 잊어보려고 했어요. 그건 안 되는 일인가 봐요. 우린 정말 아름다운 사랑을 했잖아요."

"일 년 반 전의 일이오. 하룻밤 일이었고. 난 이럴 때 무슨
말을 해야 하지?"

"난 당신 이후 누구도 만나지 않았어요. 나도 왜 그런지 모
르겠어요. 세상엔 남자로 가득한데. 하지만 당신이 마지막이
었다고요."

"난 아니었소, 린다. 우리가 다시 볼 수 있을 거라 생각하
지 못했소. 당신이 내게 그런 걸 바라는지도 몰랐소."

"당신에게 바란 건 아녜요. 지금도 아니고요. 그냥 당신을
사랑한다고 말하고 싶어요. 당신에게 프로포즈 하는 거예요.
당신은 육 개월도 가지 않을 거랬죠. 그래도 기회를 주는 건
어때요? 누가 알아요? 영원할 수 있을지. 간곡히 부탁해요.
여자는 원하는 남자를 얻기 위해 뭘 해야 하는 거죠?"

"나도 모르오. 원하는 남자라는 걸 어떻게 알게 된 건지도
모르겠군. 우린 서로 다른 세상에서 살고 있소. 당신은 부자
에, 보살핌을 받는 데도 익숙하지. 나는 미래가 불투명한 힘
없는 한 마리 말에 불과하다오. 당신의 아버지는 내게서 불
투명한 미래조차 빼앗아 갈지도 모른다오."

"우리 아버지가 겁나는 건 아니잖아요. 당신은 그 누구도
겁내지 않죠. 당신은 그저 결혼이 두려운 거예요. 아버지는
사람을 딱 보면 그 사람을 알아요. 제발, 제발, 제발요. 나 지
금 리츠에 있어요. 지금 바로 당신에게 비행기 표를 부칠게

요."

나는 웃음을 터뜨렸다.

"내게 비행기 표를 부친다고? 대체 날 어떤 사람으로 생각하는 거요? 비행기 표는 내가 보내겠소. 그걸 받을 때까지 당신도 마음을 바꿀 시간이 생기겠지."

"자기, 하지만 내게 비행기 표를 보내지 않아도 돼요. 내겐 돈이......."

"그렇겠지. 당신은 비행기 표를 오백 장도 살 수 있겠지. 하지만 이건 내가 주는 비행기 표요. 받지 않을 거라면 오지 마시오."

"갈래요, 자기. 갈 거예요. 당신의 품에 날 안아줘요. 꽉 안아줘야 해요. 난 당신을 갖고 싶은 게 아녜요. 아무도 그럴 순 없어요. 그저 당신을 사랑하고 싶어요."

"여기에 있겠소. 늘 그렇게."

"나를 당신의 품에 꽉 안아줘요."

딸깍 소리에 이어 뚜뚜 하는 소리가 나더니 통화가 끊겼다.

나는 술잔을 들었다. 텅 빈 방을 둘러보았다. 더 이상 텅 빈 것이 아니었다. 그 안에는 키가 크고 늘씬한 사랑스러운 여인의 목소리가 있었다. 침대 위 베개에는 여인의 짙은 머릿결이 있었다. 부드럽고 몰캉몰캉한 입술에 눈은 다 뜨지도 못한 채 나를 꼭 끌어안은 여자의 부드럽고 잔잔한 향기가 있었다.

전화가 다시 울렸다. 내가 받았다

"네?"

"클라이드 웜니 변호사요. 자네에게 만족할 만한 보고를 받은 것 같지 않아서 말이오. 아무래도 보수는 원하는 만큼 드리지 못할 것 같소. 당장 자네의 행동에 대해 처음부터 끝까지 정확히 설명하시오. 에스메랄다로 돌아간 이후 뭘 하고 다녔는지 낱낱이 다 얘기하란 말이오."

"잔잔한 재미가 있었습니다. 경비는 제가 부담했고요."

웜니의 목소리는 높아지다 못해 갈라졌다.

"당장 죄다 보고하란 말이오. 안 그러면 난 자네가 탐정 면허를 취소당하는 꼴을 보고 말겠소."

"웜니 씨께 제안할 것이 있습니다. 꽥꽥거리는 오리 한 마리 키우시는 거 어떠십니까?"

그가 목이 메일 정도로 노발대발하는 중 나는 전화를 끊었다. 내려놓자마자 전화는 다시 울리기 시작했다.

내겐 거의 들리지 않았다. 음악소리가 공기를 가득 채우고 있었다.